Maria e o Caso das Gravuras Desaparecidas

DA AUTORA
(COMO PAULA BRACKSTON)

A filha da feiticeira
A feiticeira do inverno

P. J. BRACKSTON

Maria e o Caso das Gravuras Desaparecidas

UM MISTÉRIO DOS IRMÃOS GRIMM

Tradução
Rodrigo Tavares de Abreu

1ª edição

Rio de Janeiro | 2017

Copyright © P.J. Brackston 2015

Título original: *Gretel and the Case of the Missing Frog Prints*

Texto revisado segundo o novo
Acordo Ortográfico da Língua Portuguesa

Ilustração de capa: Adam Fisher

2017
Impresso no Brasil
Printed in Brazil

CIP-BRASIL. CATALOGAÇÃO NA PUBLICAÇÃO
SINDICATO NACIONAL DOS EDITORES DE LIVROS, RJ

Brackston, P. J.
B789m   Maria e o caso das gravuras desaparecidas / P. J. Brackston; tradução de Rodrigo Tavares de Abreu. – 1ª ed. – Rio de Janeiro: Bertrand Brasil, 2017.
23 cm.

Tradução de: Gretel and the case of the missing frog prints
ISBN: 978-85-286-2176-1

1. Ficção inglesa. I. Abreu, Rodrigo Tavares de. II. Título.

17-40289
CDD: 823
CDU: 821.111-3

Todos os direitos reservados pela:
EDITORA BERTRAND BRASIL LTDA.
Rua Argentina, 171 – 2º andar – São Cristóvão
20921-380 – Rio de Janeiro – RJ
Tel.: (0xx21) 2585-2000 – Fax: (0xx21) 2585-2084

Não é permitida a reprodução total ou parcial desta obra, por quaisquer meios, sem a prévia autorização por escrito da Editora.

Atendimento e venda direta ao leitor:
mdireto@record.com.br ou (0xx21) 2585-2002

Para meu irmão Trevor, piloto excepcional, instrutor inspirador e excelente contador de histórias.

UM

Maria franziu a testa para o corpo sem vida do mensageiro esparramado no corredor sobre seu melhor kilim turco. Apenas minutos antes, ele estivera implorando que ela aceitasse o caso de seu amo e lhe passara, com a mão trêmula, uma carta esboçando os fatos principais. Ela estivera no processo de digerir aquilo tudo quando o homem proferira um grito estrangulado, o rosto assumindo um tom descabido de castanho-avermelhado, e caíra morto.

— Maria? Você está bem? — João apareceu junto à porta da cozinha, a espátula erguida pronta para a ação. — Ouvi barulhos curiosos. Achei que pudesse estar se enchendo de caramelos outra vez.

— Sua preocupação é comovente, querido irmão, mas não sinto sequer o cheiro de caramelo há dias. Os sons que você escutou não vieram de mim, mas dele — declarou, apontando para o cadáver.

— Cruzes! Pobre homem. Quem é ele? Digo, quem era ele? E por que está... estava... está usando aquele chapéu horrendo? — João abaixou a espátula.

Maria voltou a decifrar a caligrafia cheia de curvas. A tinta verde parecia ter sido aplicada por um homem de mão trêmula e mente debilitada. O tipo de cliente perfeito, segundo sua experiência. Em seus muitos anos como detetive particular, ela aprendera que era preferível ser contratada por pessoas simplórias e tolas, pois estas se satisfaziam facilmente, deixavam-se levar facilmente e, sobretudo, separavam-se de seu dinheiro facilmente.

— Não posso esclarecer essa predileção em termos de chapelaria, mas posso dizer que ele é... era... um mensageiro agindo em nome de um tal Albrecht Dürer.

As sobrancelhas de João se curvaram em confusão.

— O tal artista? Ele não está morto há algum tempo?

— Acredito que você esteja pensando em Albrecht Dürer, o Jovem, e, sim, ele está em seu túmulo há uns duzentos anos, se não me falha a memória. O escritor dessa carta ainda se agarra à vida, embora, a julgar pela caligrafia, não de forma muito firme. Ele assina como "Albrecht Dürer, o Muito Muito Mais Jovem".

— Ah. Um descendente. Bom. Não gostaria de receber uma carta de uma pessoa morta. Ugh. A mera ideia me dá arrepios. Mas imagino que um cliente seja um cliente. Não se pode ser muito exigente, considerando a quantidade de trabalho que você tem recebido ultimamente, não é mesmo?

— João, você não tem um cogumelo para rechear em algum lugar?

— O quê? Ah, sim, é bem possível.

— Então sugiro que vá recheá-lo.

— Considere feito. Ele não vai atrapalhar o almoço, vai? — João usou a espátula para gesticular vagamente na direção do mensageiro falecido.

— Quando foi que você me viu deixar os negócios atrapalharem uma boa refeição?

— Verdade. Cantarei à tirolesa quando estiver pronto — garantiu ele, desaparecendo na escuridão vaporosa da cozinha mais uma vez.

Maria observou até seu vulto se perder nos vapores rodopiantes produzidos pelo repolho cozinhando em fogo brando do lado de dentro. Ela nunca deixava de se surpreender com sua capacidade de nutrir sentimentos tão ambivalentes pelo irmão. Além da espaçosa circunferência da barriga dele agir ao mesmo tempo como uma advertência (olhe o que vai acontecer se você comer aquela terceira rosca!) e um encorajamento (pelo menos você não está tão enorme quanto João!), havia muitas memórias e emoções conflitantes e significativas ligadas ao seu único familiar sobrevivente.

Se João não a tivesse levado até a floresta escura tantos anos antes, eles nunca teriam encontrado a casa de pão de mel e, logo, poderiam não ter passado os anos desde então incapazes de ficar uma hora ou duas sem desejar açúcar. Se ela não tivesse conseguido libertar João das garras da bruxa, ele não estaria vivo para passar o tempo entre a taberna e a cozinha de forma tão despreocupada. Se João não estivesse vivo, Maria seria forçada a entrar na cozinha por conta própria, uma ideia terrível demais para contemplar. Ela teria de gastar um bom dinheiro comendo fora. Ao mesmo tempo, porém, não era pequena a soma que precisava desembolsar para manter João na existência indolente e sem sentido que ele tanto apreciava. No entanto, se Maria insistisse que ele encontrasse outro lugar para morar, era improvável que o irmão sobrevivesse um mês, de tão inocente que era nas questões mundanas. Isso a condenaria a uma vida de indigestão na consciência, um preço alto demais a pagar para se livrar de hábitos irritantes.

Maria voltou a atenção ao mensageiro e à mensagem. Antes de morrer de forma tão inconveniente, ele tinha, embora de modo ofegante, dito a ela claramente que seu amo sentia-se inconsolável por ter algumas obras de arte de valor inestimável roubadas dele. O homem ficara sabendo, a muitos quilômetros dali, na sua cidade natal de Nuremberg, dos talentos de Maria como detetive e desejava contratar seus serviços para recuperar os quadros desaparecidos. Na carta, Herr Dürer havia assinado como membro da Sociedade das Mãos Que Rezam, embora nenhuma explicação útil sobre isso tivesse sido apresentada. O mensageiro condenado declarara adicionalmente que seu empregador estava disposto a pagar o necessário para ter de volta suas preciosas obras de arte. O fato de Maria não conhecer praticamente nada sobre arte não importava. O que importava era o tipo de coisa como "inestimável" e "pagar o necessário". Tal motivação, tanto da própria Maria quanto de seu cliente em potencial, torna a probabilidade de um desfecho satisfatório de fato muito grande. Por mais que as alfinetadas de João em relação à escassez de casos recentes a irritasse, ela devia admitir que havia alguma verdade na importância de aceitar novos serviços. O dinheiro parecia sair dos cofres muito mais livremente do que entrava. Mas era necessário manter certos padrões de vida. Certos níveis de luxo apreciados. Certos guarda-roupas reabastecidos.

Tudo isso levava Maria à característica mais atraente do caso ofertado. Ele exigiria uma viagem a Nuremberg, uma cidade renomada por sua cultura, seus artistas e inventores famosos, seu estilo, seu glamour e, portanto, maravilhosa, gloriosa e fabulosamente... suas perucas! A ideia de ser capaz de usar uma peruca penteada e empoada com requinte causava em Maria tal *frisson* de prazer que ela sentiu a necessidade de se deitar um pouco. Felizmente, João anunciou da cozinha que o almoço já seria servido, de modo que ela poderia combinar três de suas coisas favoritas: reclinar-se em sua amada espreguiçadeira, sonhar em vestir as últimas e melhores modas e comer. Assim, passou com leveza por cima do corpo que esfriava à sua frente, concluindo que ele não tinha pressa alguma para ir a qualquer lugar e que, depois de se alimentar, ela lidaria com ele de modo ainda mais eficiente por não ter tentado fazer aquilo com o estômago parcialmente vazio.

Depois de uma hora apreciando um prato particularmente apetitoso de repolho refogado, salsichão branco, cogumelos recheados picantes e batatas — com uma grande quantidade de mostarda, naturalmente —, Maria percebeu que seus pensamentos estavam muito mais claros. No entanto, o que João fornecia de nutrição deixava a desejar no campo da claridade de pensamento e do planejamento sensato.

— Então — começou ele, aconchegando-se em sua poltrona, com a cinta da calça desabotoada, para permitir que sua refeição seguisse seu curso de forma desimpedida, e um charuto novo preso entre os dentes —, você vai mandar chamar nosso querido amigo da Guarda, Kapitan Strudel, diretamente, devo imaginar. Outro cadáver para ele. Eu me pergunto o que ele achará disso. Pode dizer: "Ah-há, o que você tem aqui, Fräulein Maria? Outra pessoa que calhou de morrer sobre o que calhou de ser seu melhor tapete dentro do que calhou de ser a sua casa?" Ele pode dizer isso, não é?

— Pode.

— E pode pensar: "Bem, ora essa, Fräulein Maria parece criar um hábito com esse tipo de coisa. Corpos sempre espalhados pela casa. Que papel a boa Fräulein desempenhou nessa morte, hein?" Ele também pode pensar tudo isso, não é?

Maria estreitou os olhos para João.

— Independente do que o irritante Strudel possa ou não dizer ou pensar, *eu* posso me sentir compelida a bater na sua cabeça com o garfo de fogueira, se não parar com essa conjectura ridícula e sem sentido.

— Ah, nada disso é sem sentido. Afinal de contas, ele *poderia* concluir que você teve algo a ver com a morte do pobre sujeito. Ele *poderia* levá-la para um interrogatório rigoroso e desconfortável. Ele *poderia*, pelo menos, apreciar perturbá-la e humilhá-la pelo maior tempo possível, causando-lhe grande constrangimento, impedindo que você aceitasse o caso e ganhasse uma grana decente e impedindo, também, que comparecesse àquele bendito baile com o qual você alega estar tão animada.

— João, você tem um talento para juntar o óbvio à conjectura e produzir um casamento da mais extrema inconveniência.

— Haha; é fácil para você dizer isso!

Maria abriu a boca para desmantelar ainda mais a hipótese do irmão, mas, em vez disso, encheu-a com uma das cerejas embebidas em kirsch e mergulhadas em chocolate que estavam sobre um prato tentadoramente ao alcance. Enquanto mastigava, refletiu sobre a verdade do que ele dissera. O Kapitan Strudel se ressentia simplesmente da existência de Maria por, entre outros motivos, sua habilidade para solucionar casos em que ele fracassava em fazer o menor progresso. O homem realmente aproveitaria a oportunidade de lhe causar problemas. Ela estava certa de que o mensageiro havia morrido de causas naturais, depois de realizar uma longa e apressada jornada, e as investigações, sem dúvida, revelariam que ele era um homem que não gozava de uma saúde robusta. Nenhum desses fatos impediria Strudel de dificultar a vida de Maria o quanto fosse possível, e ela poderia acabar perdendo a chance de aceitar o caso de Herr Dürer.

E havia o baile. Seu caso anterior tinha sido longo e árduo, mas resultara num pagamento razoável. O elemento mais gratificante de todo o negócio exaustivo e perigoso, no entanto, fora o convite para o baile de aniversário da Princesa Charlotte em seu Schloss de Verão, como convidada pessoal do Über General Ferdinand von Ferdinand. Maria se permitiu um pequeno suspiro de prazer enquanto deixava o nome do vistoso assistente do Rei Julian, o Eminente, correr por sua mente. Ela havia passado muitas horas felizes desde que recebera o convite escolhendo um vestido e sandálias prateadas para a ocasião. Aquele seria o evento da estação, e ela, pelo menos uma vez, compareceria como uma convidada de algum prestígio, vestida para impressionar. Aquela era uma oportunidade que não podia perder.

— O baile — disse ela a João — acontecerá na próxima sexta-feira. Posso certamente adiar a partida para Nuremberg e evitar o pior da interferência de Strudel até o dia seguinte a ele.

— Nuremberg? Demais! Faz uma eternidade que não vou lá. Que divertido!

— João, isso são negócios, não férias. Não posso de forma alguma justificar a despesa de levá-lo comigo.

— Mas, certamente, eu sou seu braço direito, seu amanuense, sua pessoa sem a qual a outra não pode viver...

Maria silenciosamente se amaldiçoou por algum dia permitir que João tivesse uma impressão tão imprecisa de si mesmo.

— Infelizmente, irmão querido, os recursos não se estenderão para um assistente nessa ocasião. A cidade é desastrosamente cara e, além disso, há passagens de carruagem para comprar... et cetera, et cetera.

— Eu não poderia ser parte do et cetera? — Ele tentou encarar a irmã com olhos tristes de filhote de cachorro.

— Pare com isso, João. Você está impedindo que eu aprecie minhas cerejas ao chocolate.

— Hmm, você não vai ganhar nenhuma dessas na cela do Kapitan Strudel.

Ele dobrou os braços de forma petulante sobre o peito e intencionalmente fechou os olhos. Então, pitou seu charuto de forma mal-humorada por cerca de um minuto antes de cair em sono profundo. Logo estava emitindo um ronco brando e ronronado.

Maria avaliou suas opções. Ela poderia enviar notícia de que aceitava o caso, fazer as malas, pegar a carruagem da manhã, evitar qualquer revés relativo ao mensageiro morto e se jogar no trabalho de encontrar as obras de arte desaparecidas, ganhando, dessa forma, um dinheiro muito necessário. Ou poderia marcar uma visita ao salão de beleza da Madame Renoir para ser engomada e polida e encomendar a peruca mais cara que o dinheiro pudesse comprar. Poderia encarar Strudel, suportar o inevitável interrogatório, fazer o máximo para recuperar sua liberdade antes de sexta-feira, comparecer ao baile e, então, partir para Nuremberg. Mas, se o oficial da Guarda não jogasse limpo, ela acabaria mofando numa cela fria durante dias, possivelmente semanas, e perderia o baile e a oportunidade de ser conduzida numa valsa pelo salão de baile por Ferdinand, só para descobrir que Dürer acabou encontrando outro detetive particular em um canto qualquer.

O que fazer, o que fazer? Maria comeu outra cereja. As coisas começaram a se tornar um pouco mais claras. Ela moveu o prato para seu colo e continuou a mastigar. Strudel não poderia mantê-la presa por mais de uma noite no máximo. Onde estavam as provas do crime? Começou a se sentir confiante em relação ao resultado. Quando acabou de lamber a última migalha de chocolate da porcelana com padrão Delft, estava certa de que tudo ficaria bem no melhor de todos os mundos possíveis.

No dia seguinte, depois de enviar uma espécie de carta de compromisso ao seu cliente potencial, Maria correu até o estabelecimento da Madame Renoir. Ela informara Herr Dürer sobre a morte de seu mensageiro, expressando suas condolências e dizendo-lhe que o corpo ficaria acomodado na funerária local até que mandassem buscá-lo. Maria se esquivara da questão de lidar com os agentes da lei locais ao se organizar para não estar em casa quando a notícia do cadáver de fora da cidade fosse revelada, o que havia exigido adiar a informação a qualquer um até o nascer do sol. João resistira à ideia de ter um convidado morto passando a noite em sua casa, mas Maria simplesmente enchera o irmão de schnapps e, quando ele seguiu para a escada, já passava de meia-noite, com sua mente completamente alheia ao corpo no corredor. Ela tentara suborná-lo durante o café da manhã para que aceitasse ficar em casa e esperar a chegada do agente funerário e do soldado da Guarda, mas, quando João resistiu e Maria argumentou, ele ficou tão confuso que nenhum incentivo foi necessário. No fim das contas, ele apenas obedeceu porque estava perplexo demais para fazer qualquer outra coisa.

O sol brilhava num céu limpo de um azul tão atraente que Maria fez uma anotação para encomendar seda chinesa do mesmo tom no minuto em que recebesse o pagamento do seu novo caso. A ideia de comprar um vestido a animava imensamente. Ela empregaria a esposa do boticário, Frau Klimt, para copiar um dos mais recentes modelos que vira numa ilustração de moda no salão. Um dia, prometeu Maria, ela seria capaz de mandar trazer de Paris um *tailleur* ou vestido Gulley original. Um dia.

Por enquanto, teria de se contentar com uma cópia trazida à vida pelas habilidades consideráveis de Frau Klimt.

Ao caminhar pelas ruas de paralelepípedo de sua pequena cidade natal, Maria se esforçou ao máximo, apenas daquela vez, para não deixar o sentimentalismo açucarado de Gesternstadt acabar com seu humor. As casas de madeira com suas cumeeiras arredondadas, seus beirais generosos, seus vasos floridos nas janelas e sua pintura alegre, as crianças de bochechas rosadas e os avós afáveis e as jovens criadas de olhos brilhantes com trajes pitorescos de camponês apresentavam um retrato de uma vida tão doce, tão confortável, tão agradável, tão absolutamente adorável e implacavelmente animada que Maria tinha vontade de gritar. Muito, muito alto. Durante um minuto e meio. Que felicidade seria passar uma ou duas semanas cercada pela sofisticação de Nuremberg.

— Bom dia, Fräulein Maria! — cantarolou Frau Hapsburg de seu jardim.

Maria acenou com a cabeça para demonstrar que recebera a saudação, sem desejar encorajar uma troca que poderia, que Deus a livrasse, se transformar numa conversa de verdade caso sequer meia chance se apresentasse.

— Belo dia, Fräulein — falou Herr Schmitt, entusiasmado, da porta de sua oficina.

— O tempo parece estar bom para a semana — assegurou Frau Klein, enquanto ela passava pela Kaffee Haus.

— A primavera está no ar, Fräulein Maria — declarou uma mulher que Maria estava certa de nunca ter visto na vida, embora estivesse fazendo mais frio naquele dia do que no dia anterior.

Será que nada abalaria o entusiasmo e a animação dessas pessoas?, ela se perguntava. Se uma calamidade da maior proporção estivesse prestes a atingir toda a cidade, será que seus habitantes esperariam até estarem bem trancados na privacidade dos próprios lares antes de caírem em desespero? Será que todos estavam sob uma espécie de feitiço que os forçava a sorrir como imbecis durante as horas do dia? Ou será que era algo na água que borbulhava desde as montanhas até as bombas e torneiras de Gesternstadt que mantinha todos tão enlouquecedoramente animados? Qualquer que fosse a resposta, Maria muitas vezes se julgava sozinha ao notar a insanidade daquela animação destemida. Com a cabeça abaixada, apressou-se na direção do santuário do salão da Madame Renoir.

— Aaah, Fräulein Maria, *bonjour* e *beinvenue*!

A Madame Renoir estalou os dedos, e uma garota tirou a jaqueta de sua cliente e pegou seu chapéu. O aroma de unguentos e pomadas caros teve um efeito calmante imediato em Maria. Ela se permitiu ser conduzida até uma cabine e submetida alegremente aos tratamentos que havia solicitado. Teve suas sobrancelhas modeladas, cera aplicada em suas pernas inconvenientemente cabeludas, a pele amassada e ungida com óleos, e o cabelo lavado e aparado. Depois de duas horas de trabalho árduo por parte das moças da Madame Renoir, Maria se viu sentada numa poltrona de veludo cor-de-rosa em frente a um espelho com moldura dourada. Sua nova imagem olhava de volta para ela. Maria apanhou um panfleto exaltando as qualidades e os encantos das perucas feitas pelo renomado peruqueiro de Nuremberg. O fato de ela poder visitar o local de nascimento de tão importante item de moda a empolgava.

Madame Renoir apareceu junto ao seu ombro, carregando uma caixa alta que podia conter apenas uma coisa. Vendo o que Maria lia, ela exclamou:

— Ah! As perucas do Monsieur Albert... que criações! *Alors*, tenho certeza de que a Fräulein não se desapontará com nossa própria coleção. Mais modesta, *oui*, mas ainda assim *très elegant*.

Então, removeu a tampa e, com um floreio, tirou e manteve a peruca erguida. Com pouco menos de um metro de altura, a peça exibia uma confecção gloriosa de fios brancos e prateados presos em espirais e cachos, empilhados uns sobre os outros e fixados aqui e ali com pequenos laços de cetim.

Maria teve dificuldades para recuperar o fôlego. Parcialmente por causa da nuvem de pó que se erguia da coisa, mas principalmente porque considerou aquele o artefato mais esplêndido que ela já pensara em colocar sobre a cabeça.

Reconhecendo arrebatamento quando via e sendo uma vendedora astuta, Madame Renoir acentuou as vantagens da peça:

— O trabalho manual é muito fino, e o acabamento é de excelente qualidade. Os fios prateados... tão delicados... tão lisonjeiros para certos tons de pele... A Fräulein gostaria de prová-la?

A Fräulein assentiu com um entusiasmo capaz de lhe causar uma contusão no pescoço. Ela se preparou. Fechou os olhos. A esteticista abaixou o venerado objeto sobre sua cabeça como se fosse uma coroa real. Maria abriu os olhos. O reflexo diante dela parecia ter sido transformado de uma mulher comum numa Dama da Sociedade. Não importava que ela ainda estivesse com o robe do salão. Não importava que estivesse desprovida de maquiagem. Não importava que o rosto debaixo da peruca fosse o de uma mulher trintona com uma predileção por comida e uma devoção à preguiça denunciadas pela abundância de suas papadas. Com tal peruca, ela estava elevada, renascida em berço de ouro, a epítome da alta moda.

— Ela fica muito bem em você, Fräulein Maria. Apesar, claro, de ela poder ficar um pouco mais alta...?

— Você acha?

— Penteando um pouco para dar volume, um pouco de laquê, talvez um cordão com pequenos sinos de prata...?

— Sinos de prata — ecoou Maria, melancolicamente. — Sim. Sim. Mas não tenho muito tempo. Devo partir para Nuremberg muito em breve.

— Não se preocupe: a peruca será minha prioridade. Estará pronta para ser retirada no fim do dia de hoje. Nuremberg! Como a invejo, Fräulein. Você ficará hospedada no Grand Hotel, sem dúvida.

— Sem dúvida. Quer dizer, claro. Onde mais alguém ficaria?

— Não pode haver outra residência para uma pessoa de qualidade visitando a cidade.

— Exatamente — concordou Maria.

Na verdade, a questão do Grand Hotel tinha lhe ocupado a mente durante a madrugada. Herr Dürer vivia em uma suíte lá, de modo que aquela era a cena do crime que Maria investigaria. Fazia sentido ocupar um quarto na propriedade. Mas — e esse era um grande, gordo e custoso "mas" — tal luxo tinha um preço. Até o momento, nenhum honorário fora combinado, nenhuma despesa fora listada, nenhum contrato de emprego fora alinhavado. Será que Herr Dürer realmente desembolsaria dinheiro suficiente para cobrir uma estada no Grand? Será que Maria podia arriscar ficar sem dinheiro se o caso não resultasse em nada? Ela temia que não. O bom senso lhe dizia que procurasse uma estada mais barata em outro lugar. Entretanto, se quisesse realmente vivenciar Nuremberg, se quisesse usar a peruca e quisesse ser vista usando-a, precisaria estar no lugar certo, cercada pelo tipo certo de gente.

Quando saiu do salão, Maria ainda se encontrava um pouco agitada em relação às possíveis acomodações. Tanto que, na verdade, quase se esquecera da incômoda questão do mensageiro morto e do fato de o Kapitan Strudel poder usá-la para lhe causar problemas. O assunto foi trazido de volta à tona por algo que ela viu enquanto dobrava a esquina para entrar na Über Strasse. Herr Schwarz, o agente funerário, metido numa espécie de cabo de guerra envolvendo um caixão, e o Kapitan Strudel. A carroça sobre a qual estava o caixão tinha parado, com Strudel segurando a rédea do cavalo peludo que a puxava.

— O corpo deve ir diretamente para o Quartel General da Guarda! — insistia Strudel, o rosto habitualmente azedo tornado ainda mais repugnante pela indignação. Na verdade, a única característica que poderia tê-lo redimido aos olhos de Maria era a rabugice honesta que o homem perpetuamente exalava, em contraste com o resto dos habitantes de Gesternstadt. Poderia, mas não o redimia de verdade. — Essa é uma morte suspeita — continuou ele —, e, sendo assim, a vítima, pois uma vítima ele é, entra em minha jurisdição.

O agente funerário, que sabia como as pessoas poderiam fazer negócios com outros caso achassem que não podiam confiar os entes queridos falecidos aos seus cuidados, não estava pronto para começar a oferecer corpos a soldados irados da Guarda. Ele sacudiu a cabeça de forma enfática:

— Fui encarregado de remover, abrigar e cuidar do morto. Ele foi entregue a mim na casa da Fräulein Maria e, desse modo, está agora sob minha custódia. Até eu receber instruções que digam o contrário, ele permanecerá na Schwarz, Schwarz & Schwarz.

— Mas *eu* estou lhe dando instruções que dizem o contrário. Essa é uma morte suspeita...

— Você pode continuar dizendo isso, mas tenho um certificado do boticário confirmando que esse desafortunado cidadão de Nuremberg morreu de causas naturais. Nada suspeito foi mencionado.

O agente funerário ergueu as rédeas e encorajou o cavalo sonolento e seguir andando.

Strudel foi forçado a sair da frente, mas continuou a gritar contra o equívoco que estava sendo cometido.

— Fräulein Maria não tem direito de ignorar minha autoridade! — berrou ele. — Vou obter uma intimação ainda esta tarde. A remoção de um corpo de uma cena de crime potencial é um assunto sério. Ela me responderá por isso, e você será apontado como seu cúmplice, junto com aquele irmão simplório dela!

Maria tentou se esconder, com muito pouco sucesso, encostando-se à parede da Kaffee Haus, mas sequer precisava ter se preocupado. O Kapitan Strudel estava tão tomado de fúria que seguiu pela rua sem olhar nem para a esquerda nem para a direita. Assim que ele se Strudel saiu de seu campo de visão, ela correu para casa. Parecia que sua partida se tornara uma questão de certa urgência, e não era uma tarefa fácil mobilizar João para que ele fosse útil. O fato de que ela simplesmente precisaria contar com a ajuda dele era um pouco alarmante, mas necessário. A perspectiva de ser confinada e interrogada pelo oficial era, sob o brilho cruel do sol bávaro, terrível demais para ser contemplada.

DOIS

Maria tinha pretendido começar a arrumar as malas no momento em que chegasse em casa, mas a visão de sua amada espreguiçadeira, combinada com o reconhecimento de que, se partisse para Nuremberg imediatamente, perderia o baile, levou-a à inércia. Ficou deitada sobre o sofá de tapeçaria, em segurança no abraço do acolchoado e das almofadas de seda, bebericando um chocolate quente com um toque de conhaque. Maria tinha de reconhecer que estava muito abalada. Normalmente uma mulher de ação, o peso da preocupação sobre gastar dinheiro que ela não tinha numa empreitada que poderia não gerar retorno algum, adicionado à ideia de que Strudel desejava lhe causar problemas e misturado com a decepção de não ser guiada em valsas e polcas pelo General Ferdinand, havia desgastado Maria. Ela estava escravizada pelo tédio. Irritação lhe inundava a mente. Inércia apertava-lhe a garganta. A dor física induzida pela ideia de gastar a soma de dinheiro necessária para uma ou duas semanas no Grand Hotel a tornava incapaz de agir. João apenas contribuía para seu sofrimento ao continuar resmungando por não ser levado com ela, apesar das tentativas dele de conquistá-la com guloseimas deliciosas fornecerem algum consolo.

— Ainda acho que é muita mesquinharia sua, Maria. O que estou dizendo é que o Festival do Salsichão Branco de Nuremberg é a inveja do mundo dos comedores de salsichão. É na semana depois da próxima... quando uma chance como essa aparecerá para mim novamente?

— Sério, João, depois que você viu um salsichão, você certamente viu todos.

— É aí que você se engana. Esse é o Über Festival do Salsichão Branco, que só acontece a cada dezessete anos. Vai haver uma tentativa de preparar o maior salsichão branco do mundo. Mostre-me uma pessoa que não se impressionaria com isso!

— Você está olhando para ela.

— A idade a deixou cínica, irmã minha.

— Me chamar de velha não ajudará em nada. — Ao ver que o lábio do irmão começara a tremer, Maria seguiu atacando. — Escute, não adianta continuar com essa besteira. Como eu disse, isso são negócios, não uma oportunidade para você vagar pela cidade gastando punhados de dinheiro em bolo de chocolate e embebedando-se em tabernas caras da cidade grande quando existe uma barata e perfeitamente boa aqui, na qual você teve sucesso em se embebedar durante anos.

— Mas... o Über Festival do Salsichão...? — João ergueu os braços num apelo sentido, antes de deixá-los cair junto à lateral do corpo conforme o desespero o ameaçava. — O maior de todos os tempos...

— O que é essa obsessão do nosso país com superlativos? Cada cidade se vangloria de algo que é o mais alto, o mais fundo, o mais velho... não há nada errado com um pouco de mediocridade, se você quer saber. E, de qualquer forma, talvez eu precise ficar hospedada no Grand, e as tarifas são de fazer chorar de tão altas. Ah — ela soltou uma gargalhada triste —, talvez eles estejam tentando ser o hotel *mais caro*, com a tarifa *mais custosa*.

— O Grand! Agora eu sei que você está sendo intencionalmente cruel. O apartamento de Lobinho fica bem em frente. Eu poderia ficar com ele e estar do outro lado da rua em relação a você, e então tudo de que eu precisaria seria minha passagem de carruagem e um pouco de dinheiro para gastar.

— Lobinho?

— Lobinho Pretzel. Da escola. Você se lembra.

— Bem em frente ao Grand, você disse?

— Bem em frente. Eu me lembro de ir visitá-lo durante a Páscoa e ficar sentado na varanda olhando para o salão de jantar do hotel. Era um cardápio esplêndido o que eles tinham. Não sei se seria o mesmo, que fique claro, pois isso foi há alguns anos. Uma década ou duas, provavelmente.

Maria sentiu a brisa delicada de esperança começar a soprar em suas velas, dando a noção de bons ventos que finalmente tinham vindo resgatá-la de sua estagnação.

— É um apartamento grande? Equipado com vários quartos, talvez?

— Ah, é um espaço amplo. Mais quartos do que é possível apontar. Os pais dele eram muito prósperos. Estão mortos agora, claro. Lobinho era filho único e herdou o lugar. Está lá há anos. Seria bom vê-lo novamente, falar dos velhos tempos...

Exatamente quando Maria estava prestes a fazer a alegria de João, batidas estrondosas começaram na porta da frente, acompanhadas de gritos autoritários.

— Abra! Assunto da Guarda. Abra a porta!

João, acostumado com brados direcionados a ele, seguiu na direção do corredor.

— Espere! — sibilou Maria num sussurro teatral, impulsionando-se de sua espreguiçadeira para segurar o braço do irmão. — Ainda não. Eles vão querer me levar para ser interrogada. Precisamos pensar em algo para dizer para ganhar tempo.

— Droga, Maria, você sabe que eu não sou bom em brincar de atuar.

— Abra!

— Não é Strudel — percebeu Maria. — Ele enviou um subalterno para me buscar. Diga a ele...

As batidas se tornaram mais altas.

— Diga a ele o quê? Ele vai atravessar aquela porta em um minuto.

— Apenas diga que não estou em casa, mas que você tem certeza de que voltarei para o chá. Que já estarei de volta a essa hora. Vá!

Ela o empurrou para fora da sala de estar e se escondeu apressadamente atrás da espreguiçadeira. Ouviu João limpar a garganta antes de destravar a porta.

— Ah, boa tarde, oficial. Não há necessidade para todo esse espancamento. Já não sou tão veloz quanto um dia fui, é bem verdade, mas aqui estou agora, todo seu. Como posso ajudar?

— Estou aqui seguindo ordens do Kapitan Strudel e tenho uma intimação para Fräulein Maria. Ela deve me acompanhar até o Quartel General da Guarda imediatamente.

— Ah, isso pode ser difícil.

— Se ela se recusar ou resistir, será detida.

— Ah, não é uma questão de se recusar ou resistir, com certeza não. Maria não desejaria nada mais do que auxiliar o Kapitan Strudel, eu juro. Eles são grandes amigos. Muito grandes, na verdade. Os maiores entre os grandes... pode-se dizer.

Em sua posição desconfortável no meio de poeira e teias de aranha, Maria se encolheu e enviou uma mensagem silenciosa ao seu irmão mandando-lhe se calar. Mesmo sem conseguir ver a expressão no rosto do homem da Guarda, ela tinha bastante certeza de que ele não estava convencido e provavelmente se irritaria a qualquer momento.

— Ela apenas saiu — explicou João.

— Saiu? Saiu para onde? Ela é requisitada para interrogatório relativo a uma morte recente nesta casa. Se ela evadiu...

Maria teve de morder a língua para evitar assinalar que não podia estar evadindo, pois ainda não fora acusada de nada. Era demais esperar que João oferecesse esse raciocínio.

— Ela saiu para uma caminhada revigorante.

Essa declaração foi recebida com um som curioso, como se alguém estivesse tentando engolir um sapo grande. A hilaridade abafada pareceu por um instante capaz de fazer o soldado perder a compostura. Maria revirou os olhos. Uma *caminhada revigorante*, pelo amor de Deus. Da última vez que ela havia acelerado seu ritmo de caminhada comum, foi porque estava fugindo de um leão. A ideia de que Maria poderia caminhar por Gesternstadt por vontade própria como diversão era ridícula, como saberia qualquer um que algum dia a tivesse visto.

Felizmente, o soldado da Guarda era um homem educado que sabia que não deveria ser visto apreciando uma piada à custa do físico corpulento de alguém.

— E quando você espera que Fräulein Maria volte de seus... exercícios? — perguntou ele.

— Ah, por volta da hora do chá. Ela não perderia uma refeição. Toda aquela caminhada abre o apetite, entende? Sim, na hora do chá ela estará em sua espreguiçadeira, com os pés para cima, comendo lebkuchen, provavelmente. Quem sabe uma fatia fina de bolo Floresta Negra. Também um quadradinho ou dois de stollen. Ela gosta muito de stollen, a minha irmã.

Maria mordeu as articulações dos dedos.

O soldado evidentemente aguentara demais.

— Aqui — disse ele, empurrando a intimação na mão de João —, certifique-se de que ela receba isso. Fräulein Maria deve se apresentar ao Kapitan Strudel no momento em que voltar, entendido?

— Ah, absolutamente entendido, sim.

— Se ela não aparecer no Quartel General da Guarda até às cinco da tarde de hoje, um mandado será emitido para sua prisão... — Ele fez uma pausa para ênfase e, então, passou mais o corpo pela porta e acrescentou em voz alta. — ... prisão por assassinato!

Ao dizer isso, o homem virou-se sobre os calcanhares e foi embora marchando. Maria sentiu câimbras terríveis em suas panturrilhas ao lutar para sair do esconderijo.

João fechou a porta e se virou para ela, radiante:

— Bom, aquilo funcionou muito bem, o que você diz?

— Uma caminhada, João? Uma *caminhada*?

— Ah.

— Deixe para lá; a ideia pareceu chocá-lo a ponto de fazê-lo cooperar. Mas nós só ganhamos algumas horas com isso. Temos ações para executar, João; planos para colocar em prática.

— Algum desses envolve eu passar na taberna para um revigorante? — perguntou João.

— Certamente não. Você estará ocupado demais comprando passagens para a carruagem para Nuremberg.

— Estarei? Ah! Você falou passagens com um "s"... como sendo uma para você, uma para mim? Ou talvez você esteja pensando em levar outra pessoa. Não ouvi você dizer que eu iria junto. Eu teria me lembrado disso. Então, você vai levar outra pessoa? Droga, Maria, eu pedi primeiro.

Maria pegou papel e pena no meio do caos sobre a mesa e acenou para João.

— Não fale asneiras — disse —, simplesmente não há tempo. Aqui, escreva uma carta para o seu bom amigo Lobinho Pretzel. Informe a ele que vamos visitá-lo e que devemos chegar lá na sexta-feira por volta da hora do almoço no máximo.

— Vamos? Nós vamos?

João se concentrou na tarefa, com a língua para fora, formando cada palavra com uma lentidão enlouquecedora.

Maria não podia assistir.

— Envie a carta em seu caminho para comprar as passagens — falou ela, extraindo um pequeno rolo de notas de seu espartilho e entregando ao irmão. — Vai precisar disso. Agora, só para me assegurar de que estamos planejando a mesma viagem. O que você vai fazer? Com quem? Com o quê? E quando?

— Ah, certo, um teste! Eu gosto de testes. Deixe-me ver, agora. Estou escrevendo para Lobinho para lhe dizer que estamos indo ficar com ele... ele vai ficar muito animado, você sabe, adora companhia, o bom e velho Lobinho. Pouca gente se importa com ele, não consigo entender por quê...

— E então... — incitou Maria.

— Então vou enviar a carta quando sair para comprar duas passagens para Nuremberg na carruagem da noite.

— Muito bem, João. E...

— E então eu... — Ele hesitou. Seus olhos disparavam de um lado para o outro e finalmente se cruzaram enquanto ele tentava se recordar de suas instruções. Então sacudiu a cabeça. — Não, não adianta, perdi. O que vou fazer depois?

— O que eu sempre digo para você fazer quando compra passagens, se lembra? Você vem direto para casa. Entendeu?

— Ah! Claro. Eu venho direto para casa.

— Certo. Vou fazer as malas.

Maria seguiu na direção da escada. Ela sequer chegara à metade do caminho quando a pergunta lamuriosa de João a alcançou:

— Então eu não paro na taberna para uma dose fortificante de alguma coisa, apenas para me preparar para a jornada e o que for? Não paro?

— João! — repreendeu Maria. — Envie a carta. Compre as passagens. Volte para casa! Não se desvie do caminho!

— Mas...

— Estou contando com você, João. Você precisa voltar a tempo para separar provisões para a viagem... pão preto, salsicha, quentão. Você sabe que eu me enrolaria com isso. Não queremos ficar com fome naquela carruagem, queremos? É um longo caminho até Nuremberg.

João se animou.

— Se há uma guloseima para ser empacotada, sou seu homem! Isso é uma arte, você sabe. Não se pode apenas jogar tudo junto no último minuto. Essa é a receita para fome e decepção.

— João, por favor...

— Você está certa. Carta. Passagens. Casa. Guloseimas!

Maria observou enquanto ele tirava o chapéu do gancho no corredor e saía pela porta da frente com certo vigor. Ainda havia uma chance remota de daqui a uma hora ela precisar arrastá-lo do bar público da estalagem, mas, se alguma coisa podia atraí-lo para casa, era o cheiro de um piquenique de salsichas.

Fazer malas era uma forma de tortura requintada para Maria. Abrir as portas do guarda-roupa e sentir o cheiro de seda e veludo e cetim era uma das atividades mais prazerosas que ela já conhecera. Selecionar apenas um ou dois de seus vestidos e conjuntos favoritos apresentava decisões difíceis. Não havia tempo para encher um baú, e o custo de levar algo assim na carruagem seria escandaloso. Não, ela devia escolher cuidadosa e rapidamente. Deixou os dedos deslizarem pelas saias diáfanas do vestido de baile que pretendera usar na sexta-feira à noite. Não era para ser. O encanto de sentir os braços fortes de Ferdinand em volta dela enquanto eles rodopiavam pela pista de dança teria de esperar. Ele teria de aceitar que, antes de ser uma mulher, ela era uma detetive. Esses eram os fatos, e, em tempos de dúvidas e dificuldades, Maria sempre recorria a eles. Não desejava partir, mas precisava fazê-lo. Se o general era genuíno em seu aparente interesse por ela, aquilo poderia ser reavivado quando retornasse.

Enquanto isso, ela teria de voltar a atenção ao novo caso. Havia um cliente para cortejar, um crime para solucionar e dinheiro para ganhar. Suspirar como uma adolescente por causa de um par de pernas torneadas e um lindo sorriso era um luxo que ela ainda não podia se permitir. Até agora, as informações com as quais trabalhar eram escassas. Albrecht Dürer, o Muito Muito Mais Jovem, era claramente um homem de recursos, levando em conta que vivia numa suíte no Grand, enfeitando as paredes com obras de arte de valor inestimável. Além do mais, embora pudesse estar um pouco debilitado, se sua caligrafia servia de exemplo, era evidentemente um homem de bom senso, levando em consideração que julgara adequado convocar Maria. Ela se permitiu desfrutar, por apenas um momento, do brilho caloroso do orgulho profissional. Por que ele não a escolheria? Sua reputação como Detetive Particular Maria (sim, *aquela* Maria) de Gesternstadt claramente chegava muito longe. Embora seus casos fossem variados em escala e importância, sua taxa de sucesso era exemplar. O que lhe faltava em conhecimento de arte e desse mundo ela mais do que compensava com habilidade de dedução, lógica e investigação. Se as gravuras haviam sido roubadas, alguém as roubara e teria deixado para trás uma trilha de pistas, por menores que fossem, que poderiam ser encontradas. E Maria as encontraria.

Ela acabara de se esforçar para fechar a tampa de sua valise média e estava apertando as fivelas quando ouviu a porta da frente bater.

— João? É você? — Ela correu até o topo da escada e encontrou um João bastante ofegante apoiando-se no poste de apoio em sua base. — Você parece sem fôlego, irmão querido. Há algo errado?

João sacudiu a cabeça, bufando enquanto proferia as palavras:

— Nada errado... não... apenas... não totalmente certo quanto... seria desejável.

Ele se sentou de forma pesada sobre o segundo degrau. Maria desceu para se sentar ao seu lado.

— Vamos ouvir — disse ela.

— Fiz como você instruiu — assegurou-lhe João, tirando um lenço preocupantemente cinza para secar a transpiração de sua testa. — Enviei a carta... segui para o escritório da empresa de carruagens...

— Em alta velocidade, pela sua aparência.

— A essa altura, eu ainda me movia num... ritmo sensato. Não queria chamar atenção indesejada, entende?

— Sua forma de pensar é digna de aplausos, João.
— Sinta-se à vontade, pode aplaudir o quanto quiser.
Ele acenou com o lenço para ela antes de enfiá-lo novamente no bolso. Maria ignorou aquilo.
— E então você comprou as passagens?
— Be-*eeemmmm*...
Maria ouviu um ruído doentio e o reconheceu como o som de um aperto em seu peito.
— Você, por algum acaso, não fez um desvio curto na estalagem?
João parecia convincentemente chocado:
— Fico ofendido de você pensar em algo assim! Não, alcancei meu destino rápido e sóbrio.
— Excelente.
— Infelizmente não havia nenhuma passagem disponível para a carruagem desta noite.
— Não tão excelente.
— O que havia, no entanto, eram passagens para a saída desta tarde.
— Muito mais excelente!
— Obviamente eu disse ao balconista que não queria.
— E lá se vai a excelência, correndo sobre o horizonte com o rabo entre as pernas...
— Não, assentos na carruagem desta *noite*, era isso o que eu queria, não desta *tarde*.
— Você está me dizendo que não comprou as passagens?
— Poxa, Maria, eu sei quanto tempo você demora para arrumar as malas e empoar o nariz e tudo mais. Não posso esperar que uma mulher esteja pronta para partir em poucas horas, compreendo isso.
— E você também compreende que, se não formos embora de Gesternstadt ainda hoje, Strudel vai mandar me jogarem numa cela fedorenta com uma acusação de assassinato, o que será adequado, porque eu o terei estrangulado com minhas próprias mãos até lá por você não ter comprado as passagens?
— Felizmente, compreendo.
João sorriu, tirando duas passagens de carruagem do colete e estendendo-as debaixo do nariz da irmã.

— Não sei se devo beijá-lo ou chutá-lo.
— Não temos tempo para nenhum dos dois.
— Que horas ela sai?

O relógio cuco no corredor insistia que eram 16 horas.

— Em trinta minutos — respondeu João. — É por isso que estou neste estado.

Maria se levantou com um salto, puxando João consigo:

— Para a cozinha. Pegue qualquer coisa em que você conseguir colocar as mãos...

— Mas eu não fiz minha mala!

— Você pode pegar coisas emprestadas com Lobinho. Vamos, rápido, João, pelo amor de Deus.

Com uma grande quantidade de bufadas e resmungos, Maria conseguiu fazer com que os dois chegassem, com tudo pronto, à estação da carruagem na margem oeste da cidade com dois minutos de antecedência. João reclamara ruidosamente que essa era a estação mais afastada de casa que eles poderiam ter escolhido. Maria explicara que, se ela fosse vista por um soldado, a jornada acabaria. Por sorte, essa rota também permitiu-lhes passar pelo salão da Madame Renoir para buscar a peruca. E foi assim que, uma hora depois, ambos estavam instalados na traseira da carruagem que balançava, Maria segurando a caixa da preciosa peruca no colo, João cuidando do piquenique preparado apressadamente, a luz minguante da tarde aos poucos se apagando de sua visão de Gesternstadt enquanto eles seguiam para o nordeste em direção a Nuremberg.

TRÊS

Duas noites balançando e um dia sacudindo dentro da carruagem testaram dolorosamente as consideráveis reservas de resistência de Maria. Por misericórdia divina, a carruagem não estava cheia, de modo que ela e João puderam pelo menos se espalhar um pouco e aproveitar da melhor forma possível as provisões separadas às pressas. Ainda assim, a jornada pareceu interminável. Eles passaram uma noite numa estalagem de cheiro acre, com camas tão desconfortáveis e cheias de insetos que se sentiram aliviados ao voltar à carruagem na manhã seguinte. Quando chegaram ao destino, Maria desejava com cada fibra do seu ser um banho de banheira aromatizado, roupas limpas, uma refeição quente e uma cama macia e recém-feita. João, parecendo menos desgastado pela viagem, conduziu a irmã pelas ruas amplas da cidade, confiante de conseguir encontrar o edifício do amigo sem ajuda. Normalmente, Maria não teria deixado uma tarefa tão importante a cargo de João, mas ele dissera que o endereço era bem em frente ao Grand Hotel na praça principal, e ela era capaz de insistir em virar à esquerda aqui e ali, usando a espira da catedral no centro da cidade para guiá-los.

Mesmo em seu estado de fadiga, Maria reconheceu que Nuremberg superava suas expectativas. Eles caminharam por calçadas lisas, margeando largas avenidas adornadas com construções de tanta elegância e bom gosto quanto uma pessoa poderia desejar. Quanto mais se embrenhavam em direção do centro da cidade, mais glamorosas ficavam as pessoas por quem passavam. Carruagens dos mais recentes modelos, puxadas por lindos cavalos e conduzidas por funcionários vestidos com uniformes caros, disparavam para lá e para cá. Aromas sedutores exalavam de cafés e restaurantes. Artistas de rua se apresentavam, exibindo sua arte de forma atrativamente boêmia. Jovens casais caminhavam de braços dados. Fazia muito tempo desde a última vez que Maria estivera na presença de trajes tão elegantes e de alta costura, e ela sentiu seu ânimo se erguer nas asas dessa sofisticação.

— A-há! — João apontou de forma bastante convencida para o prédio de apartamentos diante deles. — A casa de Lobinho, se não estou enganado. E tenho bastante certeza de que não estou. Para variar. E... — ele se virou e gesticulou novamente, dessa vez mostrando o lado oposto da praça com um aceno de uma mão gorducha que ainda segurava uma fatia parcialmente comida de pão de centeio — ... *aquele* é nada menos do que o Grand Hotel.

E realmente era. Maria sentiu seu coração acelerar. Tudo em relação ao Grand, dos porteiros de aparência imaculada e da entrada imponente às proporções elegantes e à grandiosidade sutil, refletia qualidade, com vislumbres de requinte, relances de charme e várias pequenas olhadelas de glamour. Ela sentiu uma pontada de remorso por não se hospedar ali, mas pelo menos seria capaz de olhar para seu esplendor do outro lado da praça.

João puxou a corda do sino com força. Depois de uma pausa curta, uma voz levemente abafada respondeu usando o amplifone ao lado da placa com o nome.

— Olá? — falou a voz. — Quem está aí?

João limpou a garganta:

— Caramba, Lobinho, é o seu velho camarada da escola, João, que veio visitá-lo.

— Quem?

— João! De Gesternstadt, você se lembra?

Maria o cutucou com o canto da mala:

— Pergunte a ele sobre a carta.

— Ah, sim, nós lhe escrevemos, Lobinho. Você recebeu a carta?

— O quê? Não, nada de carta.

— Ah.

A animação inicial de João começava a murchar diante de uma recepção tão morna.

Maria tomou a frente:

— Aqui é a Maria, irmã do João. Estou me dirigindo a Herr Lobinho Pretzel?

— Não — respondeu a voz. — Nenhum Lobinho Pretzel aqui.

Maria fulminou João com o olhar.

Ele sacudiu a cabeça.

— É o endereço certo, sei que é. Eu me recordo claramente, número oito, Apartamentos Visão da Catedral, na praça. Veja. — Ele apontou para cima. — Aquela é a varanda dele, três andares acima. Juro a você que este é o lugar.

Ela se voltou para o aparelho na parede:

— Meu irmão me garante que este é o endereço certo. Será que você se mudou para esse apartamento recentemente? Será que poderia saber aonde foi o antigo dono? Olá? — Ela tentou novamente, um pouco mais alto, sentindo que o dono da voz que murmurava desaparecera. — Olá, você está aí?

— Não! — gritou um homem robusto através da porta da frente do prédio. — Estou aqui! João, meu caro amigo! — gritou ele, envolvendo os braços em João num abraço de força assustadora.

Quando teve fôlego para falar novamente, João perguntou:

— Lobinho, é você?

— Mas claro! Quem mais seria? Ha-ha-*ha!* — Aquela força da natureza que vestia camisa quadriculada, suspensórios amarelos com bolinhas e calça de veludo virou o rosto radiante para Maria. Só então ela viu a razão para sua dicção levemente confusa, pois ele tinha o mais cheio, felpudo, largo e abundante bigode ruivo que ela já tivera a infelicidade de ter apontado em sua direção. — Ah! Pequena Maria, a irmãzinha de João, que maravilhoso finalmente conhecê-la!

Ao dizer aquilo, ele a envolveu em um abraço apertado.

Maria estava certa de que havia detectado um movimento apressado dentro de seus pelos faciais, mas deixou o pensamento de lado. Ela arfou quando o homem a libertou de seus braços:

— É um prazer conhecê-lo, Herr Pretzel.

— Ah, não. Por favor, me chame de Lobinho; todos me chamam assim.

— Mas — João não conseguiu se segurar — você disse que não era você... que você não era ele... bem agora, no... como é mesmo o nome...

— Ah, não se preocupe com isso. Foi apenas uma pequena piada, Joãozinho. Você me conhece.

João soltou uma risadinha:

— Uma piada, sim, claro. Eu o conheço. O bom e velho Lobinho.

— É maravilhoso que vocês estejam aqui, mas é uma pena não poderem ficar — acrescentou ele, o rosto agora fazendo beicinho de forma infantil, o lábio inferior praticamente se estendendo além do bigode suspenso acima.

— Não? — ecoou João.

— Infelizmente, tive uma terrível doença nesses últimos meses e acabei ficando confinado ao meu apartamento, isolado e sozinho. A não ser pelos ratos, claro.

Maria e João deram um passo para trás. Lobinho avançou, cheio de um remorso solícito:

— Ah, sim, uma terrível doença, com pintas e erupções e coisas como...

— Terrível doença... — repetiu João.

— Os quartos ainda não foram fumigados. Eu não poderia de forma alguma arriscar infligir tal sofrimento aos meus bons amigos.

— Tal sofrimento...

Como o nível de inteligência de João aparentemente fora reduzido ao de um papagaio — uma diminuição pequena, mas ainda assim uma diminuição —, Maria interveio.

— Mas, Lobinho, você parece, se me permite dizer, excepcionalmente bem para alguém tão recentemente adoentado.

— Ha-ha-*ha!* — Lobinho gargalhou. — Você é inteligente demais para mim, irmãzinha do João. Inteligente demais para o pobre e velho Lobinho.

Maria sentiu um pequeno músculo em seu maxilar começar a se contrair:

— Você não está doente de verdade, não é?

— Ah, não! Eu nunca fico doente. Nem por um instante.

Ele começou a rir ruidosamente, a boca escancarada, o bigode agitando-se enquanto gargalhava com alegria.

João se esforçou para acompanhar:

— Então, as pintas e erupções... todas desapareceram, não é mesmo?

— Ah, Joãozinho, você é tão engraçado! — Lobinho diminuiu o volume das risadas e abriu a porta do prédio. — E eu sou um anfitrião tão ruim... Vocês devem estar famintos depois da longa jornada.

João se animou imediatamente.

— Bem, agora que você mencionou, eu poderia comer alguma coisinha — disse ele.

Naquele momento, um carteiro ofegante subiu a escada correndo e empurrou uma carta contra a mão de Lobinho. Ele a abriu e verificou o conteúdo.

— Ah, então. — Ele balançou a cabeça. — Meu bom amigo e sua irmã estão vindo me visitar e passarão uma semana ou duas. Eles devem chegar antes do almoço na sexta-feira.

Os ombros de João murcharam:

— Visitantes! Que se dane, isso é uma pena. Agora você não poderá nos receber. Algum sujeito traz a irmã, exatamente como eu. Quais as probabilidades, não é? Deixe para lá. Vamos ver se conseguimos encontrar um quarto em algum lugar. Talvez possamos nos encontrar para uma bebida mais tarde?

Agora foi a vez de Lobinho parecer confuso. Maria empurrou João pela porta aberta.

— Não lhe dê ouvidos. João nunca fala coisa com coisa quando está com fome — explicou ela, reprimindo os protestos do irmão enquanto eles seguiam para o elevador e subiam até o terceiro andar.

O apartamento de Lobinho, apesar de não ser opulento, era realmente espaçoso e confortável, embora um pouco escuro. João, empolgado, seguiu o amigo até a cozinha. Maria foi até as janelas que iam do chão ao teto na parte frontal da sala de estar e abriu as cortinas. Levantando a trava da janela, saiu para a pequena varanda, com sua grade de ferro enfeitada, e apreciou a vista. Diante dela, do outro lado da praça larga, localizava-se o Grand, sua maçonaria em um tom pálido de dourado cintilando ao sol do fim da manhã. Como contava com seis andares de altura e facilmente vinte janelas de largura, o hotel dominava a praça. O lado mais afastado da região ostentava a catedral, onde começava uma área cheia de cafés e restaurantes nos quais as pessoas se sentavam para desfrutar de guloseimas e aproveitar o lugar perfeito para verem e serem vistas com suas melhores roupas diurnas. No centro, havia uma fonte modesta, porém encantadora, que envolvia feras míticas um tanto ambíguas e uma ou duas ninfas. A água jorrava e esguichava lindamente. Pequenos pássaros mergulhavam o bico nas poças rasas. Crianças limpas e bem comportadas saltitavam e guinchavam. Tudo era realmente muito agradável, concluiu Maria.

Lobinho entrou determinado na sala de estar.

— Venha comigo, irmãzinha do João. Tem comida na mesa, e seu irmão vai comer tudo se não nos juntarmos a ele imediatamente.

Maria o seguiu por uma porta até a sala de jantar e passou por mais uma até chegar à cozinha. Parecia que o conteúdo da despensa tinha sido esvaziado sobre a mesa; João atacava um salsichão branco de Nuremberg — nunca se importando com o costume de não consumi-lo depois do meio-dia que tantos de seus amigos bávaros seguiam —, feliz como pinto no lixo, só que um pouco mais sujo.

— Sente-se, sente-se!

Lobinho puxou uma cadeira para Maria e correu para pegar canecas para cerveja.

João falou com a boca cheia de comida:

— Isso é realmente muito decente de sua parte, Lobinho.

— Ah, que nada. Para mim, é um prazer ter companhia. — Ele abaixou a voz e olhou à sua volta de forma ansiosa. — Particularmente companhia animada — acrescentou com uma piscadela misteriosa, que passou completamente despercebida por João, mas que Maria arquivou para examinar em outro momento.

Depois de uma garfada ou duas de chucrute e ovos em conserva, ela se sentiu suficientemente recomposta para voltar sua mente ao caso que viera solucionar em Nuremberg.

— Diga-me, Lobinho, você já ouviu falar da Sociedade das Mãos Que Rezam? — perguntou ela.

— Mãos Que Rezam? — Lobinho estudou o teto por um instante, como se pudesse encontrar a resposta, ou quem sabe a sociedade, em algum lugar acima da própria cabeça. — Não — respondeu ele, finalmente. — Nunca.

Maria encolheu os ombros.

— Não tem problema — disse ela, bebendo um gole da cerveja muito boa que tinha sido oferecida.

O bigode de Lobinho vibrou com o acesso de riso que lhe escapou.

— Ah, Fräulein! É apenas uma pequena piada...

— O bom e velho Lobinho!

A essa altura, João se juntava à conversa como reflexo.

— Mas é claro que sei da Sociedade das Mãos Que Rezam!

— Sabe?

Maria retirou sua cerveja do alcance de qualquer cabelo alaranjado que pudesse ser desalojado e soprado em sua direção no meio de tanta hilaridade.

— Mas claro! Na verdade, eu mesmo sou um membro.

— Que beleza! — falou João, entusiasmado.

— É mesmo?

Maria achou aquilo um golpe de sorte quase bom demais para ser verdade.

— Não! — uivou Lobinho. — Ah, não, irmãzinha do João. Ha-ha-*ha*! Nunca ouvi falar!

Ele bateu na própria coxa, determinado a aproveitar ao máximo seus esforços humorísticos.

— Ha! O velho Lobinho de sempre! — disse João, seguindo uma gargalhada.

Foi então que Maria se recordou de algo mais que sabia sobre seu anfitrião. Informações que se esconderam nas brumas do tempo saltaram para assustá-la, claras e vívidas. João tinha 12 anos quando voltou da escola com a história das travessuras de seu novo melhor amigo.

Lobinho, cujo verdadeiro nome era Pedro, tinha ido caminhar nos Alpes com a família. Eles haviam se hospedado num popular vilarejo montanhês e, segundo a história, seus pais apreciavam tanto as tabernas e os restaurantes que passavam a maior parte do tempo neles, deixando seu único filho entediado. E todos sabem que permitir que uma criança se sinta entediada é um convite à traquinagem. Certa noite, o pequeno Pedro saltou da cama no chalé e saiu correndo berrando pelo vilarejo, gritando que um lobo pulara para sua varanda, entrara pela janela e o tinha perseguido pelo quarto antes de ele conseguir se trancar dentro do guarda-roupa e o lobo ir embora. Todo mundo saiu de casa, uma busca foi montada, caçadores vestiram chapéus com proteção para os ouvidos e engatilharam seus rifles. Eles vasculharam a vizinhança a noite toda, mas nenhum traço do lobo foi encontrado.

Na noite seguinte, o garoto mais uma vez disparou pelas ruas estreitas, despertando todos de seu repouso, declarando que dois lobos tinham entrado em seu quarto, babando e resfolegando, e que ele apenas conseguira se livrar deles se escondendo debaixo da cama onde não conseguiam alcançá-lo. Uma segunda busca foi organizada, com cada homem saudável entrando na floresta, com tochas flamejantes erguidas, enquanto as mulheres tremiam e seguravam seus bebês junto aos peitos.

Na terceira noite, Pedro, a essa altura completamente capturado pelo drama que aprendera a criar, estava prestes a soar o alarme quando ouviu gritos vindos do quarto dos pais. Ele abriu a porta e viu três enormes lobos perseguindo sua mãe aterrorizada em volta da cama e já arrastando seu pobre pai pelos pés. O garoto correu para o vilarejo, gritando que os lobos tinham vindo novamente, mas dessa vez tudo o que conseguiu foram alguns palavrões rosnados e um penico esvaziado sobre sua cabeça. Nunca encontraram qualquer rastro dos pais dele.

Maria considerava o cúmulo da falta de sorte que uma experiência como essa, longe de curar a criança de novamente falar uma inverdade, parecesse tê-lo tornado incapaz de passar meia hora sem fabricar uma fantasia ou outra. Ela chegou a acreditar que a tarifa do quarto no Grand logo pareceria muito razoável. Limpando seu sorriso murcho com um guardanapo cor de damasco, Maria fingiu estar cansada para se recolher em seu quarto e escapar de outros exemplos da predileção de Lobinho pela mentira. Ela concluiu que a única forma de sobreviver a uma estada sob o mesmo teto que aquele homem seria limitar sua exposição a ele a pequenas doses, ministradas esparsamente.

Maria ficou um pouco surpresa ao descobrir que, embora o apartamento estivesse arrumado e limpo, e os depósitos de comida, bem estocados, Lobinho não mantinha criados, conduzindo-a por conta própria até um confortável dormitório. O aposento era agradavelmente mobiliado com almofadas e espelhos, destacando-se uma linda cama com cobertura parcial e cortinas de seda fina. Um biombo oferecia privacidade a um lavatório de mármore e porcelana, e, no canto, havia uma porta para um vaso sanitário. Ela ficou satisfeita ao descobrir que sua janela dava de frente para a praça e, portanto, para a cena do crime.

Sentou-se em frente à pequena escrivaninha de pau-rosa e pensou em seu próximo passo. Não precisou de muitos minutos de reflexão para decidir que o ideal seria se apresentar ao seu novo cliente, a fim de dar início às investigações. O fato de isso exigir que Maria entrasse no abraço caloroso do Grand emprestou propósito às suas ações. Ela apanhou uma pena e levantou a tampa do tinteiro, pegando uma folha de papel atenciosamente fornecido. Com a mão confiante, apresentou-se, assegurando a Herr Dürer que a ajuda agora chegara e informou-lhe que ela iria, com a permissão dele, apresentar-se em sua suíte naquela mesma tarde. Depois de convencer Lobinho a convocar um mensageiro da rua para entregar a carta e de fechar a porta de seu quarto com sucesso para se proteger de qualquer possível palhaçada que o homem tentasse aprontar, Maria começou a séria tarefa de se preparar para o encontro iminente.

Orgulho profissional estava em jogo. Ela fora chamada porque sua reputação como detetive havia se espalhado por conta própria. Agora ela precisava convencer a pessoa com o problema para solucionar e o dinheiro para mandar solucioná-lo de que ela era a pessoa certa para solucioná-lo, a pessoa a quem o dinheiro deveria ser dado. Independente do que ele tivesse ouvido falar sobre ela, primeiras impressões ainda contavam para alguma coisa. Seus olhos pousaram sobre a caixa da peruca. Maria se inclinou para a frente e a tocou afetuosamente.

— Ainda não, minha querida — arrulhou. — Ainda não.

Em seguida, desafivelou a mala e tirou os trajes um tanto amarrotados de dentro. A velocidade da partida de Gesternstadt e a necessidade de viajar com pouco peso haviam comprometido terrivelmente seu guarda-roupa. As roupas que vestia, comuns e adequadas apenas para viajar, tinham sofrido com o confinamento apertado e malcheiroso na carruagem. Maria contava agora com duas opções: a primeira era um terno elegante de lã fina quadriculada, cujos tons dourados entrelaçados com amarelo tropical evitavam que o traje parecesse muito severo. Ele era habilmente cortado e custara uma nota, mas demonstrava sinais de desgaste. Com um suspiro, Maria seguiu para a outra alternativa: um vestido de seda da cor de rubis. Ou tomates, como João insistira; ela havia argumentado que a probabilidade de ela algum dia ter comprado qualquer coisa descrita de tal forma era muito pequena; ele oferecera o apelo de uma salada; ela argumentara novamente, dessa vez com o glamour de pedras preciosas; ele jogara sua carta mais alta na forma de uma bufada debochada; e ela o convencera com "você usa short de couro e, então, está proibido de julgar qualquer um".

Maria pegou o vestido e, encostando-o ao seu corpo, virou-se para o espelho de corpo inteiro localizado no canto do quarto. O vermelho forte era abrandado por um pouco de renda creme no decote e um pouco mais de renda nas pontas das mangas, que terminavam no cotovelo. O efeito era bastante encantador.

Então, o vestido de seda *rubi* mostrou-se uma escolha mais impactante e ousada para ela usar em sua entrada. Era verdade que o tecido adequava-se um pouco mais à noite e normalmente não se via tal decote durante as horas modestas da tarde, mas ele ainda parecia muito mais atraente, muito mais convenientemente *grandioso* do que o terno de lã.

Entretanto, primeiro ela necessitava de um banho. Para isso, precisaria de água quente, e muita. Abriu a porta, colocou a cabeça para fora no corredor e gritou para chamar João.

QUATRO

No momento em que Maria descia no elevador do apartamento de Lobinho, os badalos do campanário na ponta sul da praça declaravam que eram 17 horas. Ela percorreu apressadamente os degraus do prédio de apartamentos e cruzou os paralelepípedos amarelados até a entrada do hotel. Um porteiro exemplarmente lisonjeiro usando luvas brancas abriu a porta para ela e se curvou enquanto Maria passava por ele.

O interior do Grand era tão maravilhoso quanto ela imaginara e mais um pouco. Maria se deteve por um momento, permitindo-se absorver o glamour do lugar: o teto alto de onde se pendurava o maior candelabro de cristal que ela já tinha visto; o chão e as colunas de mármore; a escadaria larga e vasta; os hóspedes vestidos elegantemente; os funcionários com uniformes imaculados. O hotel era uma catedral de estilo, e, assim sendo, Maria achava que encontrara seu lar espiritual.

Seguiu até o balcão de recepção, satisfeita por ter optado pela seda rubi e confiante de que poderia se misturar num ambiente como aquele. O recepcionista, um homem alto como uma vara, ainda ostentando o rosto espinhento da juventude, olhou atentamente para ela de forma um pouco nervosa.

— Posso ajudá-la, Fräulein? — perguntou ele.

— Tenho um compromisso com um de seus residentes, Albrecht Dürer, o Muito Muito Mais Jovem. Você poderia, por obséquio, dizer-lhe que estou aqui?

De uma porta aberta nos fundos da área de recepção, saiu um homem de meia-idade com um rosto pálido e olhos ansiosos.

— Seu nome, Fräulein? — inquiriu ele, num tom que não agradava nem um pouco a Maria.

— E o senhor é?

— Maximilian Schoenberg, proprietário deste estabelecimento.

— Ah, Herr Schoenberg. Eu sou Maria de Gesternstadt. — Ela esperou por algum sinal de reconhecimento, mas nenhum fez menção de aparecer — Como disse, sou esperada.

— Claro — concordou Herr Schoenberg friamente.

O homem sussurrou algo para o jovem, que subiu a escada correndo, presumivelmente para checar a história de Maria. No silêncio desconfortável que se seguiu, Maria sentiu a necessidade de tranquilizar aquele homem, de assegurá-lo de que ela pertencia àquele lugar, de que era *persona grata*, de que era refinada e sofisticada o suficiente para apreciar seus arredores sem ficar excessivamente pasma com aquilo.

— É um hotel muito bonito o que o senhor tem aqui — elogiou ela, com um aceno do braço. — Eu ficaria aqui, claro, se não tivesse amigos íntimos vivendo do outro lado da praça que se sentiriam ofendidos por eu não me hospedar com eles durante minha estada em sua adorável cidade.

— Você está a passeio em Nuremberg?

— Estou aqui a negócios.

— Ah? — A expressão de Herr Schoenberg parecia sugerir que ele duvidava disso.

— Fui contratada por Herr Dürer como detetive particular para investigar o caso de suas obras de arte desaparecidas.

Essa informação teve um efeito galvanizador no homem parado diante dela. Primeiro, seu rosto registrou estupefação e, então, alarme, antes de ele dar a volta no lindo balcão de nogueira da recepção e segurar Maria pelo braço, conduzindo-a na direção do elevador.

— Mantenha a voz baixa! — sussurrou ele, sinalizando freneticamente para o ascensorista fechar as portas depois de eles entrarem.

Maria sentiu os dedos do homem afundando em seu braço e temeu que isso pudesse danificar a seda de seu vestido. Ela se desvencilhou dele.

— Não é de conhecimento público que houve um furto no hotel? — perguntou ela, bem ciente do impacto que suas palavras teriam nele.

— Não é! — insistiu ele. — E nós nem queremos que seja.

— Nós?

— Pense, Fräulein Maria — falou ele, lutando para recuperar a compostura —, em como nossos hóspedes ficariam... inquietos se achassem que há um ladrão na cidade.

— Certamente eles ficariam inquietos; eles teriam todo direito disso. E é mais preciso, sem dúvida, dizer que há um ladrão neste hotel, em vez de na cidade. Não estou ciente de nenhum outro furto em nenhum outro lugar de Nuremberg, e o senhor?

— Essa não é exatamente a questão...

— Acho que é precisamente a questão. Chego a considerar um tanto ardiloso de sua parte não alertar os hóspedes da possibilidade de seus pertences serem vistos de uma forma semelhante.

— Por que seriam? — retrucou Herr Schoenberg. — Herr Dürer é nosso único residente. Hóspedes visitando a passeio ou negócios não costumam trazer obras de arte consigo.

— Então o senhor considera esse um caso isolado e acha que as gravuras foram especificamente visadas?

— Sim. Além do mais, considero que instigar a histeria...

— Ah, não chega a tanto, vamos lá.

— ... sobre a possibilidade de ladrões no edifício causaria um alarme desnecessário... e poderia também fazer com que hóspedes fossem embora e as reservas caíssem dramaticamente.

Herr Schoenberg foi perdendo a cor no rosto, passando de pálido de preocupação a branco de angústia.

— Fräulein, eu lhe suplico...

O elevador parou e o ascensorista deslizou a larga porta pantográfica de metal.

Herr Schoenberg manteve a voz baixa:

— O movimento já está suficientemente fraco sem isso. O hotel... luxo, me parece, está um pouco fora de moda este ano.

— Ou além dos bolsos das pessoas.

— Possivelmente. De qualquer forma, precisamos manter os hóspedes que já temos. Se a notícia do... incidente *infeliz*... se espalhar, bem, isso pode ser muito ruim para o Grand. Realmente muito ruim.

Maria saiu do elevador para o carpete espesso do corredor.

— Acabei de perceber, Herr Schoenberg, que o senhor pode muito bem ser capaz de me auxiliar em minhas indagações, e de que eu gostaria muito de discutir o assunto mais a fundo com o senhor.

— Naturalmente eu desejaria dar toda a assistência que puder, mas sou um homem ocupado...

— Como lhe convier — assegurou Maria. — Primeiro devo encontrar meu cliente e lhe garantir que tudo que pode ser feito para recuperar seus tesouros será feito. Tenho certeza de que o senhor gostaria que eu fizesse isso, não é mesmo?

O proprietário do hotel concordou que de fato gostaria daquilo. Conduziu Maria até a porta de Herr Dürer e a deixou ali. Ela observou enquanto o homem ia embora. Ao fazer aquilo, tirou uma pequena caderneta do bolso e anotou o nome dele junto com um lembrete para questioná-lo cuidadosamente sobre quais membros da equipe tinham acesso às suítes dos últimos andares. Ela também o perturbaria em relação ao estado precário das finanças do hotel. Afinal de contas, um homem com preocupações financeiras era um homem com motivo para furto.

Sua batida à porta do que se declarava em letras douradas a suíte presidencial foi atendida depois de algum tempo por uma jovem mulher bonita com olhos sorridentes. Ela vestia os trajes de uma enfermeira, mas Maria não conseguia imaginar qualquer pessoa menos provável de ocupar tal posição. Além da vitalidade em seu olhar, a mulher era curvilínea de uma forma perceptível e sedutora, parecia prestes a dar uma risadinha e usava os abundantes cabelos ruivos cacheados presos de forma relaxada sobre a cabeça debaixo de uma rede inadequada para a tarefa de conter seus cachos. Na verdade, parecia para Maria que tudo na mulher queria se livrar de suas amarras de uma forma ou de outra.

— Boa tarde. — Maria usou sua melhor voz eficiente, porém acessível, aquela que reservava exclusivamente para novos clientes. — Sou Maria de Gesternstadt, aqui a pedido de Herr Dürer.

— Ah, entre, Fräulein, por favor.

A enfermeira saiu da frente e Maria entrou no quarto, vasculhando-o em busca de sinais de seu novo empregador. A suíte, elegantemente mobiliada, espaçosa e confortável, contava com uma decoração grandiosa, porém sutil. Havia pinturas em abundância nas paredes, e Maria notou vários artefatos charmosos de bronze e um grande número de belas peças de porcelana. Imediatamente percebeu os detalhes salientes: duas janelas altas na parede virada para o sul; não havia varanda; portas que levavam a quartos adicionais à esquerda e à direita; uma lareira com uma chaminé estreita. À primeira vista, achou que o quarto estava vazio, mas um pequeno movimento junto à lareira chamou-lhe a atenção. Uma poltrona estreita, posicionada de costas para a porta e agora virada, revelando-se estar sobre rodas, acomodava o homem de aparência mais velha que Maria já tinha visto. Sua pele era marrom como uma casca de noz, profundamente vincada e enrugada como o tornozelo de um elefante; parecia prestes a se esfarelar nas bordas. No entanto, desse semblante de ancião lhe fitavam um par de olhos azuis brilhantes, tão cheios de vida quanto qualquer outro que alguém pudesse ter.

— Herr Dürer...? — Maria se viu incapaz de pronunciar o epíteto do homem. Muito Muito Mais Jovem parecia cruelmente impróprio naquele momento.

— Ah! Fräulein Maria, você finalmente chegou. Bem-vinda! Entre, entre. Valeri, toque a campainha para que tragam um refresco para nossa convidada. Você aceita um pouco de quentão, Fräulein? Eu considero esplendidamente revigorante.

O homem disparou pelo chão em sua cadeira, desviando agilmente entre mesas e vasos ocasionais.

— Seria muito bem-vindo.

Herr Dürer esticou a mão.

— Foi bom você ter respondido ao meu chamado — prosseguiu, apertando a mão dela de uma forma surpreendentemente firme.

— Sinto muito por seu mensageiro. Por favor, aceite minhas condolências.

— Ah, um fato triste. O pobre Gerhardt não desfrutava de boa saúde. Ao contrário de mim! — Ele soltou uma pequena risada maldosa, que Valeri ecoou do outro lado da sala. — Eu sou afortunado, Fräulein, de inúmeras formas. Alcancei idade avançada... 105 anos, como sei que você é educada demais para perguntar... porque tive sorte, uma ascendência robusta, uma boa vida, o bálsamo protetor da riqueza e, ultimamente, a bênção de uma companhia amável para cuidar de mim. — Ele sorriu para Valeri, que veio ficar ao seu lado. Herr Dürer acariciou a mão que a moça repousou sobre as costas de sua cadeira. — Valeri é empregada como minha enfermeira e eu não poderia pedir alguém melhor, mas também é minha amiga e confidente, Fräulein. Você pode falar livremente na frente dela.

— Algumas questões, então, se o senhor não se importa. Além do senhor e de Valeri, ninguém mais reside nesta suíte, estou correta?

— Está.

— E que membros da equipe do hotel têm acesso aos seus quartos?

— Ah, deixe-me ver. As camareiras... são duas. O rapaz que traz a lenha e leva as cinzas... outro que tira os excrementos...

— Uma lista seria muito útil.

— Você a terá.

— Aquelas portas levam até onde?

— Aquela ali — Herr Dürer acenou com a mão retorcida para a esquerda — leva até o meu quarto e ao meu closet. A outra leva até o quarto de Valeri. Depois dele, há um pequeno depósito.

— E a única forma de entrar e sair de seu apartamento é por esta porta aqui?

— Sim. Ninguém tem permissão para usar a escada ou o elevador sem ser acompanhado por um porteiro ou outro membro da equipe. Herr Schoenberg é muito insistente quanto a isso.

— Com certeza. Agora me conte, se isso não o angustiar demasiadamente, onde o senhor estava na noite em que as gravuras foram levadas?

Herr Dürer respirou fundo para se acalmar.

— Eu tinha me recolhido um pouco depois de meia-noite e dormia em meu quarto. Valeri estava no dela. Nenhum de nós ouviu som algum. Não consigo compreender como, pois tenho o sono excepcionalmente leve. O Grand é um hotel encantador, mas, como eu, já passou muito da juventude. As portas gemem quando são abertas e tremem quando fechadas. As tábuas do assoalho, como você já notou, rangem alto quando se anda sobre elas. É quase impossível colocar os pés nestes quartos sem que o prédio lhe anuncie a presença.

— E ainda assim, quem quer que seja que invadiu a suíte foi capaz de fazer isso em silêncio?

Herr Dürer assentiu, melancólico.

Uma campainha soou e Valeri dirigiu-se até o canto do quarto ao lado da lareira. Abriu uma pequena porta de correr e tirou uma bandeja sobre a qual estavam copos e uma garrafa de quentão.

— O que é esse dispositivo? — perguntou Maria.

— O monta-carga, Fräulein — respondeu-lhe Valeri. — Ele permite que a comida seja enviada da cozinha sem que uma pessoa precise trazê-la.

— Uma invenção maravilhosa — acrescentou Herr Dürer. — Minhas refeições estão sempre extremamente quentes.

Maria olhou para dentro. A estante de madeira que subia e descia no hotel num sistema de cordas e polias era grande o suficiente para acomodar uma bandeja de pratos e copos, talvez uma pequena cesta de pão, mas não uma pessoa.

— Sei em que você está pensando, Fräulein. — Herr Dürer sacudiu a cabeça. — É possível forçar um garoto pequeno a se encolher naquele espaço pequeno, mas ele teria que fazer isso sem as gravuras. Elas foram levadas com as molduras, e o vidro e não caberiam aí dentro.

Eles se acomodaram em sofás com estofamento plano junto ao fogo. Valeri serviu o vinho.

— Perdoe-me, Herr Dürer, mas não pude evitar perceber os espaços bastante pungentes onde, suponho, um dia ficavam penduradas as gravuras desaparecidas.

Todos os olhos se voltaram para o pedaço de parede entre as longas janelas. O papel de parede de seda sutilmente revelava sua idade, ainda que de modo perceptível, ao exibir dois retângulos onde seu padrão estava um tanto mais brilhante, tendo evidentemente sido protegido da luz do dia durante um tempo considerável.

O rosto do velho homem perdeu o brilho.

— Ah, não. — Ele suspirou. — É verdade o que dizem, Fräulein; as pessoas não avaliam a profundidade dos sentimentos de por algo até que isso lhe seja tomado. Apenas em sua ausência chegamos a uma compreensão completa do quanto aquilo significava para nós. É assim com minhas amadas gravuras de sapos. — Ele tomou um gole do vinho doce e continuou. — Meu pai deixou aqueles quadros para mim. Eu me recordo de admirá-los, pendurados na biblioteca, quando menino; de como nós os admirávamos juntos, de como, quando meu pai falava deles, um sorriso aparecia em suas feições severas, abrandando e alegrando sua expressão. Eles surtiam esse efeito, sabe? Animavam as pessoas. Olhar para eles era sentir sua moral levantar. Muitas das pinturas de Albrecht, o Jovem, têm qualidade semelhante. É por isso que são tão amadas.

— Ele era seu ancestral?

— Indiretamente. O grande artista não teve filhos, mas veio de uma família de dezesseis. Sou o descendente de seu irmão mais jovem. Os quadros permaneceram na família Dürer durante todas essas gerações. E agora desapareceram.

Lágrimas quentes caíram de seus olhos. Valeri correu para secá-las com um lenço de renda.

Maria limpou a garganta. Embora não fosse de pedra, e, se possível, pretendesse poupar o velho senhor daquele sofrimento, nunca se sentia confortável diante de demonstrações de emoção. Achava lágrimas particularmente desconcertantes. De acordo com sua experiência, eficiência rápida funcionava melhor, pelo menos no que dizia respeito aos seus clientes. João não respondia tão bem a tal tratamento, mas raramente tinha algo sobre o que chorar, então isso não era um problema tão grande.

— Se eu puder incomodá-lo... o senhor conseguiria estipular um valor a essas obras de arte para mim?

— Como alguém pode colocar um preço na felicidade? — Ele fungou.

— Com certeza, mas, por outro lado, estou inclinada a dizer que existem aqueles que meramente veriam esses quadros como bens a serem negociados ou vendidos e, assim sendo, as obras teriam algum tipo de valor de mercado.

Herr Dürer balançou a cabeça.

— É verdade. Mesmo em minha própria família, apesar de ser doloroso dizer isso, existem aqueles que veem apenas as riquezas que podem ser trocadas por meus amados sapos.

— Em sua própria família?
— Meu sobrinho, Leopold. — Enquanto o velho homem explicava, Maria rabiscava anotações. — Ele não é um mau menino, compreenda, mas, bem, jovens muitas vezes são ambiciosos. Receio que os desejos de Leopold diversas vezes excedam seu alcance.

Maria franziu a testa, tentando decifrar as palavras de seu cliente, fazer anotações coerentes e calcular as ramificações do que ele lhe contava. Um longo gole de quentão facilitou as três tarefas. Valeri completou seu copo.

— Isso é excepcionalmente bom, obrigada. À sua saúde — brindou ela, entornando mais alguns centímetros da bebida melosa. — Esse sobrinho, o jovem Leopold, conte-me... O senhor o vê muito?

— Ele me visita com pouca frequência. Mora do outro lado de Nuremberg e sai muito da cidade a trabalho.

— E qual é o trabalho dele?
— Comprar e vender. Isso e aquilo.

Herr Dürer balançou a mão vagamente. Estava óbvio até mesmo para o olhar sem treino de Maria que o velho homem estava ficando cansado. Valeri sentiu o mesmo e pegou um recipiente de remédio marrom, liberalmente oferecendo uma dose a seu empregador. Depois disso, ele pareceu um pouco recomposto e capaz de continuar.

— Leopold um dia se ofereceu para encontrar um comprador para as gravuras.

— O senhor não se interessou pela ideia?
— Eu fiquei chocado! Com a possibilidade de aquilo algum dia sair da família? Era impensável. E, em todo caso, eu não preciso do dinheiro. Tenho investimentos suficientes para minhas necessidades.

— Sinto que o jovem Leopold não tem.

Herr Dürer fez um gesto arrependido que ao mesmo tempo concordava e expressava decepção. Maria estava prestes a pressioná-lo ainda mais a respeito quando veio uma batida à porta. Não era o toque delicado e interrogativo de um funcionário do hotel nem o tamborilar animado de um visitante amigável, mas a pancada assertiva de alguém com um forte senso de propósito que esperava que a porta fosse aberta, rápido.

Valeri se levantou com um salto e abriu a porta para um homem robusto com uma capa nada convencional e um chapéu verde estranhamente familiar. Maria o reconheceu, em meio à névoa agradável do quentão, como sendo o mesmo estilo daquele usado pelo mensageiro que morrera aos seus pés.

— Ah! Bruno, que bondade sua me visitar. — Herr Dürer sorriu. — Fräulein Maria, permita-me apresentar-lhe o renomado colecionador de arte, o Dr. Bruno Phelps. Bruno, uma luz está brilhando em nosso momento de escuridão. Essa é ninguém menos do que Maria... sim, *aquela* Maria... de Gesternstadt, que veio me ajudar a recuperar meus queridos sapos.

Maria se levantou e estendeu a mão. O Dr. Phelps segurou apenas as pontas de seus dedos, como se desprezasse contato físico, e se curvou rigidamente.

— Receio que você tenha feito uma jornada inútil, Fräulein — disse ele a Maria. — Esse é claramente o trabalho de um ladrão de arte profissional. Não tenho dúvidas de que as peças já saíram há muito tempo desta cidade, muito provavelmente roubadas por encomenda, e de que há, neste momento, um comprador ávido pendurando-as em sua parede, admirando o esplendor de seus tesouros obtidos desonestamente.

— Dr. Phelps, o senhor realmente pinta um retrato vívido.

Tanto que Herr Dürer se tornara choroso mais uma vez.

— É melhor encarar os fatos — continuou Phelps. — Essas gravuras desapareceram, levadas misteriosamente por algum traste inescrupuloso. Pode gravar minhas palavras: não vamos vê-las novamente.

Herr Dürer começou a gemer miseravelmente.

Maria não gostou da insinuação das declarações de Phelps de que não havia motivo para ela estar ali.

— Ora, ora, Dr. Phelps. Não devemos abandonar a esperança tão cedo. Minhas investigações estão na fase inicial e já há hipóteses se formando em minha mente.

Herr Dürer se animou.

— Já?

— Hipóteses, que nada! — Phelps não comprava esse disparate de otimismo. — A verdade é que você chegou tarde demais, Fräulein. A trilha já estará fria a essa altura.

— Tenho um faro excelente. Ele não me deixará na mão, nem mesmo se a trilha estiver congelada.

— Não vou permitir que você dê falsas esperanças ao pobre Dürer. É crueldade criar expectativas no homem quando o resultado só pode ser mágoa.

— Não me considero falsa nem cruel, eu lhe prometo. Continuarei com minhas investigações de forma minuciosa e lógica. Rastrearei o cheiro do culpado, por mais fraco que seja. E se, como o senhor postula, as gravuras já tiverem sido passadas a um terceiro, encontrarei tal pessoa.

— Postular, que nada! — bradou Phelps.

Maria tinha como prática nunca formar opiniões apressadas das pessoas, mas via seu coração endurecendo rapidamente contra aquele sabichão bombástico. Tentou levar a conversa a um caminho mais útil:

— Não pude evitar notar que o senhor está usando um chapéu semelhante ao que o mensageiro de Herr Dürer usava no dia em que morreu. Vocês compartilhavam um chapeleiro?

— Não um chapeleiro, mas uma causa comum. Ele era um membro da Sociedade das Mãos Que Rezam, assim como eu. E assim como Albrecht — respondeu o homem. — Nós todos usamos o chapéu verde com orgulho. Ele é um símbolo de nossa lealdade à arte do grande Dürer.

— A-hã — concordou Maria, silenciosamente se repreendendo por não fazer a conexão mais cedo e desejando ter se dado ao trabalho de ler um pouco sobre o assunto antes de se encontrar com seu novo cliente. — Claro, eu me lembro do desenho agora — disse ela, vasculhando o sótão empoeirado de sua mente atrás de um esboço esquecido de mãos erguidas em oração.

Encontrou-o encostado a uma pilha de obras de arte semelhantemente negligenciadas que ela fora obrigada a estudar no internato, mas que nunca tinha pensado em tirar dos confins cobertos de teias de aranha de sua memória para olhar desde então.

Herr Dürer se recuperou o suficiente para tentar explicar.

— Nós formamos a Sociedade há alguns anos, sob o juramento de proteger as obras do meu antepassado. Na verdade, estamos negociando com a Galeria de Arte de Nuremberg, onde esperamos que uma nova ala seja construída especificamente para abrigar os quadros dele. Eles já têm várias de suas gravuras e de seus esboços...

— O Rinoceronte! — bradou Phelps, com tanta paixão que Maria sentiu a necessidade de outro gole generoso de sua bebida. — Ele é sublime, Fräulein. Você viu o rinoceronte de Dürer?

— Infelizmente, não. Estou na cidade há apenas algumas horas...

— Horas, ora bolas! Você precisa vê-lo. Precisa!

Maria estava cansada daquele homem bradando na direção dela.

— Admiro seu zelo evangélico pela coisa, Dr. Phelps, mas estou no momento mais interessada em sapos.

— Se você nunca viu por conta própria a maravilha da obra do homem, como pode esperar compreender? Se nunca submeteu sua vontade ao esplendor da habilidade para o desenho, o magistral jogo de luz e sombra, a requintada qualidade do todo, como pode esperar entrar na mente de alguém que se dobraria ao furto por causa disso, compelido por um amor que vai além de palavras...?

Parecia, como uma rajada de vanglória, que o Dr. Phelps acabara se exaurindo. Maria tinha certeza de que aquela era uma calmaria que duraria pouco tempo, então não permitiu que ele tivesse tempo para recuperar as forças.

Devolvendo o copo vazio à mesa, ela disse:

— O senhor obviamente tem razão, Dr. Phelps. Irei até a galeria na primeira oportunidade. Começarei também a interrogar aqueles que podem ser capazes de me auxiliar em minhas investigações. Falarei com Herr Schoenberg sobre a segurança do hotel e o acesso a esta suíte, entre outros assuntos. Herr Dürer, agradeço seu tempo. Naturalmente eu o manterei informado do meu progresso.

— Se você tiver mais perguntas — disse Herr Dürer — ou se houver qualquer coisa que eu possa fazer para ajudar, por favor, não hesite...

— Obrigada. Boa noite para o senhor, Valeri, Dr. Phelps.

Com isso, Maria se retirou, agradecida por estar fora do alcance de Phelps, mas um pouco preocupada com a possibilidade de o homem plantar uma semente de dúvida na mente de Herr Dürer em relação à probabilidade de ela ter sucesso em recuperar os quadros. Se quisesse que ele tivesse fé nela, teria de fazer algum progresso perceptível rapidamente. Sentia-se aborrecida por ter sido impedida de fixar os termos de seu contrato no caso, mas concluiu que Herr Dürer era um homem de integridade, justiça e, sobretudo, recursos; que, basicamente, pagaria o quanto ela pedisse, contanto que houvesse esperança.

— Esperança *real* — murmurou a si mesma, para a confusão do ascensorista. Não importava o que o derrotista do Phelps quisesse pensar. Esperança *real*.

O sono daquela noite se revelou fugidio para Maria. Apesar do sonoro dueto de roncos de João e de Lobinho vindo pelo corredor, ela adormeceu, mas foi um sono intermitente. Maria conseguiu dormir por apenas uma ou duas horas antes de recuperar a consciência novamente, a mente inquieta. A ideia de que Phelps poderia ter razão começou a tomar conta dela. Fez o possível para afastá-la, mas o pensamento se tornava cada vez mais persistente. Enquanto pensava naquilo, começou a ter vislumbres de um futuro próximo cheio de frustração, fracasso e colapso financeiro. E se realmente fosse tarde demais? E se os malditos sapos tivessem, de fato, sido levados de Nuremberg e contrabandeados até os cofres impenetráveis de um colecionador fanático?

— Ah, pela madrugada, mulher, recomponha-se — disse a si mesma.

Sentou-se na cama e apalpou a superfície da mesa de cabeceira procurando o copo de água que se lembrava de ter deixado ali, mas que não conseguia encontrar. Sua sede se tornou mais urgente. Amaldiçoando a secura que só podia ser induzida pelo álcool, passou a mão sobre a mesa em busca de um palito de fósforo e acendeu o lampião fornecido por Lobinho. Quando o quarto ficou iluminado, um movimento fugaz nas sombras fez Maria se assustar. Ela estreitou os olhos, forçando a visão na escuridão, mas não conseguiu ver nada. Tirou os pés de debaixo do edredom de pena de ganso e os colocou dentro das pantufas. Parou. Novamente, o movimento mais leve chamou sua atenção, como se as próprias sombras tivessem corrido em sua direção do canto do quarto. Maria escutou com atenção, mas não havia som. Esfregou os olhos, atribuindo a ilusão ao cansaço.

Quando procurou o copo de água, ficou surpresa ao achá-lo vazio e virado sobre uma garrafa cheia. Pegou o copo. Mesmo na luz fraca, estava claro que ele tinha sido lavado e polido. Cheirando o líquido dentro da garrafa, detectou que a água estava fresca. Isso a fez pensar que aquilo era inevitavelmente esquisito. Maria tinha certeza de que, quando se recolhera à noite, a garrafa estava vazia, e o copo, cheio até a metade. Ela inclusive se recordava de tomar um gole antes de apagar o lampião. Até onde sabia, nem João nem Lobinho haviam entrado em seu quarto desde aquela hora. Além disso, nenhum dos dois tinha um andar silencioso; despertariam até mesmo a pessoa com o sono mais pesado com seus passos. Ademais, por mais acolhedor que Lobinho fosse como anfitrião, ela nunca o tinha visto fazer algo remotamente domesticado, e caminhar nas pontas dos pés pelo apartamento na madrugada para cuidar de sua hóspede parecia algo completamente em desacordo com o caráter do homem.

Maria se levantou lentamente. Enquanto seus olhos se ajustavam à luz do lampião, examinou o quarto de novo. Suas roupas de baixo, suas anáguas e seu espartilho tinham sido tirados do chão por alguma mão invisível e posicionados cuidadosamente nas costas da poltrona estofada. O vestido de seda vermelha estava pendurado alegremente num cabide, em vez de ficar jogado onde ela o arremessara sobre o divã. Seus sapatos, Maria tinha bastante certeza, haviam sido polidos. No geral, a impressão era de que o quarto estava novo em folha, diferentemente de algumas horas antes. Foi então que notou uma presença, próxima, oculta e observando. E era ela que a presença observava. Os pelos em sua nuca se arrepiaram como se perturbados por formigas.

— Quem é? — perguntou, com uma voz que esperava não demonstrar sua ansiedade. — Quem está aí? Saia daí e se apresente, agora. Isso não é forma de se comportar — acrescentou, adotando o tom de repreensão escolar que tantas vezes funcionava com seu irmão.

Por um momento, não houve resposta, então um resmungo mal-humorado foi seguido por um pequeno vulto saindo de trás da escrivaninha e caminhando até a poça de luz criada pelo lampião até parar, as mãos na cintura, diretamente em frente a Maria.

Ela logo soube o que era, e imediatamente a arrumação do quarto fez sentido. Houvera um duende residente no internato que ela frequentara, e, embora as criaturas parecessem não aderir à forma de padrão de raça alguma, havia características inconfundíveis comuns a todos. A altura, para começar. Ou melhor, a falta dela, pois eles geralmente não passavam de um metro. Esse não era exceção. Também havia as orelhas: longas, pontudas, posicionadas na parte baixa da cabeça e expressivas em seus movimentos. As desse apontavam para baixo e para trás, conferindo à criatura uma aparência de humor azedo, como a de um cavalo que Maria um dia teve, um bicho dado a morder os outros. Seu rosto não era nem humano nem demoníaco, mas ficava em algum lugar entre os dois.

Alguns duendes viviam toda a vida nus. Felizmente, esse estava vestido de forma bastante elegante, usando um uniforme simples de pajem com, Maria não foi capaz de evitar perceber, belos sapatos com fivelas. O que se destacava da norma nesse — a coisa evidente antes de ele abrir a boca e falar — era seu comportamento sombrio. Rabugice transbordava de cada um de seus poros. Como um bom humor animado era um dos traços mais comuns de um duende (levando em conta, claro, que eles não fossem insultados ou enganados), o estado de espírito sombrio desse o destacava.

— Você não vai começar a vagar por aí no meio da noite, vai? — perguntou o duende. Sua voz, com um tom anasalado, infectava cada palavra com um queixume irritante. — Não posso fazer meu trabalho se vocês vão todos virar notívagos agora, posso? Já é suficientemente difícil assim... visitantes inesperados... convidados para dormir... tenho só um par de mãos, sabia? A noite tem apenas essas horas. Não comece a reclamar se eu cortar caminhos. Não será minha culpa se o padrão cair. Não tem qualquer relação comigo a quantidade de aproveitadores para os quais Herr Pretzel abre suas portas; só não esperem milagres. O que não puder ser feito nas horas da madrugada não será feito, e isso é tudo.

Maria manteve seu tom calmo.

— Bem, eu realmente espero que você esteja se sentindo melhor agora que tirou isso de seu peito coberto de botões de bronze. Se eu prometer manter a bagunça e as interrupções num nível mínimo, posso razoavelmente esperar não ouvir o adjetivo "aproveitador" ser disparado na minha direção de novo?

O duende continuou como se ela não tivesse falado.

— Tudo bem fazer as camas com menos de cinco minutos de aviso, mas quem é que faz essas camas? Quem é que lava os lençóis, vira os colchões, bate os tapetes, varre os chãos, prepara as lareiras, enche os lampiões, tira a poeira das prateleiras, areja os quartos, tira os excrementos e esvazia os penicos?

— Um palpite louco... alguma chance de ser a sua inestimável pessoa?

O duende se inclinou para arrumar a franja no tapete indiano. Tirou um pequeno pente do bolso e ajeitou a borla.

— Não ache que sou pago. E peço por melhorias nas minhas condições? Não. E espero reconhecimento e um tapinha nas costas? Não. E vou procurar por mais espaço para mim mesmo; uma nova cama, talvez? Não antes do Natal.

Ele se afastou, passando seu espanador em objetos sem poeira, ajustando minuciosamente a posição da tela de tapeçaria da lareira, murmurando o tempo todo até desaparecer nos recantos escuros do apartamento.

Maria suspirou. Ela estava familiarizada com o conceito de compartilhar o lar com um duende. Eles eram conhecidos como faxineiros dedicados. No entanto, parecia uma pena Lobinho ter adquirido um espécime tão rabugento. Havia algo de perturbador em dormir num quarto enquanto alguém tão claramente descontente com seu destino empunhava um espanador a centímetros de onde você dormia. Mas não havia nada a ser feito a respeito. O apartamento de Lobinho era, como o faxineiro sombrio ressaltara, algo de que Maria se aproveitava, e ela ainda não tinha assegurado qualquer recurso com seu novo cliente. Enquanto se deitava novamente na cama e puxava as cobertas sobre a cabeça, Maria resolveu que tiraria de Herr Dürer um montante considerável de seu dinheiro já no dia seguinte.

CINCO

Na hora do café da manhã, Maria se juntou ao seu irmão e seu anfitrião na cozinha. Mais uma vez, o conteúdo da despensa parecia ter sido esvaziado sobre a mesa no centro do aposento. João estava ocupado, vestindo um avental, fritando ovos e cantarolando alegre mas desafinadamente. Lobinho, por sua vez, cortava um pão escuro em fatias generosas.

— Ah! Bom dia, irmãzinha do João! Por favor, sente-se. Sirva-se.

Ele usou a faca para mover um pedaço de pão sobre um prato para Maria.

— Eu realmente não posso deixar você continuar a me chamar assim — disse ela.

— Não? Então, deveria ser Maricotinha?

— Acho que não.

— Mariola?

— Não enquanto eu respirar.

— Marinara?

Lobinho fez uma pausa, esperançoso, com a faca erguida, seu bigode tremendo enquanto aguardava a resposta.

Maria serviu uma xícara de café para si e ofereceu um olhar duro em réplica. João sorriu.

— Por que você não a chama do que eu a chamava quando éramos crianças?

— Um apelido de família? Ah, sim, eu ficaria honrado.

— Cale a boca, João.

— Ah, qual é, Maria? Apenas pensar nisso me faz viajar anos no tempo. Era uma coisa tão maravilhosa chamá-la de...

— João, se você simplesmente começar a falar aquele nome em voz alta na minha presença, vou arrancar aquela faca de trinchar da mão de Lobinho e cortar sua língua com ela.

— Haha! — Lobinho achou a ideia extremamente divertida. — Agora eu preciso saber o que é! Vamos lá, Joãozinho, você *tem que* me contar!

— Açucarada! — exclamou ele, antes que Maria pudesse impedi-lo. Ela fechou os olhos enquanto as risadas dos homens enchiam a cozinha. — Ela era nossa pequena fadinha Açucarada!

Maria pensou seriamente em seguir adiante com a mutilação ameaçada, mas sabia que não adiantaria nada. A palavra já estava no ar, livre, leve e solta, e Lobinho era exatamente o tipo de pessoa que se aproveitaria ao máximo daquilo.

Quando se recuperou das gargalhadas o suficiente para falar, Lobinho disse:

— Ah, Açucarada! O nome lhe cai tão bem. Não consigo imaginar por que Joãozinho não o usa o tempo todo.

— Porque ele sabe que, se tentar, eu serei forçada a colocá-lo para fora de casa. Ou matá-lo. Ou as duas coisas. Agora, se já tiver acabado de arruinar minha manhã antes sequer de ela ter realmente começado, irmão querido, você poderia fazer o favor de passar alguns desses ovos?

Eles comeram vorazmente, temperando a refeição com mais açúcar do que Maria gostaria, mas, fora isso, foi um café da manhã sociável. João contou a ela que no dia anterior os dois haviam procurado os organizadores do Über Festival do Salsichão Branco e em seguida se oferecido como voluntários. A oferta deles fora aceita, e os dois estavam bastante animados com a perspectiva de fazer parte da tentativa de construção do salsichão, o clímax do festival.

— Eles estavam precisando tanto assim de ajudantes? — perguntou Maria.

João não percebeu a provocação.

— Como de costume, você subestima a sedução do salsichão branco, irmã minha. As pessoas formavam fila por uma chance de participar.

— Um salsichão tão grande exigirá um grande número de cozinheiros e assistentes — concordou Lobinho.

— Mesmo assim — continuou Maria —, eles deviam com certeza estar procurando chefes de cozinha, açougueiros, especialistas em charcutaria, esse tipo de coisa. — Ela apontou o garfo para João. — Eu quase posso imaginá-lo convencendo-os de sua experiência culinária, mas *você*, Lobinho... Conte-me, que histórias inventou para garantir um lugar na equipe de construção do salsichão?

Lobinho encolheu os ombros, nem um pouco insultado pela sugestão.

— Bem... — Ele fez uma pausa para dar ênfase e se aproximou de Maria até seus bigodes fazerem cócegas em seu ouvido. — ... *Açucarada...* foi fácil. — Ele deu uma risadinha. — Eu contei a eles sobre o pequeno restaurante que já tive em Rothenburg. Sobre como a especialidade da casa era salsichão branco e sobre como eu pessoalmente supervisionava cada prato feito. O restaurante era imensamente popular e logo se tornou o único lugar disponível em toda Rothenberg.

João parou de mastigar por um instante.

— Acredito que eu mesmo já comi lá. Melhor salsichão da cidade. Um lugar bonito, também, se me lembro bem. Não havia longas mesas de madeira? E lampiões de bronze? E também estampas xadrez?

Lobinho soltou uma gargalhada sonora.

Maria sentiu o apetite diminuir. Não bastava sua noite ter sido perturbada pelo duende mais triste do universo? Agora ela deveria comer cercada por idiotas e loucos. Só para variar um pouco, desejou que o seu dia pudesse conter algumas pessoas de intelecto. Alguém capaz de estimular sua mente afiada. E seria muito pedir a companhia de pessoas que soubessem diferenciar uma anágua de um saiote? Em certos momentos, Maria temia que suas melhores qualidades estavam sendo completamente desperdiçadas. Ou, pelo menos, ela se consolou, seriam desperdiçadas se não fosse por seu trabalho de detetive. No ramo da investigação, ao menos, seus talentos eram reconhecidos e apreciados.

Guardando esse pensamento no coração, ela empurrou seu prato para longe e limpou a boca com um guardanapo de linho que sem dúvida fora passado de má vontade.

— Devo deixá-los, cavalheiros — disse ela, levantando-se. — Enquanto vocês estarão enfiados até os cotovelos em carne moída e restos de porco, respirando o vapor da sálvia, eu estarei no Grand Hotel, cercada de elegância e bom gosto, apreciando o aroma sutil da sofisticação.

Pelo segundo dia consecutivo, Maria entrou no Grand com seu vestido de seda rubi. Ela se metera numa breve escaramuça com a modéstia e o bom senso, que tinham insistido que o terno quadriculado amarelo era muito mais adequado tanto para o horário quanto para a natureza de seu negócio. Na verdade, aquilo não havia passado de um ligeiro conflito, nada mais, o qual Maria sempre acabaria vencendo. A sensação da seda brilhante debaixo de seus dedos, a carícia que o tecido fazia contra seu corpo, a forma como sussurrava enquanto Maria se movia... essas eram coisas pelas quais valia lutar. Além do mais, ela julgava ter mostrado autocontrole ao não usar sua amada peruca.

O hotel encontrava-se movimentado, com novos hóspedes chegando aos montes, presumivelmente marcando suas visitas para coincidir com o festival do salsichão na semana seguinte. Maria espiou Herr Schoenberg batendo palmas para os porteiros e enviando pajens e camareiras de um lado para o outro. Ele estava claramente aliviado por ver tantos hóspedes entrando por sua porta. Maria notou que, por mais movimentado que estivesse o hotel, Herr Schoenberg ainda conseguia impor a regra de que ninguém desacompanhado pudesse usar o elevador ou subir a escada até os últimos andares. E o lugar teria estado consideravelmente mais silencioso e vazio na madrugada, de modo que qualquer um que desejasse ter acesso às suítes com certeza seria identificado imediatamente. Maria estava prestes a abordar Herr Schoenberg e lhe pedir dez minutos de seu tempo quando sentiu que era observada. Virando, ela ficou atônita ao encontrar ninguém menos do que o Über General Ferdinand von Ferdinand parado atrás dela. O homem exibia seu sorriso diabolicamente atraente. Não era um sorriso largo, nem um brilho cheio de júbilo, nem uma risadinha afetada. Apenas um pequeno sorriso de olhos cintilantes, cabelos grisalhos, leve e ávido, jovial e completamente devastador.

Maria tentou permanecer equilibrada e indiferente, cumprimentando o general com um sorriso também hábil e deslumbrante. Ela não era uma colegial frívola que ficaria toda enrubescida ao ver um belo homem. Mesmo esse belo homem, com seu uniforme particularmente elegante. Ainda assim, sentiu-se feliz por estar com seu traje mais lisonjeiro. Quando ele começou a andar em sua direção, no entanto, Maria foi capaz de sentir o calor corando-lhe o rosto.

— Fräulein Maria.

Ferdinand se curvou longamente, tirando o chapéu enfeitado com uma pena com um floreio, sua capa vinho caindo para trás enquanto ele se erguia mais uma vez para revelar um glorioso forro de seda chinesa dourada.

Maria se lembrou de que, na verdade, lhe dera um bolo ao não comparecer ao baile da Princesa Charlotte como sua convidada no Schloss de Verão. Não houvera tempo para lhe enviar um recado, de forma que ela teve de deixar que a fofoca local o informasse de que ela deixara Gesternstadt a trabalho.

— Über General, que surpresa encantadora. Eu não imaginava que você fosse dado a frequentar festivais do salsichão.

— Normalmente não sou. No entanto, as princesas expressaram um desejo de comparecer.

— Ah.

— Suas Altezas estão recuperadas dos esforços do baile e buscam uma nova diversão. Foi decidida uma viagem a Nuremberg, o que, naturalmente, exigia que o caminho fosse pavimentado, que a segurança fosse checada, que os quartos fossem reservados. Então, cá estou eu.

— Sim. Cá está você.

— E cá está você.

— E cá estou eu.

Uma pequena pausa desconfortável se intrometeu na conversa. Maria tentou esmagá-la debaixo de seu salto gatinha.

— Eu lhe devo desculpas, Herr General — falou ela. — Fui convocada para um caso urgente...

— Eu compreendo. — Ele chegou um pouco mais perto e abaixou a voz. — Você fez falta no baile, Fräulein.

Maria não conseguia não achar que aquilo era uma Coisa Muito Boa.

— Não apenas por mim, infelizmente — continuou ele. — A Rainha Beatrice viu sua ausência como uma espécie de indelicadeza pessoal.

Maria não podia evitar achar que aquilo era uma Coisa Muito Ruim. Tinha sido doloroso num grau pessoal perder o baile. Era o sal na ferida saber que sua ausência não fizera nada para melhorar a situação bastante tensa entre ela e a família real de Findleberg. Seu caso anterior, receava, não deixara a rainha com a melhor das impressões da mais famosa detetive particular da cidade.

— A rainha também vem a Nuremberg? — perguntou ela.

— Não. As três princesas receberam permissão para viajar com sua acompanhante, a Baronesa Schleswig-Holstein.

— Uma escolta de ferro, com certeza. A virtude das princesas está em mãos seguras.

— Certamente.

O silêncio desconfortável se contorceu para fugir de debaixo do pé de Maria e se enfiou entre ela e Ferdinand mais uma vez. Maria procurou em sua mente a coisa certa para falar, aquilo que o faria perceber que ela sentia muito por não ter dançado com ele no baile e que se sentia excepcionalmente feliz por vê-lo, sem arriscar parecer ridícula. Ou desesperada. Ou possivelmente os dois.

Nenhuma palavra veio. O silêncio desconfortável bocejou. Ela precisava falar *alguma coisa*.

— Comprei uma nova peruca — declarou ela, finalmente.

Esse anúncio foi recebido com uma elevação perplexa das sobrancelhas por parte do general.

Maria persistiu:

— Uma criação esplêndida. Impressionantemente alta. É uma coisa e tanto. Sinos prateados... Ainda não tive uma oportunidade para usá-la, claro, por estar aqui num caso urgente.

— Sobre?

— O quê? Ah, uma nova investigação — explicou ela, aliviada por, nessa ocasião específica, ser capaz de se livrar da peruca. — Roubo de arte, caso difícil.

Ela não conseguia parar de olhar na direção de Herr Schoenberg. O homem certamente ficaria histérico se soubesse que ela estava discutindo o assunto no meio do saguão, cercada por seus preciosos hóspedes. Naquele momento, um grupo de recém-chegados aumentou os níveis de ruído do lugar consideravelmente.

O general precisou levantar a voz para ser ouvido.

— Devo cumprir meus deveres, Fräulein — disse a Maria, afastando-se.

— Espero que tenhamos a oportunidade de conversar novamente. Logo.

— Sim, logo! — falou ela para Ferdinand, enquanto a multidão o engolia.

Com um suspiro, Maria voltou sua atenção para Herr Schoenberg. Ele continuava atrás do balcão de recepção distribuindo instruções e ordens para seus subordinados. Maria tocou-lhe o ombro.

— Dez minutos de seu tempo, Herr Schoenberg?

— Fora de questão. Não é possível que não tenha percebido como o hotel está movimentado esta manhã.

— Eu certamente notei. Muitos e muitos adoráveis hóspedes todos ansiosos para se instalar em seus adoráveis quartos. Eu me pergunto se eles continuariam tão ansiosos se soubessem que um dos melhores quartos daqui foi roubado há apenas uma questão de dias?

O proprietário do hotel parou de dirigir sua equipe e franziu a testa para ela.

— Cinco minutos. Nem um segundo a mais — declarou ele, caminhando até a pequena sala nos fundos da área de recepção.

Maria o seguiu, fechando a porta depois de entrar. O escritório era pequeno, mas arrumado e lindamente mobiliado. Ela se instalou numa bela cadeira de pau-rosa. Herr Schoenberg se sentou atrás de sua escrivaninha, impacientemente batucando os dedos na nogueira manchada.

— Sua brevidade seria apreciada, Fräulein — disse ele a Maria.

— Então me conte: há quanto tempo Herr Dürer, o Muito Muito Mais Jovem, reside no Grand?

— Pouco mais de sete anos.

— E as gravuras ficaram penduradas em sua parede durante todo esse tempo?

— Até onde sei, sim.

— Até onde o senhor sabe?

— Não tenho o hábito de inspecionar os quartos dos hóspedes enquanto eles os habitam, principalmente o de um cavalheiro de boa reputação como

Herr Dürer. Toda vez que tive um motivo para entrar em sua suíte, vi que as gravuras estavam à mostra.

— E o senhor teve motivo recentemente?

Herr Schoenberg hesitou, então falou:

— Na verdade, sim. Duas vezes no último mês. Na primeira ocasião, o ascensorista me alertou sobre uma perturbação.

— E qual era a natureza dessa...?

— Vozes levantadas vindas do apartamento. Choro. Sem dúvida, uma altercação. Eu sabia, obviamente, quem estava visitando Herr Dürer. É política do hotel não permitir que alguém vá aos quartos a não ser que tenhamos seu nome. Nesse dia foi Leopold Dürer que veio visitá-lo.

— Ah, o sobrinho frustrado.

— Acho que "o sobrinho furioso" o descreveria melhor. Quando fui recebido na suíte, encontrei Herr Dürer num estado de grande agitação...

— O senhor está falado de Herr Dürer, o Muito Muito Mais Jovem, ou de Herr Dürer, o homem mais jovem?

— Do homem mais velho que é o Muito Muito Mais Jovem. O mais jovem também estava perturbado, o rosto cheio de fúria. E a enfermeira...

— Valeri?

Herr Schoenberg assentiu.

— Ela também chorava.

— Entendi. E as obras de arte ainda estavam no lugar?

— Estavam. Na segunda vez, cerca de uma semana depois, fui chamado para auxiliar quando o Dr. Phelps teve sua entrada recusada.

— Recusada? Mas ele é um membro da Sociedade das Mãos Que Rezam. — Maria observou seu interlocutor cuidadosamente em busca de sinais de que isso significava algo para ele, mas Herr Schoenberg não esboçou reação. — Certamente ele é sempre bem-vindo.

— Nessa ocasião, não foi. Valeri o tinha mandado embora, dizendo que Herr Dürer estava indisposto.

— E imagino que Phelps, nada satisfeito por ser despachado dessa forma, relutou em ir embora.

— Fica claro que você conheceu o sujeito. Nesse caso, sabe que ele não é o tipo de pessoa acostumada a qualquer tipo de recusa ou, pelo menos, não é o tipo que dá ouvidos quando isso acontece. — Herr Schoenberg olhou bem nos olhos de Maria. — Estou ciente de que você me acha um mercenário em meu relacionamento com os hóspedes, Fräulein, mas não aceito que eles sejam intimidados. Herr Dürer é um homem idoso e bastante frágil. Enquanto for residente do Grand, ele fica, por assim dizer, sob minha proteção. Mandei o Dr. Phelps embora e fiz questão de garantir que Herr Dürer estivesse bem. Os quadros ainda se encontravam na parede.

— E na noite do roubo, o senhor poderia me dizer onde estava?

— Eu estava aqui, no meu escritório, verificando as contas do restaurante daquela noite. É um hábito meu fazer a contabilidade diariamente. A porta estava aberta, permitindo-me uma visão clara da escada. Ninguém a usou durante toda a hora em que estive aqui. O porteiro da noite assumiu a função quando fui embora. O ascensorista naquela noite era Wilbur, um empregado confiável com muitos anos de serviço. Ele jura que não levou ninguém para cima durante toda a noite. A primeira notícia que tivemos do roubo foram os gritos lastimosos de Herr Dürer quando descobriu a ausência das gravuras na manhã seguinte.

Veio uma batida à porta, e um recepcionista nervoso apareceu.

— Perdoe-me por perturbá-lo, Herr Schoenberg...

— Sim, sim, o que é, Kibble?

— Dois cavalheiros estão aqui para vê-lo, senhor. Eles dizem que é uma questão de certa urgência. — O funcionário entrou apressado na sala e entregou um cartão de visitas em relevo ao seu empregador.

Maria se levantou com um salto, com a desculpa de ir embora, para conseguir ler o que estava escrito. Os nomes dos indivíduos não significavam nada para ela, mas, na parte de cima do cartão, estava claramente escrito "Beste Haus", que ela sabia ser um prestigioso grupo de hotéis com propriedades que se espalhavam de Munique a Hamburgo.

— Não vou ocupá-lo mais, Herr Schoenberg. Obrigada por seu tempo — agradeceu ela, sabendo que o homem ficaria muito feliz em encerrar a entrevista.

Enquanto saía da sala, passou pelos dois visitantes no saguão e observou o proprietário recebê-los em sua sala de forma um tanto relutante. Maria pediu ao recepcionista que anunciasse sua presença a Herr Dürer a fim de que fosse levada até ele, mas foi informada de que seu empregador havia saído para pegar ar.

— Droga — falou para si mesma.

A questão do dinheiro tinha de ser levantada. Mas ela não podia confrontar o homem em seu próprio território se ele tivesse saído para passear pela cidade. Em vez disso, seguiria com as investigações o melhor possível, para convencê-lo de seu valor quando finalmente o colocasse contra a parede.

Decidindo que precisava visualizar a situação numa escala mais ampla, Maria saiu do hotel no sol da manhã. A luz forte do dia bávaro fazia seu vestido parecer um pouco audacioso, mas não podia fazer nada a respeito. Até receber um adiantamento de seu cliente, ela não tinha dinheiro para fazer compras. Entretanto, assim que recebesse... bem, os deslumbrantes exemplares na vitrine da costureira já lhe haviam despertado o interesse.

Ela atravessou a praça para olhar com atenção. Vestidos de beleza de tirar o fôlego e técnica excepcional encontravam-se arrumados sobre manequins que sabiam precisamente como pareciam deliciosos. Havia um vestido adequado para ser usado durante o dia feito de um tecido azul-petróleo, elegantemente realçado por um colarinho de veludo preto. Maria percebeu que aquilo era o tipo de coisa que uma mulher de negócios deveria usar. Sobre uma tela adamascada, havia uma suntuosa capa de pele pendurada. Nem mesmo em seus devaneios mais loucos Maria conseguia pensar numa ocasião que justificaria a compra de algo assim. Esforçou-se, mas não conseguiu trazer nada à mente, a não ser se casar com Ferdinand e ser levada numa lua de mel de inverno em algum lugar.

Expulsou a ideia tola de seus pensamentos, mas aquilo não a impediu de apertar os olhos para ver a etiqueta de preço. Foi só quando bateu o nariz contra o vidro que ela percebeu que não conseguiria chegar perto o suficiente da coisa para discernir a cifra. Aquilo a irritou. Maria nunca antes falhara ao tentar ler detalhes tão importantes, mas hoje os números eram um borrão. Estalou a língua, contrariada. Não apenas essa pequena incapacidade era uma inconveniência, como também se tratava de um sinal de que sua visão poderia estar em declínio, o que era um lembrete indesejado de como os anos estavam passando. No entanto, ela ainda conseguia ver claramente o lindo par de óculos de ópera que a modelo mantinha no colo. Era decorado com filigrana de prata, o longo cabo trabalhado num estilo semelhante, com uma corrente rendada para pendurá-lo em volta do pescoço quando não estivesse em uso. Passou pela cabeça de Maria que aquilo podia trazer benefícios para sua visão debilitada, se alguém pudesse justificar a compra de algo tão adorável.

— Bom dia, Fräulein Maria.

Uma voz feminina animada a arrancou de seu devaneio. Ela se virou para encontrar Valeri atrás dela, empurrando uma cadeira de rodas com um Herr Dürer adormecido.

— Ah, Valeri. Isso é fortuito. Eu estava esperando dar uma palavrinha com Herr Dürer.

— Como você pode ver, Fräulein, ele está tirando um cochilo. — O velho homem se encontrava embrulhado com conforto em cobertores de lã macios, parecendo maravilhosamente em paz e sem aparentar a idade 105 anos em seu repouso. Seria um pecado perturbá-lo. — Por que você não vem até a suíte um pouco mais tarde? Para um café, talvez? Tenho certeza de que Albrecht... — Valeri sorriu e se corrigiu — ... que Herr Dürer ficaria encantado em vê-la e ouvir sobre o progresso que você está fazendo com a investigação.

— Ah, sim, um grande progresso, eu lhe prometo. Estou neste momento examinando o exterior do hotel. — Ela apontou a mão vagamente na direção dele. — As janelas, paredes, esse tipo de coisa. A fachada é, obviamente, muito grandiosa e muito pública. Não é provável que alguém a escalasse sem ser notado, mesmo à noite. Eu devo, logo mais, seguir para os fundos do prédio.

Valeri assentiu com atenção.

— E naturalmente iniciei as entrevistas com pessoas, começando por Herr Schoenberg. Eu gostaria muito de falar com o sobrinho de Herr Dürer o quanto antes.

— Ah, Leopold está muito aflito com o fato de os quadros terem desaparecido — falou Valeri.

— Sem dúvida, pois ele provavelmente os herdaria, levando em conta que Herr Dürer não tem outros herdeiros, como imagino.

— Ah, não. — Valeri sacudiu a cabeça, olhando ao seu redor para garantir que ninguém as escutava antes de continuar com um sussurro. — Herr Dürer nunca teve a intenção de deixar as gravuras dos sapos para Leopold. Ele queria que elas fossem para a Galeria de Arte de Nuremberg.

— E Leopold sabia disso?

— Sabia. Ele ficou muito insatisfeito e tentou várias vezes persuadir o tio a mudar de ideia.

— Tenho certeza de que sim. Assim como tenho certeza de que o Dr. Phelps teria colocado pressão em seu empregador para garantir que elas fossem *mesmo* para a galeria.

— Haha, aquele homem!

O rosto de Valeri se fechou de uma forma que surpreendeu Maria. A garota parecia sempre de bom humor, mas a menção do nome do colecionador a transformara num instante.

— Você não gosta dele?

Valeri escolheu as palavras com cautela.

— Ele se apresenta como um exemplo para os outros. Não direi nada além de que ele não é o cidadão íntegro que alega ser.

Maria queria muito pressioná-la mais, mas notou, pela boca tensa da garota, que ela não estava pronta para prosseguir. Não ainda. O que Phelps podia um dia ter feito para deixar a garota tão amarga? Com certeza, Herr Dürer não permitiria que ela fosse abusada ou mesmo ofendida enquanto fosse sua empregada. Provavelmente era algo do passado ou, pelo menos, algo no passado de Valeri. Havia uma história ali, Maria sabia, e qualquer história que causasse tal alteração na garota era digna de investigação.

— Perdoe-me, Fräulein, mas é melhor eu levar Herr Dürer de volta aos seus aposentos. — Valeri rapidamente se transformou naquela pessoa sorridente mais uma vez, como se não permitisse que qualquer sentimento sombrio que associasse ao Dr. Phelps nublasse seu dia de sol por um segundo a mais do que necessário. — Nós a veremos às 11 horas, então?

— Em ponto — garantiu Maria.

Ela observou o par improvável se afastar e, então, cumprindo sua palavra, deu a volta até a lateral do hotel para examinar os fundos. A rua comum que abrigava a entrada de serviço do prédio era, para o desespero de Maria, de paralelepípedos. Paralelepípedos e saltos gatinha não faziam uma combinação feliz, de modo que seus passos naturalmente confiantes foram reduzidos a um cambalear afetado, tão ineficiente quanto feio. Ela seguiu em frente. A rota era limitada totalmente de um lado pelo hotel. No outro, ficavam o estábulo do hotel, o que parecia ser um depósito, possivelmente também pertencente ao hotel, e uma fileira de lojas para necessidades do cotidiano, incluindo um açougue, uma padaria e uma oficina de candelabros. Os vapores tentadores da padaria lembraram Maria que já fazia algum tempo desde que tomara o café da manhã. No entanto, ela devia resistir. Com sorte, Herr Dürer continuaria a se mostrar um homem de bom senso e lhe ofereceria folhados com seu café daqui a pouco.

Um paralelepípedo especialmente bulboso pegou Maria de surpresa e ela tropeçou, forçando-a a se apoiar contra a parede de pedra áspera do depósito para se equilibrar.

Um cavalariço que passava não escondeu seu olhar malicioso.

— Eu misturaria mais água a essa hora se fosse você, meu amor — zombou ele.

Maria estava muito perplexa para oferecer uma resposta. O homem parecia sugerir que ela estava de porre simplesmente por ter tropeçado. E aquele olhar lascivo que ele lhe dera... ela se perguntou que tipo de pessoas frequentava essa rua estreita. Como se fosse uma resposta à sua pergunta, duas mulheres, vestidas de forma chamativa, de braços dados, rindo de forma estridente de alguma piada interna, apareceram. As roupas de ambas, depois de uma inspeção mais cuidadosa, sugeriam que elas trabalhavam na velha profissão nas horas de escuridão. Havia um bambolear em seus quadris, uma crueldade em suas risadas e um exibicionismo que, combinados, só podiam significar que eram mulheres que a sociedade educada evitava, embora a maior parte de sua clientela fosse composta dessas pessoas. Maria permaneceu imóvel e calada. Quando chegaram aos fundos do Grand, as duas pararam e pareceram empurrar a própria parede de pedra. Intrigada, Maria esperou. Uma das mulheres olhou por cima do ombro, como se não quisesse ser vista e estivesse checando se alguém as olhava. Maria não tinha como saber se ela a notara, mas, se notou, não deu atenção. Sua companhia empurrou mais uma vez as pedras e, de repente, elas pareceram ceder.

Uma abertura apareceu. Uma entrada secreta. Julgando pelo ângulo em que as meretrizes desceram, Maria deduziu que era possível que degraus levassem até algum tipo de corredor. Em questão de segundos, não havia rastro das mulheres nem da porta.

Maria correu, com passos vacilantes, atravessando a rua até aquele ponto exato. À primeira vista, não havia nada a ser visto a não ser parede sólida. Ela passou as mãos sobre as pedras, procurando alguma espécie de maçaneta ou alavanca. Como não encontrou nada, começou a bater nos blocos, a superfície áspera da parede dolorosamente dura e inflexível contra suas mãos. Ela não conseguia descobrir o mecanismo que abriria a porta escondida, quando veio uma pancada e o som de algo se arrastando, e um pedaço da pedra se abriu, como se preso a dobradiças. Maria olhou para dentro. Não fazia ideia de o que ativara a abertura da coisa e estava preocupada com a possibilidade de se fechar rapidamente mais uma vez. A abertura levava, como ela havia previsto, a um corredor que desaparecia debaixo do corpo do hotel. Não havia iluminação, e a pouca luz natural que passava pela fenda mostrava um túnel de teto baixo com goteiras. No que dizia respeito a túneis, esse era tão desagradável e soturno quanto qualquer um que Maria já tivesse visto. No entanto, enquanto esse pensamento se tornava conhecido para ela, Maria também reconheceu que essa era uma Descoberta Importante, uma que qualquer detetive que se preze seguiria. Aquelas gravuras tinham sido tiradas do Grand de alguma forma, que podia muito bem ser essa. Só havia uma forma de descobrir aonde exatamente ele levava e o que estava esperando por ela no fim do túnel. Com uma respiração profunda que lhe pressionou as costelas contra o espartilho, Maria entrou na escuridão.

SEIS

Depois de três passos, antes de ter tempo para começar um assovio a fim de acalmar os nervos, a porta atrás de Maria se fechou com um baque que enviou um tremor reverberando pelo túnel e por todos os seus ossos. Ela ficou imóvel por um instante, dominando o pânico e permitindo que seus olhos se ajustassem à luz. Ou à falta dela. Disse a si mesma que as damas da noite que usaram a passagem o fizeram aparentemente sem medo. Aquilo devia levar a algum lugar a que valia a pena ir e não devia conter nenhuma das coisas aterrorizantes que no momento disparavam por sua mente e subiam e desciam sua espinha. Um suor frio saía de debaixo de seus braços e penetrava na seda do vestido.

— Apenas escuridão — falou para si mesma, a voz ecoando friamente no vazio à sua frente. — Apenas a ausência de luz. Nada ficaria aqui. Estou meramente andando de A a B. Não poderia ser mais simples.

Como discurso motivacional, aquele não foi de seus melhores, mas tirou coragem suficiente de algum lugar dentro dela para possibilitar que colocasse um pé cauteloso na frente do outro. O túnel era, no início, suficientemente largo para ela passar com facilidade, as pedras ásperas aos seus pés estavam razoavelmente firmes e secas, e o teto oferecia bastante altura para acomodar um penteado elaborado, possivelmente com plumas de avestruz, ou quem sabe até uma peruca alta. No início. Depois de cerca de vinte metros, no entanto, ele começou a estreitar, e o teto começou a abaixar. Quando fazia dois minutos que Maria estava andando, seu cabelo encontrava-se achatado sobre a cabeça e suas mangas roçavam nas paredes úmidas.

Depois de decidir aumentar significativamente seus honorários pelo caso e praguejando contra a mesquinhez da construção, recusando-se, entretanto, a sucumbir ao medo que lhe embrulhava o estômago, Maria seguiu em frente. Em pouco tempo, ela precisou se espremer. Estava quase aceitando a ideia de que logo ficaria entalada quando avistou um pequeno lampejo de luz. Abandonando seu papel de anfitriã da ideia de ficar entalada — expulsando-a rudemente pela sua porta da frente mental sem lhe oferecer ao menos um copo de schnapps —, ela seguiu em frente. Não demorou muito para que conseguisse ver que a luz saía de uma pequena janela no fim do túnel.

— Uma janela numa porta! — anunciou para si mesma e todas as coisas rastejantes que passavam em volta de seus pés.

Maria se aproximou cuidadosamente e espiou.

Levando em conta que estava na trilha de duas meretrizes, ela não deveria ter se surpreendido com a visão que a saudou, mas era difícil manter-se impassível ao cenário de devassidão desenfreada que encontrou seus olhos piscantes. Lá estava um salão suntuoso, abundantemente coberto de cortinas e laços de veludo em incontáveis tons de carmesim e cor-de-rosa, com longos sofás baixos e muitas namoradeiras, sobre os quais havia homens e mulheres esparramados em vários estados de *déshabillé*. Muitas risadas enchiam o salão, causadas, aparentemente, em grande parte pelas quantidades liberais de vinho que eram empurradas para os clientes por uma garota vestida como serviçal, que vestia uma touca, um avental de renda, um sorriso disposto e nada mais. Maria reconheceu as duas mulheres que vira entrar no local pelo túnel. Notou uma mulher mais velha que parecia ser a cafetina encarregada. Ela era uma criatura com o rosto duro, magra como um ancinho e igualmente espinhosa. Parecia sóbria e séria e, se tinha a habilidade de sorrir, não deixava escapar sinal algum disso. Ela era dada a estalar os dedos, fazendo essa ou aquela garota entrar em ação, seja empurrando sua atenção a um homem suficientemente alcoolizado para gastar dinheiro, ou seduzindo outro para ir a quem sabe onde a fim de fazer quem sabe o quê.

Maria estava pensando no fato de que ela, na verdade, sabia o quê, quando reconheceu um dos vultos recostados num divã particularmente berrante no canto da sala.

— O Dr. Phelps! — sussurrou ela.

Atrás dela, um rato guinchou, compartilhando seu choque, fazendo Maria saltar, como reflexo, para cima e para a frente. Infelizmente, não havia qualquer espaço nem para cima nem para a frente, então todo seu peso se chocou contra a porta. Por um momento terrível, ela temeu que a porta fosse ceder e que ela fosse cair dentro do salão. Maria prendeu a respiração. Nada aconteceu. A porta não se moveu. Cautelosamente, com as palmas e os joelhos já arranhados pela pedra inclemente, ela se colocou de pé, com esforço.

E a porta foi aberta.

Como uma silhueta e emoldurado pelo batente da porta, havia um homem tão parrudo, tão corpulento e tão pesado que não surpreenderia Maria descobrir que ele era construído inteiramente de presunto cozido. Ou possivelmente de algum tipo de queijo envelhecido. Sem dúvida, algo com alto teor de gordura e a propensão a se tornar rançoso, uma teoria embasada por seu cheiro azedo. Ele girou a cabeça carnuda a fim de gritar para dentro do salão, anunciando sua descoberta, e a luz refletiu em suas feições amplas e brilhantes. Presunto, decidiu Maria. Indubitavelmente um material à base de porco.

— Eu encontrei uma prostituta que quer se juntar à nossa festa! — declarou o Homem-porco.

Veio então uma série de respostas desbocadas e muita empolgação. Em tempos futuros mais tranquilos, quando Maria tivesse a possibilidade de revisitar aqueles momentos aterrorizantes em sua cabeça, acharia difícil se recordar precisamente da ordem dos acontecimentos ou dizer com qualquer certeza o que aconteceu a seguir. Ela se lembraria de tentar se virar e correr e de fracassar nas duas coisas. Não havia bastante espaço para dar uma *volte face*, e Maria não estava equipada nem com os sapatos nem com os pés para uma corrida. Ela seria capaz de trazer à mente a sensação de ser carregada, a sensação do fôlego sumindo de dentro de si, do pânico efervescente espalhando-se por seu corpo, de mãos de presunto segurando-a e de ser arrastada. No entanto, em algum lugar entre ser arrancada como uma rolha do túnel e pousar no chão da casa de meretrício, a falta de ar da passagem, a força com a qual foi agarrada e o aperto brutal de sua cinta se combinaram para fazer Maria perder a consciência, e um negrume ainda mais profundo do que o da passagem a levou.

Quando deu por si, estava deitada de costas sobre o carpete grudento e totalmente encharcada. Balbuciou e cuspiu água. O rosto marcado da madame formou um borrão, então ficou visível. Maria viu que ela segurava uma jarra vazia, o que explicava o enxágue revigorante recentemente recebido. A mulher tinha no rosto veias que lhe cobriam as bochechas como as tentativas de uma criança de 4 anos de fazer uma sutura, além de uma magreza na área da garganta que teria se beneficiado, Maria não conseguiu evitar pensar, de um cachecol largo. Ao olhar para o vestido dela, Maria também concluiu que a escolha da mulher por um vestido rosa-mamilo não era muito feliz.

— Fui eu que a encontrei! — O Homem-porco se agigantava sobre Maria, olhos brilhantes de satisfação e más intenções. — Eu deveria ser o primeiro a experimentá-la!

A madame o ignorou, empurrando-o para longe a fim de melhor examinar seu achado. Maria lutava com desejos conflitantes: ter a melhor aparência possível (seu instinto, afinal de contas) e parecer o menos atraente possível. Levando em consideração a forma como estava encharcada e as condições de suas roupas depois do túnel, a segunda opção parecia mais provável, independentemente de seus próprios desejos.

— Quem é você? E o que você está fazendo bisbilhotando, hein? Fale logo, vagabunda! — instruiu a velha cafetina.

— Eu poderia perguntar o mesmo a você, madame — respondeu ela.

— Não me venha com "madame", rapariga. Eu sou Lady Crane para você ou qualquer um, entendeu?

— Com certeza. Se permitirem que eu me levante...?

Lady Crane franziu a testa, então gesticulou com a cabeça para o Homem-porco, que segurou Maria pelos pulsos e a ajudou a se pôr de pé. Ela sentiu uma viscosidade desagradável permanecer mesmo depois de ele tirar as mãos de cima dela. Aquele fedor rançoso parecia impregnado na pele dela. Maria ajeitou a roupa, entristecida pelo estado de sua pobre seda rubi. A renda nos cotovelos já não se expandia animadamente; encontrava-se pendurada em um amontoado encharcado. Na verdade, naquele momento, Maria se sentia como um grande e ferido amontoado encharcado. Então, respirou e ajeitou a postura. Ela era uma detetive. Uma profissional. Uma mulher com um caso a resolver e dinheiro a ganhar. Uma casa cheia de moças e coroas não a impediria.

— Pode botar para fora então, queridinha. — Lady Crane ficava impaciente.

Vários dos clientes haviam desaparecido com as companhias escolhidas, e estava evidente que a velha cafetina não queria que uma intrusa encharcada acabasse com o apetite das pessoas. Maria percebia que sua presença podia não ser boa para os negócios e esperava conseguir uma liberação rápida. No entanto, antes que pudesse abrir a boca para começar a contar uma história, Lady Crane falou novamente:

— Não gosto de quem espia e você estava espiando. Espionando. Qual é a sua, hein? Achou que podia conseguir algo para fazer chantagem, é isso?

— Não, não, eu lhe asseguro...

— Achou que veria alguns rostos, anotaria alguns nomes e então faria algumas visitas pela manhã, pedindo pagamento por seu silêncio? Era essa sua ideia, meretriz?

— Eu... — Maria estava prestes a protestar mais e sentiu sua honra pronta para refutar a acusação de meretrício. Estava prestes a negar algum dia ter pensado em chantagem ou prostituição como uma carreira, quando viu um caminho à sua frente. Limpou a garganta. — Eu estou procurando... trabalho.

— Ah-há! — bradou Lady Crane, como se soubesse disso desde o início.

O Homem-porco começou a quicar imediatamente:

— Sou eu que vou experimentá-la. Eu a encontrei, sou eu que vou experimentá-la!

Lady Crane ignorou o criado.

— Eu soube que você era uma garota de programa no momento em que olhei para você. Dava para dizer pela forma como está vestida. Essa seda vermelha... pá!

— Ahn, *sério?* — Isso foi tudo o que Maria conseguiu falar.

— Dava para dizer pelo seu *cheiro* — afirmou o Homem-porco.

Isso foi demais para Maria

— Agora, olhe aqui — disse ela —, em primeiro lugar, vou lhe dizer que este vestido foi cortado usando um modelo parisiense, é perfeitamente respeitável para ser usado durante o dia, e a seda é da melhor qualidade. Em segundo lugar, diga ao Bob Bacon aqui que estou surpresa por ele conseguir sentir qualquer cheiro além do próprio fedor.

Todos encheram os pulmões de ar ao mesmo tempo, então Lady Crane soltou um guincho em forma de gargalhada — tão violento e tão agudo que vários homens no salão perderam totalmente a concentração.

— Ela te pegou, Klaus, seu falastrão fétido! Haha! Bem, então, minha meretriz de nariz de empinado, digamos que você esteja procurando trabalho e digamos que eu esteja procurando uma nova garota...

A mulher deixou a frase no ar.

Maria tentou colher uma pequena migalha de conforto por ser chamada de garota, mas o elogio não funcionou.

— Sim — concordou ela, tentando ganhar tempo —, digamos que eu esteja e você... esteja... então... bem, o quê?

— Então pode ser que eu lhe ofereça uma posição interessante. — Ela fez uma pausa para gargalhar alegremente da própria piada, então acrescentou. — Trabalhe aqui esta noite e eu verei se acho que você é o que diz ser. O que você acha disso, Fräulein Modelo Parisiense Perfume de Rosas?

— Fui eu que a encontrei. A primeira prova é minha — falou o Homem-Porco, com um olhar malicioso.

Várias coisas passaram pela cabeça de Maria ao mesmo tempo. A primeira, embora não necessariamente a mais importante, foi que ela precisava de um nome se não quisesse que Lady Crane lhe desse um para usar. A segunda foi que, para manter seu disfarce, ela teria de provar seu valor como "garota de programa", como a velha cafetina falara de forma tão sucinta, e isso exigiria pensar rápido e agir com inteligência se quisesse que sua honra não fosse irremediavelmente comprometida. A terceira, e o ponto mais claro para Maria, foi que, independente do que se exigisse, ela pelo menos dobraria a conta de Herr Dürer — ações acima e além de suas obrigações etc. etc. A quarta foi que discrição era essencial. Um bordel secreto, um ponto de entrada e saída do hotel e a presença do Dr. Phelps — tudo aquilo significava alguma coisa. E aquela coisa tinha de ser investigada sem que ninguém percebesse. A quinta, e o ponto que deveria ser abordado mais urgentemente, foi que, não importa o que acontecesse, ela nunca, mas nunca mesmo, cederia ao afeto pungente do Bob Bacon. Nunca. Nunca. Nunca.

— Lady Crane, você deve saber que de onde venho... isto é... Hamburgo, sou considerada uma especialista e que tal experiência não sai barato. Vocês têm uma clientela suficientemente rica para pagar pelos meus serviços?

— Talvez tenhamos. Tudo dependeria de quão *especiais* esses serviços se mostrarem.

— Ah, eles são bastante únicos e se mostraram lucrativos e populares.

Bob Bacon, revelando mais sagacidade que Maria lhe atribuíra até então, viu o caminho que o acordo estava tomando, não gostou daquilo e meteu seu focinho onde não era chamado.

— Então por que ela está aqui, se seus serviços eram tão lucrativos e tudo mais? Por que ela está se esgueirando por nossa porta dos fundos, hein? Diga para mim.

— Sim. — Lady Crane ergueu o queixo e olhou para Maria por cima de seu bico estreito. — Conte para nós.

— Eu lhe dou minha resposta em uma palavra: obsessão — disse Maria a eles, sua mente apenas um passo à frente de suas palavras. — Uma grande parte de meus clientes ficou tão obcecada por mim que eles lutavam por minha atenção. O desejo inflamado por meus serviços era tão grande que eles se tornaram problemáticos, e achei melhor me mudar para uma cidade mais esclarecida. — Ela fez uma pausa para olhar à sua volta. — Em Nuremberg eu tinha esperado encontrar uma classe melhor de clientes.

Bob Bacon fez um barulho que ficava entre um ronco e um grunhido.

— Haha! — riu Lady Crane. — Homens são iguais no mundo todo, se você quer saber. Então, qual é essa sua especialidade?

Meia hora depois, Maria estava trancada num quarto pequeno, mas extravagantemente acolchoado, cujo traço principal era uma cama com uma cobertura parcial alta. Ela recebera um jarro de cerveja e um pouco de pão preto e fora deixada esperando. A humilhação de ser medida para o traje ainda deixava suas bochechas quentes. Ela achava que a costureira não precisava gritar suas medidas para que todos ouvissem, pois sua assistente estava sentada a menos de três passos dela anotando os números. Ainda assim, Maria se consolou, era melhor que a coisa fosse feita corretamente. Um traje que não coubesse direito, levando em conta seu propósito e a delicadeza da situação, não ajudaria em nada.

Ela subiu na cama e se deitou, já exausta dos acontecimentos da manhã. Assustou-se ao ver seu reflexo olhando de volta para ela no largo espelho no teto. Como o espelho não era da melhor qualidade, suas feições vacilavam levemente, seu contorno ficando um tanto embaçado e deslocado. Maria pensou, com terror, sobre o que seria forçada a apreciar ali mais tarde. Disse a si mesma que, se as coisas seguissem de acordo com o plano, ela nem ao menos se sentaria na cama quando houvesse um cliente no quarto. O plano que passara por sua cabeça não estava livre de riscos, mas era o melhor em que ela pudera pensar no tempo dado.

Até mesmo Lady Crane parecera se impressionar com seu nome: Ela Que Comanda. Maria achava que deixava pouco espaço para mal-entendidos. Seu traje deveria ser feito inteiramente de couro preto (ela havia estipulado nada menos do que a melhor pele de cabra) e incluiria uma touca e uma máscara a fim de que sua identidade verdadeira ficasse protegida. Ela deveria ter acesso não apenas a cordas fortes com as quais amarraria o cliente à cama, mas também a uma variedade de chicotes. Maria jamais estalara um chicote na vida, mas tinha bastante certeza de que aquilo lhe viria naturalmente. Ela havia sido muito clara sobre o fato de que não tocaria ou seria tocada durante qualquer uma das sessões. Seu forte era disciplina, e ela a dispensaria com gosto. Maria também insistira que todos os seus clientes deveriam estar vestidos de forma semelhante, permanecendo assim durante todo o tempo. Felizmente, o bordel não parecia familiarizado com a suposta especialidade de Maria e não questionou a necessidade daquilo. A ideia de acres de carne pálida tremendo debaixo de seu chicote a enjoava.

Maria fechou os olhos. A costureira levaria várias horas para preparar o traje, e ela devia repousar e se preparar da melhor forma possível. Maria se lembrou de que estava ali para aprofundar suas investigações sobre as obras de arte desaparecidas. Devia se manter focada. Phelps usava aquele lugar, e, com sorte, ela seria capaz de garantir que ele usufruísse de seus serviços. O homem claramente cobiçava os quadros de Herr Dürer, assim como sua posição no mundo da arte. Tinha de ser um suspeito principal. Mas, por outro lado, se ele *houvesse* levado as gravuras, o que teria feito com elas? Mal podia mostrá-las a qualquer pessoa, então de que adiantaria? Ela já estabelecera que ele era um homem que apreciava o respeito e a aprovação de seus companheiros e da sociedade acima de tudo. Qual benefício poderia ter ao apreciar as obras de arte em segredo? Além do mais, dessa forma, as gravuras nunca chegariam à Galeria de Arte de Nuremberg. Havia sempre a possibilidade, claro, de que ele as tivesse roubado para vender. Será que era um homem rico, ela se perguntou, ou alguém cujas finanças poderiam contar com o empurrão considerável que os sapos poderiam oferecer?

De qualquer forma, ele precisava ser interrogado. Maria podia não ser o que alegara a Lady Crane, mas conhecia a mente masculina o suficiente para ter certeza de que era capaz de extrair respostas honestas do doutor presunçoso se as perguntas fossem feitas no contexto correto — por exemplo, com ele amarrado desamparadamente à cama. O homem era facilmente odioso para ela ser capaz de chicoteá-lo, se necessário.

Maria repassou sua lista de suspeitos. Havia Valeri. A garota tivera a melhor oportunidade, isso ela tinha de admitir. Herr Dürer confiava nela e a moça podia entrar e sair do hotel sem levantar suspeita. Mas Valeri como ladra não parecia uma boa combinação. Maria sempre aplicava a lógica, claro, e os fatos eram indispensáveis em suas deduções, mas seu instinto lhe dizia que havia bondade e sinceridade básicas em Valeri, pelo fato de ela claramente não ser uma enfermeira de verdade e por ter um passado. Maria simplesmente não conseguia vê-la como o tipo de pessoa que trairia Herr Dürer assim. A não ser, talvez, que outra pessoa a manipulasse. Seu ódio pelo Dr. Phelps tinha sido surpreendente e indicava um segredo. Além disso, Valeri era bonita e jovem — será que sua lealdade ao seu empregador suportaria a loucura do amor?

O que levava Maria a pensar no terceiro suspeito — o sobrinho de Herr Dürer, Leopold. Mesmo sem nunca tê-lo visto pessoalmente, ela sentia que o conhecia muito bem. Era um garoto, em vez de um homem, mimado e afagado durante toda a vida, indolente e emburrado, acreditando que o mundo lhe devia tudo, enquanto ele, em troca, forneceria apenas sorrisos desdenhosos e reclamações. Estava claro que o rapaz visitava o tio em busca de dinheiro. E Valeri dissera que ele estava insatisfeito por não herdar as gravuras. Será que ele poderia simplesmente ter decidido resolver o problema por conta própria? Será que poderia ter seduzido Valeri a auxiliá-lo?

E, por fim, havia o encurralado Maximilian Schoenberg. Um gerente de hotel com quartos demais e hóspedes de menos, que recentemente se encontrava com proprietários de uma cadeia de hotéis conhecida. O que ele estaria disposto a fazer para manter o Grand no azul? Ele tinha motivo e, certamente, a oportunidade. Será que também tinha as conexões adequadas para vender as gravuras? Maria não havia notado sinal algum de um chapéu verde e, de alguma forma, não conseguia imaginá-lo como membro da Sociedade das Mãos Que Rezam. Mas não era verdade que hoteleiros necessariamente tinham contatos amplos? Com certeza, alguém poderia conhecer um negociante de arte com poucos escrúpulos sem ser um aficionado.

Com tais pensamentos girando em sua mente, a cerveja suavizando sua astúcia mental e o pão preto pesando em seu estômago, Maria cedeu à irresistível força do sono.

SETE

Quando Maria voltou cambaleando pela rua de paralelepípedos até a praça, o relógio da torre marcava três da madrugada. Ela se sentia agradecida por ser tão tarde, pois isso significava que seu estado desgrenhado e o vestido vermelho arruinado estavam escondidos pela escuridão e que havia poucas pessoas na rua para vê-la. De cabeça baixa, correu até o prédio de apartamentos sem nem olhar para trás na direção do Grand e pegou o elevador até o apartamento de Lobinho. Ela planejara ir silenciosamente até seu quarto, mas ouviu sons de risadas vulgares vindo da cozinha. Resolvendo investigar, encontrou João e Lobinho, ambos sem dúvida completamente bêbados, empanturrando-se com sua habitual seleção abrangente da despensa.

— Ah, irmã minha! Tivemos um dia maravilhoso. Acabamos de voltar de uma noite de farra nesta cidade esplêndida e descobrimos que estamos com um pouco de fome. Junte-se a nós, venha!

— Açucarada!

Isso foi tudo o que Lobinho conseguiu falar antes de se dissolver num acesso de risos histéricos.

Maria suspirou. Sua noite já fora suficientemente difícil sem ter de argumentar com tolos bêbados, um dos quais era seu parente e o outro, seu anfitrião, o que a impedia de fazer o que queria: bater na cabeça deles com a concha de sopa mais próxima.

— Se vocês me dão licença — disse ela, virando-se para ir embora —, vou para o meu quarto. Estou muito cansada.

— Sim — respondeu João —, você parece um pouco... desgastada.

Lobinho bebeu um gole de sua cerveja de uma jarra em formato de rosto especialmente feia antes de limpar o bigode encharcado com a manga de sua camisa.

—Ah, Deus, o que você andou fazendo, sua Açucarada muito, muito faceira? — perguntou ele, antes de cair na gargalhada mais uma vez.

Lobinho ria com tanto vigor, jogando a cabeça para trás, os bigodes sacudindo na tempestade das gargalhadas, que quase caiu da cadeira. Maria silenciosamente desejou que ele caísse. Qualquer coisa para que se calasse.

— Mande tudo às favas, Maria. — João gesticulou vagamente na direção da comida. — A festa está a todo vapor, a noite é uma criança e coisa e tal. Você não pode ir para a cama agora.

— Eu posso e eu devo. Estou fatigada até os ossos.

— Você precisa é de uma boa refeição. Não é mesmo, Lobinho?

Mas Lobinho, tendo dado impulso para a frente com certa força, estava naquele momento com o rosto afundado no prato de chucrute e, apesar de estar respirando, não tinha condições de falar. Maria hesitou. Quem sabe uma fatia fina de salame. Um ovo em conserva, talvez. Já haviam se passado muitas horas desde o pão preto velho. Não era bom ir para a cama de estômago vazio, segundo ensinara sua experiência.

— Muito bem — falou, sentando-se à mesa. — Dez minutos e alguma coisinha para comer...

— Esse é o espírito!

João fez um brinde a ela com uma caneca transbordando.

Maria se serviu dos petiscos mais tentadores à mostra, ficando aliviada ao descobrir que seu apetite retornava adequadamente enquanto comia. Houvera um ponto nas últimas horas em que se perguntara se algum dia seria ela mesma novamente. Quando Lady Crane havia entrado no quarto para lhe dizer que seu primeiro cliente ávido a esperava, sua coragem quase a abandonara. Felizmente, a costureira se mostrara lenta, então várias longas horas haviam passado antes de o traje ficar pronto. Foram necessárias três criadas para apertar, amarrar, abotoar e afivelar Maria dentro da criação de couro colada ao corpo. Atendendo às estipulações de seu projeto, ela estava de fato totalmente coberta, a não ser pelos olhos, pelo nariz e pela boca. No entanto, teve pouco tempo para pensar em como estava sua aparência, pois o agora um pouco menos ávido cliente estava embrulhado. O homem claramente não tinha ficado ocioso durante sua longa espera, ocupando-se com a bebida. Uma criada e Bob Bacon o afivelaram à cama e saíram, embora não antes de o brutamontes parar para soprar um beijo na direção de Maria. Ela se enrijecera, testando o chicote delicadamente contra a própria mão. Então, limpou a garganta e se aproximou para se dirigir ao vulto na cama com o melhor tom direto que pudesse usar. Maria foi salva do problema. O coroa, apesar de toda sua avidez anterior, dormira profundamente antes de sentir ao menos o toque do gato de nove caudas. Extremamente aliviada, Maria se sentou numa cadeira, onde permaneceu pelas duas horas seguintes, bradando comandos esporádicos para o caso de Lady Crane ter enviado alguém para escutar pela porta. Logo antes de o tempo do cliente acabar, ela o sacudiu rudemente para acordá-lo e sussurrou-lhe no ouvido que, se ele valorizasse a reputação de sua virilidade, contaria a todos sobre a experiência completamente gloriosa que havia tido e exaltaria os talentos de Ela Que Comanda a qualquer um que perguntasse, particularmente a Lady Crane e a Bruno Phelps, caso o encontrasse.

Maria fora liberada de seu teste por não haver mais nenhum cliente, mas apenas depois de ter prometido retornar duas noites depois para um pouco mais de trabalho probatório. Ela sabia que seria muito fácil apenas permanecer afastada. Duvidava que qualquer um viesse procurá-la e, além disso, iria embora da cidade em uma ou duas semanas. Seus sentidos de detetive, entretanto, disseram-lhe que o lugar guardava respostas. Tudo o que ela precisava fazer era pensar nas perguntas certas e apresentá-las às pessoas certas.

— Vou dizer... — João a sacudiu de seu devaneio. — Você nunca vai adivinhar quem eu vi andando pela praça ontem à noite.

— O Über General Ferdinand von Ferdinand?

João olhou para ela, com a boca aberta por um instante:

— Ah, você o viu também?

— Sim, falei com ele e espero que nos encontremos novamente. Pelo menos, quando eu estiver me sentindo mais... respeitável. Ele está aqui para preparar uma visita real. Parece que você não é o único fã de salsichão branco gigantesco. As princesas estão vindo vê-lo.

— Não diga! Bem, olha só isso. Quem diria, não é, Lobinho? — O amigo respondeu com um ronco. — Nós teremos que fazer o nosso melhor em nossos esforços para construir a salsicha, sem meias medidas, se a realeza estará aqui para testemunhar a exibição. Imagino que seja por isso que o Kapitan Strudel também está aqui. Segurança extra, provavelmente. Aliás, Lobinho e eu estamos escalados para começar a trabalhar no açougue amanhã à tarde. É um trabalho enorme. Ficaremos com a responsabilidade de cortar cebolas por pelo menos um dia. Meus pobres olhos vão sofrer. Espero que as facas deles sejam afiadas; não aguento facas cegas quando estou trabalhando com vegetais...

— João, cale a boca e diga de novo o que você acabou de falar.

O rosto de João mostrou mágoa, confusão, então derrota:

— Bem, qual das duas coisas você quer? Não consigo fazer as duas.

— Aquele nome. Você mencionou alguém... Só quero ter certeza de que ouvi corretamente e de que não era apenas minha mente pregando peças diabólicas por causa do meu estado de semiexaustão. Quem você disse que viu caminhando pela praça mais cedo?

— O Über General Sei Lá Quem...

— E?

— E... o Kapitan Strudel, da Guarda. Eles estavam juntos, examinando prédios, olhando para janelas etc., etc. — João fez uma pausa para soluçar, passar a mão na barriga e arrotar alto antes de acrescentar. — Na verdade, eles pareciam estar examinando nosso prédio, olhando para as nossas etc. etc...

João deixou as palavras minguarem e voltou a mastigar um pedaço de queijo Edam.

Maria tentou se convencer de que o irmão estava certo, mas aquilo acontecia tão raramente que seria pedir demais. Por mais que quisesse acreditar que Strudel estava lá para auxiliar na visita real, ela suspeitava de que Nuremberg na verdade tinha uma força de segurança própria perfeitamente capaz. Embora fosse de praxe que Ferdinand, como oficial da corte, assistente do rei e encarregado da proteção da família real, estivesse no local, Strudel não tinha nenhuma dessas conexões. Não, Maria foi forçada a concluir, era muito mais provável que ele estivesse ali por causa do mensageiro que morrera em seu corredor e que, portanto, muito provavelmente, estivesse à procura dela.

Maria se levantou, a cadeira arrastando-se ruidosamente no chão, mas não o bastante para arrancar Lobinho de seus sonhos.

— Eu reconheço o fim perfeito para um dia perfeito quando o vejo — disse ela a João. — Vou para a cama. Se passar pela cabeça de alguém de ressaca a ideia de me acordar para o café da manhã, impeçam-no. O convite não será bem recebido. Pretendo dormir pelo menos até a hora do almoço e, então, sair do meu quarto apenas o suficiente para comer antes de me recolher mais uma vez. Não sou útil a ninguém neste estado.

No quarto, Maria se despiu. Sem ter energia para voltar à cozinha a fim de buscar água quente, lavou-se com água fria e quantidades liberais de sabonete de lavanda. O cheiro do bordel parecia se agarrar a ela. Sentiu-se consideravelmente melhor depois e colocou uma camisola limpa. Olhou para o vestido de seda rubi. Estava irreparável. Com um suspiro, deixou-o cair no chão. Seus olhos pararam sobre a caixa da peruca, e, num esforço para se animar, ela tirou a maravilhosa criação e a colocou cuidadosamente sobre a penteadeira. Os espelhos refletiam as incontáveis imagens do cabelo branco habilmente penteado e decorado de que ela era feita. Enquanto Maria a acariciava afetuosamente, os pequenos sinos prateados badalavam como uma orquestra de fadas.

— Só Deus sabe quando eu terei a chance de usá-la, minha querida — disse. — Certamente não a levarei nem para perto da habitação subterrânea de Lady Crane.

Dizendo aquilo, jogou-se na cama, apagou o lampião e puxou as cobertas até a bochecha. Estava cansada até a medula, mas ainda assim sabia que dormir era quase uma esperança distante. Afofou os travesseiros e lutou com os lençóis e as colchas, mas aquele era um esforço apenas para ficar confortável. Finalmente, sentiu-se sendo levada, levada, flutuando até o abraço abençoado do apagamento temporário.

Até um ruído de algo sendo arranhado no quarto chamar sua atenção, trazendo-lhe de volta à consciência mais uma vez. Ela escutou com atenção. Lá estava o ruído de novo. Um som fraco, mas persistente. Maria o rastreou até o lado esquerdo do quarto e escutou, com as orelhas de pé, mas os olhos ainda fechados, enquanto o ruído parecia se mover sobre as tábuas do assoalho na direção da penteadeira. Então veio um baque e um rangido baixo.

— Pela madrugada! — Maria se sentou, os punhos cerrados. — Herr Duende, se você tiver que fazer seus trabalhos domésticos quando estou na residência, será que poderia, por favor, ser menos barulhento? Sou uma mulher que está à beira de um ataque de nervos e, se for privada do meu sono por mais um minuto que seja, receio que não serei responsável pelos meus atos.

— Duendes só trabalham à noite — falou uma voz suave. — Estou surpreso por você não saber disso.

Maria abriu os olhos. Ela não se dera o trabalho de fechar a cortina, e uma alvorada cinzenta de fato começava a lançar uma luz fraca pelas janelas altas. Ela examinou o quarto em busca do dono da voz. Um movimento rápido na penteadeira sugeria uma presença, mas ela não conseguia discernir um vulto.

— Quem está aí? — perguntou ela. — Saia e se mostre; pare de se esgueirar nas sombras.

— Eu refuto a acusação de me esgueirar — veio a resposta. — Estou parado aqui totalmente à vista. Se não consegue me ver, é por causa de um defeito na sua visão, em vez de por causa de qualquer atividade clandestina de minha parte.

Maria ajeitou a postura.

— Agora, veja bem — disse ela —, já é suficientemente ruim eu ser acordada por um estranho em meu próprio dormitório. O fato de você se sentir autorizado a lançar calúnias sobre minha visão parece o cúmulo da falta de educação. Vou avisando: se planeja me roubar, vou gritar e trazer todas as pessoas que estão na casa correndo para cá. Então lhe peço novamente: mostre-se e diga seu nome e o motivo de estar aqui.

Houve mais um som de algo arranhando e, então, quando Maria apertou os olhos na escuridão, conseguiu ver um rato marrom lustroso, com os bigodes contraindo-se, sentado ao lado de sua peruca no tampo polido da penteadeira. Ela esfregou os olhos e sacudiu a cabeça, mas, quando olhou novamente, o rato continuava ali. Ainda olhando para ela. Será que estava enlouquecendo? Será que era isso que acontecia quando você se entregava à depravação? Será que a sanidade da pessoa se afrouxava da mesma forma que sua moral? Ela fez o máximo para permanecer calma, deixando que a irritação por ser perturbada e a vaidade abalada por causa do ataque à sua visão lhe oferecessem um pouco de bom senso.

— Ainda estou esperando que você se apresente... senhor — falou ela.

O rato se curvou longamente e de forma surpreendentemente graciosa:

— Perdoe-me, Fräulein. Não costumo me envolver em conversas com humanos. Foi descuido de minha parte não ter me identificado antes. Meu nome é Gottfried, e vivo nas tábuas debaixo da sua cama. Minha família reside na estrutura deste apartamento há centenas de gerações.

— Gerações de *ratos*?

O rato olhou para ela com uma expressão perplexa:

— *Você* se definiria usando outra espécie como medida?

— Faz sentido.

— Como você pode imaginar, tendo vivido aqui por tanto tempo, estou acostumado com os hábitos e as singularidades do dono deste apartamento e duvido que qualquer quantidade de gritos de sua parte o acorde. E, se acordasse, não consigo imaginá-lo correndo. — O rato estudou suas garras meticulosamente por um instante e então acrescentou. — Nunca o vi se mover em qualquer velocidade.

— Não vou gritar — respondeu Maria, sentindo-se aliviada ao perceber que na verdade não havia necessidade de fazer aquilo.

— Fico muito feliz em saber disso — disse Gottfried. — Nem todo humano é tão... sensato.

Maria sorriu.

— Essa é a coisa mais gentil de que alguém me chamou a noite toda — declarou. — Conte-me, vocês todos falam?

— Todos os ratos? Não. Há muito tempo, todo rato era fluente na língua dos homens, mas apenas certas famílias mantiveram a habilidade. De forma geral, foi descoberto que era uma espécie de conversa unilateral: os ratos falavam, os humanos... particularmente as fêmeas... berravam. Ou praguejavam, possivelmente. É difícil manter um diálogo significativo nesses termos.

— Entendi. Você saiu para catar comida? Tenho certeza de que sobrou bastante na cozinha, mas não vai achar muita coisa que preste aqui.

O rato exibia em seu rosto uma expressão de afronta e pena ao mesmo tempo. Maria admirou-se ao descobrir que um rosto tão pequeno e peludo podia ser tão expressivo:

— Nós não "catamos", Fräulein...?

— Maria, de Gesternstadt.

— Ah? *Aquela* Maria?

Maria percebeu que estava sorrindo pela segunda vez em dois minutos e que começava a simpatizar com o rato.

— A própria — respondeu ela, permitindo-se um pouco de brilho de orgulho profissional. — Estou aqui numa investigação. Mas, por favor, continue...

O rato assentiu, pensativo.

— Eu estava apenas esclarecendo a questão. Não catamos comida. Nós nos ordenamos de modo a coletar o alimento fornecido em troca de serviços prestados.

— Perdão, Gottfried, mas que serviços vocês oferecem?

— Proteção.

— Proteção? — Maria pensou que ele daria um cão de guarda bastante ineficaz.

— Há muitos problemas que podem afligir um prédio... ralos misteriosamente bloqueados, velas caídas, buracos nas tábuas do assoalho, umidade, cheiros ruins não identificados... minha família cuida para que os proprietários desses prédios não sofram com tais... eventualidades.

Maria estava chocada.

— Está dizendo que vocês são responsáveis por uma máfia de proteção?

O rato se encolheu como se alguém o atacasse.

— É um termo tão feio. Um conceito tão pejorativo. Como eu disse, nós protegemos. Recebemos bem pelo que fazemos e contanto que isso continue... — ele abriu as patas num gesto expansivo — todo mundo fica feliz.

— E Lobinho, bem, ele está ciente desse... acordo?

— Você conseguiria ver Herr Pretzel conversando calmamente com um rato falante?

— Não, não conseguiria.

— Achamos melhor lidar com criaturas de mente mais aberta. Criaturas que não estejam tão certas de seu direito exclusivo ao pensamento inteligente. Neste prédio, como em muitos outros, o duende age como nosso intermediário.

— Ah, sim, isso faz sentido. Entendo que ele queira manter o lugar limpo e, hmm, livre de problemas. Embora eu não consiga imaginar que ele se sinta completamente feliz com sua presença.

— Nós nos toleramos mutuamente. É um... acordo de negócios.

O rato deixou a conversa de lado para se virar por um instante a fim de olhar para a peruca de Maria. Ele a cheirou cuidadosamente antes de esticar uma pata minúscula na direção dela.

— Deixe isso aí, não toque — falou Maria, um tiquinho mais bruscamente do que pretendia. — Ela está empoada. Sua relação com Herr Duende não vai melhorar se ele encontrar pegadas de talco por todo lado.

O rato, de forma um tanto relutante, Maria notou, recolheu a pata.

— É esplêndida — elogiou ele.

— Não é mesmo? — concordou Maria, surpresa com o bom gosto do rato.

Gottfried saltou de cima da penteadeira e correu até a estante de livros, que ele começou a escalar. Maria observou, fascinada, o rato se mover rapidamente pelo móvel. Ela levou um momento para perceber que ele procurava algo. Um livro em particular, ainda por cima.

— Estou correta em achar que você também é capaz de *ler*? — perguntou a ele.

— Livros são uma das gratificações inesperadas deste apartamento em particular — respondeu ele, enquanto tentava tirar um volume fino de couro verde de seu lugar na prateleira. — Não que o próprio Herr Pretzel seja dado a ler. O que é, francamente, algo bom. Essa falta de interesse faz com que a pequena biblioteca que seu pai lhe legou não seja perturbada.

— Até você perturbá-la.

Gottfried desapareceu atrás do livro e o empurrou com força, arremessando-o no chão. Então, reapareceu e olhou para o livro abaixo um pouco arrependido.

— Sou perfeitamente capaz de selecionar o volume que desejo ler. Retorná-lo ao seu lugar, infelizmente, está além de minhas capacidades. Mas o duende gosta de se sentir útil.

— E de ter algo mais sobre o que reclamar.

— Isso também.

Gottfried desceu correndo a estante de livros, causando em Maria um pequeno calafrio que ela esperou que ele não tivesse notado. O rato abriu o volume e folheou pelos capítulos até chegar ao ponto em que havia parado. Logo ele estava imóvel e silencioso, completamente absorto no texto.

— Eu tenho que saber, Herr Rato, o que é isso que você escolheu?

Gottfried soltou um pequeno suspiro de irritação. Claramente ele não estava acostumado a ter sua leitura interrompida.

— É o tratado sobre imaterialismo do Bispo Berkeley.

— Filosofia!

— Você está surpresa?

— Eu me encontro num estado perpétuo de estupefação na sua presença, Gottfried. Nunca em minha vida, antes desta noite, conheci um rato capaz de conversar comigo sobre qualquer assunto, quanto mais sobre as questões mais contenciosas da filosofia.

— O que você esperava que eu lesse?

Maria tinha certeza de que nunca passara perto de pensar sobre o que um pequeno roedor poderia ler, ele fosse capaz, mas julgou que não seria educado dizer aquilo.

— Bem, o gosto pessoal para leitura é uma questão muito pessoal. Mas por que não filosofia, não é mesmo? Eu mesma mergulhei nas obras de... hmm, Herr Leibniz, por exemplo.

— Você está familiarizada com a tese dele de que nós habitamos o melhor de todos os mundos possíveis?

— Se estou familiarizada? Sim. Se concordo? Infelizmente, a experiência me levou a acreditar que não.

— Meu pai era um otimista devoto, daí o meu nome.

— Ah, claro! Gottfried Leibniz. Mas você mesmo não concorda com suas teorias?

— Como você, Fräulein Maria, receio que a realidade transforme todos nós em cínicos — declarou o rato, os ombros erguendo-se e caindo num gesto miúdo de "o que se pode fazer".

— Mas Berkeley o interessa? — Maria vasculhou sua mente em busca do pouco que sabia sobre os escritos do homem. Ela declamou uma citação que parecia combinar. — Você é da opinião de que *esse est percipi?* — perguntou ela. — De que as coisas só existem quando são percebidas?

— O conceito tem mérito — admitiu o rato. — Eu certamente prefiro isso à noção de que nada poderia superar a forma como as coisas são.

— Preciso confessar — disse Maria, sacudindo a cabeça — que acho essas divagações muito perturbadoras. A ideia de que no minuto em que viro de costas uma coisa deixa de existir me perturba bastante. Devo vestir, por exemplo, minha linda peruca, por medo de ela desaparecer no vazio e não estar aqui quando eu voltar?

— Na verdade, o argumento dele diz que a peruca estaria ali, no local exato onde você a colocou, porque sua presença necessariamente traria sua percepção da coisa. Ou que, se você não estivesse lá, Deus a perceberia, então sua existência estaria garantida.

— Hmm, arriscado, no entanto. Na média, creio que ajude eu me manter pensando na peruca quando estiver afastada dela, apenas para garantir.

Passou pela cabeça de Maria, enquanto puxava a colcha sobre os ombros e se acomodava para um longo debate com Gottfried, que era possível se deparar com estímulo intelectual nos lugares mais inesperados. Ela certamente não previra encontrar aquilo com alguém de posse de quatro patas e um rabo. E foi assim que, enquanto os céus clareavam sobre Nuremberg, Maria ficou sentada na cama vestindo sua camisola e discutindo a possível não existência do mundo material com um rato marrom escuro de olhar penetrante.

OITO

Já era meio-dia quando Maria voltou a se mover. Seu debate com Gottfried tinha sido tão cativante que o tempo voara, até o rato declarar que era esperado em casa e se despedir, aventurando-se a sugerir que eles tivessem outra discussão semelhante ao longo de sua estada. O sono de Maria fora repleto de sonhos coloridos povoados por animais falantes e pessoas que gemiam, algumas das quais estavam amarradas a camas enquanto outras não.

Ela foi até a cozinha para tomar um café forte e comer alguma espécie de café da manhã. O duende havia feito seu trabalho, de modo que todo traço do banquete da madrugada tinha sido apagado, e agora as superfícies brilhavam e a louça estava lavada, com tudo de volta ao devido lugar. Maria estava aliviada por João e Lobinho ainda não terem saído da cama. Por mais que quisesse voltar ao próprio refúgio confortável, sua mente já estava a todo vapor, e ela sabia que devia se preparar para o trabalho. Em algum lugar no meio daqueles momentos de pálpebras pesadas entre o sono e o despertar, Maria percebera que sua lista de suspeitos ainda não fornecia um método possível de alguém remover as gravuras do quarto de Herr Dürer. Ela precisava voltar lá imediatamente e estudar o lugar mais de perto. Também queria interrogar Valeri mais a fundo. Maria tinha certeza de que a garota poderia esclarecer melhor os hábitos obscuros do Dr. Phelps. Maria estava ansiosa para encontrar uma razão para não retornar ao estabelecimento de Lady Crane, e Valeri poderia ter aquela razão escondida em algum lugar de seu gracioso ser.

Maria se vestiu rapidamente. Nessa ocasião, não havia decisão alguma a ser tomada quanto ao que vestir. A seda rubi estava arruinada e Herr Duende havia levado suas roupas de viagem para serem lavadas. Ela, então, abotoou o terno de lã xadrez amarelo, lamentando a perda do chapéu que o complementava; lutou com seu cabelo até ele estar pelo menos domado, olhou com anseio na direção da peruca, que permanecia sem uso, e saiu do apartamento.

Do lado de fora, o sol brilhava animadamente, e o povo de Nuremberg cuidava da vida de sua forma sofisticada. Maria sabia muito bem que as zonas mais afastadas da cidade sem dúvida abrigavam os pobres e oprimidos e possivelmente áreas de cortiço que rivalizavam aquelas de Hamburgo, mas ela não tinha interesse naquilo. Na verdade, recusava-se a deixar que aquilo sujasse sua mente, que se deleitava com a abundância de renda engomada, seda furta-cor, adamascado, linho, algodão estampado e fivelas de prata que naquele momento a cercava. Ela aceitava o fato de dificuldades e injustiça existirem. Ao longo de suas investigações, Maria era frequentemente forçada a encarar esse fato. Mais uma razão, então, para celebrar o lado mais fino da vida sempre que a oportunidade se apresentasse.

No Grand, apresentou-se a Herr Schoenberg, que pediu que a levassem até a suíte presidencial. Enquanto subia, ela tentou conversar com o ascensorista, mas ele claramente fora empregado por suas habilidades de empurrar alavancas e abrir e fechar portas, não pelo desembaraço na conversa fiada. Maria conseguiu verificar que seu nome era Wilbur e que ele estivera trabalhando na noite em que os quadros foram levados. Sim, estivera ali a noite toda. Não, não havia levado ninguém até o apartamento de Herr Dürer. Nem tinha trazido ninguém lá de cima.

Na suíte, encontrou Herr Dürer e Valeri tomando café. Maria murmurou suas desculpas por ter faltado ao compromisso do dia anterior. Eles foram graciosos demais para pedir uma desculpa detalhada. Maria estava feliz em aceitar o café, se também tivesse permissão para examinar o aposento.

— Por favor. — Herr Dürer sorriu. — Olhe onde quiser e me pergunte o que precisar. Embora eu receie que exista pouco que eu possa lhe contar que já não tenha contado e que não haja nada a ser colhido dentro dessas paredes.

— Perdoe-me se tenho outro ponto de vista, Herr Dürer.

— Compreendo que você deva ter — respondeu ele.

Seu tom era de cooperação completa, mas, mesmo assim, Maria detectava uma ponta de triste resignação. Será que o Dr. Phelps vinha empurrando sua teoria de impotência?

— Eu lhe garanto, Herr Dürer, foram muitas vezes que retornei à cena do crime, uma cena que eu achava que tinha explorado minuciosamente, apenas para encontrar algo que anteriormente havia escapado à minha percepção. E aquela coisa levou a uma linha de investigação que trouxe resultados.

Enquanto falava, Maria andava de um lado para o outro do aposento, primeiro recuando para olhar para o lamentável espaço vazio onde as adoradas gravuras ficavam penduradas, então se aproximando a fim de estudar a vista das janelas e a queda vertiginosa até a praça abaixo. Ela foi incapaz de ver como alguém conseguiria escalar com sucesso a fachada, fazer aquilo sem ser notado, entrar pela janela fechada, remover as pinturas, ainda em suas molduras e com seus vidros, e sair e descer da mesma forma. Não, ela concluiu, os quadros definitivamente não haviam sido roubados pelas janelas.

Em seguida, inspecionou a porta. Suas fechaduras eram impressionantemente modernas e encontravam-se em excelente estado de funcionamento. Herr Dürer confirmou que estavam trancadas na noite em questão.

— Mas o hotel tem uma chave mestra? — perguntou Maria.

— Claro. Na minha idade, acho um conforto saber que assistência pode vir se for necessária. Por essa razão, não uso os ferrolhos pesados em cima e em baixo. Afinal de contas, ninguém além do respeitável Herr Schoenberg tem custódia da chave mestra.

Maria arquivou esses fatos em segurança em sua pasta mental. A existência de uma chave abria uma rota possível para o ladrão, mas ela precisava concordar com seu cliente que era improvável alguém ter persuadido Herr Schoenberg a entregar sua cópia. De qualquer forma, ela ainda não eliminara a possibilidade de ele mesmo estar envolvido. Não eliminara, mas estava relutante em confirmar. Deixando de lado as dificuldades financeiras, cometer um roubo que poderia por si só arruinar a reputação do mesmo hotel que ele desejava salvar parecia um risco muito grande para Schoenberg.

Caminhando de aposento em aposento, Maria se certificou de que nenhum dos quartos oferecia outra entrada ou saída. Voltando à sala de estar principal mais uma vez, ficou parada, com o café na mão, tomando a bebida quente e amarga, forçando-se a olhar mais longe, a ver mais. Várias vezes sua atenção foi atraída para o monta-carga. Espiando o interior, ela confirmou o que já sabia: o espaço poderia abrigar apenas uma criança pequena, submissa e bastante maleável. Não acomodaria as gravuras emolduradas e cobertas pelo vidro.

Ao ver sua testa franzida, Herr Dürer sacudiu a cabeça.

— Receio que seja um enigma — falou ele. — É como se os meus amados sapos tivessem sido levados por espíritos.

Seus olhos lacrimejaram. Valeri acariciou-lhe a mão.

— Não se desespere, Herr Dürer — tranquilizou-o Maria. — Não foram espíritos que levaram seus quadros. Não há nenhuma magia ou feitiçaria indicada aqui. Estamos lidando com desejos mundanos... ganância humana, inveja, desespero. E qualquer um que esteja em tal condição vai acabar se revelando.

— É verdade — concordou ele — que, embora as gravuras trouxessem tanta alegria para aqueles cujos olhos pairavam sobre elas, também inspiravam algumas das emoções mais vulgares em certas pessoas.

— Um diamante grande o bastante pode transformar um santo num ladrão, como diz o ditado.

— É verdade. Fico triste de pensar que meu ilustre parente produziu uma obra tão maravilhosa achando que ela comoveria e animaria, mas que seu talento, aparentemente, levou alguém à corrupção.

— Nessa ocasião, sim. Mas pense no quanto o seu legado é amado e apreciado, Herr Dürer, e não perca as esperanças. Eu lhe prometo: um dia os sapos estarão alegremente ao lado do rinoceronte na Galeria de Arte de Nuremberg, se é isso o que o senhor deseja para eles. — Ela observou o rosto dele enquanto acrescentava. — E isso é o que o Dr. Phelps quer também, não é?

— Acredito que sim e, por isso, ele me auxiliou nas negociações com a galeria.

— Herr Dürer, eu sinto uma dúvida inconfessa no fim de sua resposta.

Ele meneou a cabeça lentamente.

— Dúvida é uma palavra muito firme. Eu confio que Bruno queira o melhor para os quadros, o que é melhor para a obra do artista e seu legado. É só que, bem, em algumas ocasiões Bruno ficou... agitado em relação ao assunto, quando de fato não existe razão para isso. E essa agitação parece dirigida a mim, em vez de a qualquer ofuscação por parte da galeria.

— Entendo. Isso é muito interessante. Agora, se não for muito inconveniente, eu gostaria de conversar com Valeri em particular por alguns instantes.

— Eu?

A garota se levantou com um salto e pareceu imediatamente ansiosa. Maria se sentia razoavelmente confiante de que isso vinha de um hábito de tempos passados e de uma vida de outrora, em vez de qualquer culpa específica pertinente aos quadros desaparecidos.

— Sem problema algum. — Herr Dürer conduzia sua cadeira de rodas suavemente na direção de seu quarto. — Vocês não serão perturbadas por mim. Vou tirar um breve cochilo, acho, na esperança de que isso melhore o meu humor.

E, com isso, ele desapareceu dentro do aposento, habilmente fechando a porta atrás de si.

— Por favor, Valeri, sente-se. Eu ficaria muito grata se pudesse responder uma ou duas perguntas para mim.

— Mas eu já contei tudo de que consigo me recordar daquela noite terrível — informou ela, empoleirando-se na beira da poltrona mais próxima como se pudesse precisar saltar e sair voando a qualquer minuto.

— Eu queria — Maria manteve a voz baixa —, mais especificamente, me aprofundar em seu conhecimento do Dr. Phelps. Sei que não gosta do homem. Você insinuou que ele teria uma espécie de segredo. — Ela ergueu a mão para acabar com os protestos da garota. — Não tenha medo, Valeri. Nada do que você me contar sairá daqui. Nenhuma palavra de suas opiniões chegará aos ouvidos de seu empregador ou do... próprio Dr. Phelps. Você tem minha promessa.

Valeri começou a torcer um lenço nas mãos. Ela o torcia cada vez mais apertado até que ficou muito claro para Maria que o nervosismo da garota fora suplantado pela raiva.

— O Dr. Phelps não é um bom homem, Fräulein — declarou ela cautelosamente.

— De que forma?

— Ele finge ser um homem de dignidade e integridade, mas, bem, ele não é.

— Não. Eu não imagino que as garotas do estabelecimento de Lady Crane o vejam como um cavalheiro, também.

O queixo de Valeri caiu. Ela arfou, mas rapidamente se recuperou, tentando mascarar seu choque. Desviou o olhar e continuou a torcer a renda nas mãos.

— O quê?

— Sem dúvida você ficará surpresa ao descobrir que eu visitei os aposentos chamativos debaixo deste hotel e testemunhei o que acontece por lá.

— Mas como...?

— Deixe para lá, isso não é importante. O que importa é que, enquanto estive no local, vi o Dr. Phelps, e ele não estava lá para apreciar a arte, se dá para chamar assim o que está pendurado naquelas paredes parcamente iluminadas.

Valeri virou o rosto para o outro lado, vergonha colorindo-lhe as bochechas.

— Você sabe sobre esse lugar, não sabe, Valeri? E você sabe que o Dr. Phelps usufrui dos serviços que são oferecidos lá?

Valeri fez o menor dos movimentos com a cabeça em sinal afirmativo.

— E estou certa em supor que foi enquanto você mesma trabalhava para Lady Crane que se encontrou pela primeira vez com o Dr. Phelps?

A garota fechou os olhos, como se tentasse expulsar a memória. Novamente, fez um movimento curto, mas definitivo, de admissão.

— Não estou em posição de julgá-la, Valeri, tenha certeza disso. Só vou dizer que fico feliz por você ter escapado daquela vida terrível. O que quero de você, o que me ajudaria enormemente, é se pudesse se convencer a me contar mais sobre as... tendências do Dr. Phelps.

Ela se virou para Maria, chocada com o pedido.

— Mas para quê?

— Permita-me meus métodos e minhas razões. Deixe-me colocar da seguinte forma: em seu tempo lá, você teve a infelicidade de entreter o Dr. Phelps?

— Para minha vergonha, tive!

— Eu lhe garanto que a vergonha maior é dele. Agora, o doutor... ele a tratava... bem?

— Não! Ele era um bruto. Todas as garotas temiam suas visitas. Ele não pensava duas vezes antes de levantar a mão para qualquer uma de nós quando estava bêbado.

— Ele batia em vocês? E Lady Crane permitiu isso? Digo, ela certamente não é uma figura materna, mas não consigo concebê-la querendo sua... perdoe-me, sua mercadoria avariada, por assim dizer.

— Ele sempre se arrependia depois e pagava o dobro em recompensa. Não que ela alguma vez tenha repassado qualquer parte disso para nós.

— Entendi. Valeri, antes de você arruinar completamente esse pobre lenço, preciso lhe perguntar mais uma coisa.

— Você quer saber como eu acabei aqui? Não é o que você pensa! Herr Dürer é o mais doce dos homens e nunca se rebaixaria a comprar o afeto de uma mulher. Meu lugar aqui é o que parece: sou sua enfermeira e sua acompanhante, e existe uma amizade genuína entre nós. Nada mais. Ele anunciou a vaga. Eu a vi num jornal que um dos clientes deixou no *boudoir* de Lady Crane. Bendito seja o dia em que minha pobre mãe resolveu garantir que eu aprendesse a escrever! Eu me decidi a mudar minha existência desprezível, ali e naquele momento. Sabia que existia algo melhor para mim, se ao menos tivesse a coragem de tentar.

— E você tentou.

— Eu me arrumei e fugi. Herr Dürer gostou de mim imediatamente, e aqui estou. Venho sendo feliz, desde então.

— E ele sabe de suas... origens?

— Não. Como eu poderia contar?

— Mas o Dr. Phelps sabe...

— Ele só poderia revelar o meu segredo revelando o próprio, então estou a salvo de sua intromissão. Embora ele tenha tentado me fazer voltar. Haha! Eu nunca vou voltar a uma vida tão horrível. Nunca.

— E nem deveria. Mas, ainda assim, tenho um favor a pedir.

— Se eu puder ajudá-la a encontrar os quadros do pobre Albrecht... ele os ama tanto... eu farei.

— Suspeito que você ainda permaneça amiga de algumas das garotas que não tiveram a sorte de escapar desse destino como você fez. Se for o caso, gostaria que você pedisse algo a elas em meu nome.

Enquanto conversava com Valeri e esboçava seu plano, Maria experimentou um pouco da empolgação da perseguição. Estava preparando uma armadilha para o odioso Phelps e, quando ele estivesse bem preso nela, Maria tinha certeza de que não enfrentaria problemas para extrair a verdade dele. O homem podia não estar envolvido no roubo, e, nesse caso, suas respostas o tirariam das investigações. No entanto, havia um ponto negativo inevitável em seu plano. Um ponto negativo sombrio e desagradável que até mesmo agora fazia seu estômago embrulhar e seus nervos trepidarem, mas que não era possível evitar. Para ter Phelps onde ela o queria, para pressioná-lo em busca de respostas confiáveis, ela teria de voltar a ser empregada por Lady Crane.

Esse fato irritante pelo menos forçava Maria a tocar no assunto das finanças. Quando terminou a conversa com Valeri, ela acordou Herr Dürer de seu brevíssimo cochilo e falou com ele francamente sobre as despesas incorridas, os adiantamentos a serem pagos, os custos totais estimados, entradas e saídas e daí em diante. Maria rapidamente percebeu que seu cliente podia ser idoso e frágil, mas sua mente continuava afiada. Ele anotou todos os pedidos de Maria e os números que ela lhe passou, e a oferta de remuneração que fez foi generosa, mas não imprudente. Ao fim da negociação, ela enfiou um maço de notas agradavelmente gordo numa fenda profunda de seu espartilho e ficou satisfeita com a promessa de novas parcelas à medida que o caso progredisse.

Maria estava prestes a sair quando veio uma batida à porta para a qual nenhuma resposta era esperada, e um jovem homem quixotesco se convidou a entrar no apartamento sem de fato esperar.

— Ah, Leopold! — Herr Dürer sorriu afetuosamente para o sobrinho. — Que surpresa agradável.

— Tio.. Ah, você tem companhia.

Maria observou o jovem parado diante dela. Tudo nele a perturbava. A forma como andava, a forma como posava quando estava parado, a forma como se referira a ela, a falta de consideração que tinha por seu parente; tudo. O rapaz vestia-se como se estivesse pronto para uma audiência com o rei, evidentemente acreditando que, em questão de moda, nada era exagerado demais, brilhante demais, berrante demais, afetado demais, bufante demais, extravagante demais. A peruca de Leopold fez Maria sentir saudades da sua própria, embora muitos centímetros mais baixa do que a dele. Seus punhos ostentavam mais renda belga do que a maior parte da própria Bélgica. Seu rosto e sua peruca encontravam-se tão abundantemente empoados que ele se movia como se estivesse em sua própria nuvem. Seu perfume se apresentava a todos no aposento com nada menos do que um ataque olfativo violento. O jovem parecia extremamente dotado de saúde, com físico forte, boa aparência, confiança e convencimento e singularmente carente de qualquer qualidade capaz de torná-lo tolerável como uma companhia para jantar, muito menos como um sobrinho. Ele não ofereceu deferência alguma ao tio, nenhum beijo, nenhuma mesura, nem mesmo um sorriso. Olhava através de Valeri, em vez de para ela, como se fosse uma criada, sem dúvida, invisível. O olhar que virou na direção de Maria era uma mescla de desdém e irritação, com uma pitada liberal de tédio.

— Leopold, essa é Maria de Gesternstadt. Ela está aqui atendendo ao meu pedido para...

— Ah, sim — interrompeu ele. — Eu ouvi dizer que o senhor tinha contratado uma *detetive*. — Ele fazia a palavra parecer menos do que respeitável. — A que custo, me pergunto. Todos sabem que essas pessoas cobram em excesso se acham que vão se safar. Tenha certeza, Fräulein, de que meu bom tio não está sozinho neste mundo. Qualquer um que buscar tirar vantagem dele terá que responder a mim.

O jovem empinou o queixo e bateu com sua bengala cujo topo era de topázio contra o chão a fim de enfatizar a declaração.

Forças opostas batalhavam dentro de Maria. Uma força era impulsionada por seu desejo sempre presente de ganhar dinheiro e, portanto, apresentava o melhor modo de agir como uma resposta cortês, mesmo que fria, para que nem o almofadinha irritante nem o cliente de Maria se ofendessem, minimizando, dessa forma, o risco de sua fonte de renda secar de modo abrupto. A outra força dentro dela era impulsionada pela repulsa natural que o dândi tão prontamente fazia subir, como bile, de seu estômago. Essa resposta visceral ditava que ela defendesse seu aparentemente caluniado caráter e colocasse o jovem filhote com firmeza em seu lugar. Ela se concentrou no rolo de notas caloroso pressionado contra sua pele e permitiu que a cautela saísse vencedora. Pelo menos por enquanto.

— Não tema. — Ela se esforçou ao máximo para sorrir enquanto falava. — Na questão das gravuras roubadas, os interesses de seu tio e os meus próprios estão aliados.

— De alguma forma eu duvido disso.

— Nós dois desejamos uma recuperação rápida dos quadros.

— Meu tio, certamente. Você, no entanto, pode achar mais lucrativo enrolar com o assunto.

— O assunto demorará o quanto demorar. Na verdade, seguir lentamente pode permitir que o criminoso viaje para mais longe ou venda as obras, e isso não seria útil para mim, pois eu arriscaria perder a taxa de recuperação que Herr Dürer acabou de concordar em me pagar mediante a devolução dos quadros.

— Tio, eu lhe imploro, não prometa mais nada sem me consultar.

— Ah, Leopold, não se preocupe. A reputação de Fräulein Maria tem fundação em sua integridade.

— Você é crédulo demais — insistiu Leopold, andando empertigado pela sala, poluindo o ar com sua fragrância e seu comportamento, duas coisas que Maria achava cada vez mais desagradáveis. — Há pessoas espertas neste mundo. Pessoas que espreitam os fracos e os simples. Tais pessoas se cobrem com uma camada de respeitabilidade.

Maria ferveu, o domínio sobre seu temperamento diminuindo a cada segundo.

— Calma, calma. — Herr Dürer levou sua cadeira de rodas até um ponto entre o sobrinho e Maria. — Como Fräulein Maria diz, estamos todos em busca da mesma coisa: o retorno dos meus queridos sapos. Ela é uma detetive de renome. Está aqui para nos ajudar.

— Ela está aqui para ganhar dinheiro, tio, não se iluda. Ela não nutre mais amor por aquelas rãs revoltantes do que eu.

Herr Dürer se encolheu, Valeri colocou a mão delicadamente em seu ombro, e algo dentro de Maria estalou como o elástico esticado demais de uma calcinha.

— Agora olhe aqui: eu me recuso a ser acusada de prática questionável e ter meu caráter colocado em dúvida por um jovem que claramente não tem a inteligência nem para se lembrar do que os quadros desaparecidos retratam. — Leopold abriu a boca para protestar, mas Maria também havia andado de forma empertigada e agora estava suficientemente perto para cutucá-lo no peito estufado e coberto de botões de prata, então foi isso o que fez. Com força. Enfatizando cada argumento com uma cutucada irritada, para que o jovem fosse forçado a cambalear para trás. — O senhor é jovem demais, arrogante demais, estúpido demais e, segundo consta, indolente demais para passar sermão dessa forma em gente mais velha e melhor do que você, e, se tratar Herr Dürer mais uma vez com tamanho desrespeito e de forma tão indiferente lhe causar dor na minha presença, vou tomar-lhe aquela bengala ridiculamente fora de moda e inseri-la firmemente...

— Fräulein! — grasnou Herr Dürer. — Tenha calma. Meu sobrinho não quis ofender. É apenas a audácia da juventude e sua avidez para me proteger que o fazem falar dessa forma. Devemos perdoar tal insensatez como paixão juvenil, não é mesmo?

Leopold sacudiu um lenço bordado para Maria e fez beicinho.

— Não preciso de lições suas, Fräulein.

— Parece que alguém deve melhorar seus modos.

Herr Dürer foi obrigado a reposicionar sua cadeira de rodas para ficar mais uma vez entre os dois.

— Vamos tomar um refresco; um pouco de schnapps, talvez. Uma discussão não vai ajudar ninguém.

Maria sentiu-se envergonhada ao ver como o velho homem parecia angustiado. Ele repentinamente aparentava cada um dos seus 105 anos e ela, em partes, sentia-se responsável. Embora Leopold claramente precisasse que alguém lhe dissesse o que ele não queria ouvir, testemunhar aquilo era muito irritante para seu tio.

— Minhas desculpas, Herr Dürer — pediu ela, direcionando as palavras ao seu cliente. No entanto, Leopold tomou as desculpas para si.

— Aceitas — respondeu ele, rapidamente.

Maria rangeu os dentes, mas se permitiu ser conduzida até um sofá ao lado de Valeri.

— Você aceita um copo de schnapps, Fräulein? — perguntou ela.

— Não, obrigada. Devo seguir com minhas investigações. Não tomarei mais do seu tempo.

Valeri apertou seu braço e sussurrou:

— Vou fazer como você pediu, Fräulein.

Na escada do hotel, Maria parou e inalou bem-vindas lufadas de ar fresco, tentando se livrar do odor desagradavelmente doce de Leopold. O sol ainda brilhava com força, e havia uma sensação de atividade na praça. Arbustos ornamentais em grandes vasos, assim como bandeiras e bandeirolas, eram lentamente reunidos e montados em preparação para o começo do festival. Todos se moviam com determinação, criando uma atmosfera crescente de azáfama e expectativa. Maria fechou os olhos por um momento e deixou o sol realçar as pintas em suas pálpebras. Respirou fundo mais uma vez e, enquanto soltava o ar, tentou enviar com ele a tensão que Leopold causara. Por mais que quisesse acusá-lo de um crime e vê-lo algemado, ela duvidava muito de que o rapaz tivesse roubado as gravuras. Mesmo com toda sua bravata e intimidação, ele estava obviamente longe de ser a estrela mais brilhante do firmamento. Ela não podia conceber que Leopold tivesse a desenvoltura para sumir com os quadros, vendê-los secretamente e, então, demonstrar tamanha indignação pelo sumiço. Não, concluiu ela, se Leopold tinha, por algum alinhamento bizarro de circunstâncias, conseguido levar as gravuras, ele estaria longe gastando os lucros, indubitavelmente, em estampas de seda roxa, não aqui repreendendo o tio por confiar nela para encontrá-las.

Maria abriu os olhos para ter a desagradável visão do Kapitan Strudel parado na escada do prédio de apartamentos de Lobinho. Ela paralisou. Será que o homem poderia ter descoberto onde ela estava hospedada? A quem ela contara? Maria o observou e viu que, na verdade, ele não estava lendo as placas com os nomes na porta da frente, mas meramente usando os degraus para ter uma visão melhor da praça, examinava lentamente, com olhos semicerrados, habitualmente posicionados para uma expressão carrancuda e ainda mais reduzidos enquanto ele os apertava contra o sol. Maria não teve outra escolha a não ser esgueirar-se de volta para dentro do hotel. Ela se aconchegou num canto e espiou por uma janela. Quanto tempo o maldito homem ficaria ali? Não havia chance de ela sair do hotel sem ser vista enquanto ele permanecesse naquela posição. Seria típico de Strudel detê-la e arrastá-la até Gesternstadt. Algo a ser evitado a todo custo, se ela quisesse continuar com o caso e ganhar algum dinheiro muito necessário.

— Você está esperando por alguém, Fräulein Maria?

Uma voz familiar simultaneamente fez com que Maria desse um salto e se arrepiasse toda. Ela se virou para encontrar o General Ferdinand parado, elegante e belo como sempre, observando-a.

— Ah, esperando por... não — respondeu ela, amaldiçoando a forma como seu costumeiro comportamento perspicaz e ágil parecia emburrecer e se enrolar na presença daquele homem.

— Ah. — Ele olhou pela janela atrás dela. — Procurando por um provável ladrão de arte, talvez?

— Algo assim. Embora, obviamente, eu não tenha a liberdade para divulgar...

— Claro que não. E suas investigações estão progredindo bem?

— Suficientemente bem.

Maria resistiu ao impulso de olhar para fora da janela e ver se Strudel tinha se movido. Ela queria que o homem fosse embora daqueles degraus, mas não se aquilo significasse que ele estava prestes a entrar pelas portas do hotel. Deu um passo para o lado até se posicionar atrás de um pilar de uma forma que ela desejava que parecesse despreocupada. Ferdinand inclinou um pouco a cabeça para um lado, mas não falou nada. Maria achou aquilo preocupante, pois sugeria que ele esperava um comportamento estranho vindo dela.

— E o seu trabalho? — perguntou ela, buscando desviar a atenção de si mesma. — Como estão indo as preparações para a visita real?

— Tudo estará pronto para as princesas a tempo de sua chegada.

— Excelente — falou Maria, conseguindo se virar para assoar o nariz, enquanto, na verdade, dava uma espiada pela lateral do pilar. Strudel não estava visível. Ela deu outro passo em volta da coluna de mármore. Ferdinand a seguiu, o par agora empenhado numa dança arrastada.

— Eu estava pensando — disse ele a Maria —, se você não estiver muito ocupada...

— Não muito — repetiu Maria distraidamente, dando uma olhada rápida para a entrada, mas não vendo qualquer sinal do elusivo capitão.

— Se você gostaria de me acompanhar numa espécie de passeio. Um momento de recreação no meio de sua carga de trabalho.

— Um momento de recreação — ecoou Maria, entortando o pescoço em busca de Strudel.

— Claro que, se você tiver outros planos, ou se não quiser interromper seus negócios...

A mente de Maria registou com atraso o que lhe era oferecido. Todos os pensamentos sobre o capitão da Guarda desapareceram. Na verdade, todos os pensamentos sobre qualquer um e qualquer coisa que não fosse Ferdinand e a possibilidade de algo que começava a soar muito como um encontro desapareceram. Ela olhou fixamente para ele.

— Os negócios precisam ser interrompidos de vez em quando — assegurou ela. — Uma mente sobrecarregada de trabalho não oferece os melhores resultados, na minha experiência.

A cabeça de Maria rapidamente se enchia de visões de caminhadas à luz da lua, de braços dados; de banquetes de alta culinária debaixo dos lustres do salão de jantar do Grand; de ser delicadamente carregada num barco a remo pelo rio, espiando de forma encantadora de debaixo do guarda-sol de renda; dos braços fortes de Ferdinand em volta dela enquanto eles rodopiavam num salão de valsa; de sua mão dentro da dele enquanto passeavam por Nuremberg numa carruagem com o teto aberto puxada por cavalos brancos com penas prateadas de avestruz sobre as bridas e pajens tocando trompetes reluzentes, e, e, e...

— Eu esperava que você pudesse me acompanhar até a Galeria de Arte de Nuremberg esta tarde.

Maria ouviu um barulho de estalo murcho conforme sua bolha de fantasia estourava e a voz seca de sua avó, falecida havia muito, lembrava-a de que *abençoada é aquela que não espera nada.*

— Galeria?

— Sim. Ouvi dizer que é muito boa. Eles têm uma ou duas peças de ninguém menos que...

— Albrecht Dürer, sim, ouvi falar o mesmo — respondeu ela, mentalmente retornando sua peruca à caixa e fechando a tampa de forma emburrada.

— Então, você vem?

Ela se recuperou o suficiente para ser graciosa. Embora uma caminhada vagarosa por algumas salas olhando para quadros não fosse a perspectiva mais emocionante do mundo, era um começo. E, afinal de contas, ela lhe dera um bolo ao não comparecer ao baile; não podia esperar muita coisa tão cedo. Ela se vestiria de modo elegante e seria o mais encantadora e atenciosa possível — certamente, então, uma ocasião mais romântica viria em seguida. Além disso, disse a si mesma, aquilo lhe daria a oportunidade de ver o maldito rinoceronte de Dürer.

— Eu ficaria encantada — respondeu-lhe Maria.

— Excelente. Então posso sugerir que nos encontremos aqui, às 14 horas?

Maria concordou e, depois de se contentar com o fato de Strudel ter partido para procurar por ela em outro lugar, saiu rapidamente do hotel e atravessou a praça. Podia ser apenas um passeio muito inocente e recatado, mas ela se recusava a dar espaço à ideia de se encontrar com Ferdinand usando seu terno quadriculado amarelo novamente. Havia dinheiro debaixo de seu espartilho e uma loja de vestidos na praça. Enquanto abria a porta da Casa de Moda, ela ouviu seu coração cansado cantar só um pouquinho.

NOVE

Em questão de minutos, Maria estava num provador nos fundos da loja, despida até suas roupas de baixo, desfrutando ter duas assistentes da loja e a dona do estabelecimento alvoroçadas à sua volta. Logo ela entrava no vestido azul-petróleo com o colarinho de veludo preto. Seu desejo pela coisa só aumentou quando descobriu que ele vinha com uma jaqueta que combinava.

— Ah, sim, Fräulein! — A proprietária bateu palmas, encantada. — O corte é muito apropriado.

— Ou será, quando certos ajustes forem feitos — corrigiu Maria, percebendo o tamanho do vão entre botões e as casas.

— Uma questão simples.

— Preciso de algo para esta tarde.

— Podemos terminar as alterações em uma hora e mandar entregar para você.

Maria passou a mão sobre o tecido fresco do vestido. Ele era perfeito: sofisticado, porém simples. Sutil, porém de qualidade inconfundível. Mesmo parcialmente vestida naquilo, ela se sentia mais eficiente, mais profissional e mais atraente.

— Vou levá-lo. E me passe aquilo para eu experimentar, por favor. — Maria apontou para os óculos de ópera. A vendedora passou a corrente sobre o pescoço de Maria. Os óculos enfeitados ficavam pendurados de forma decorativa sobre seu peito. Ela segurou o cabo, apreciando a prata fria contra os dedos, e levou os óculos até o rosto. Imediatamente tudo entrou em foco nítido. — Maravilhoso! — exclamou ela, movendo-se pelo aposento para ler etiquetas em echarpes e estudar a costura de luvas. — Muito maravilhoso. Vou levar também.

— Uma escolha elegante, Fräulein — falou a dona da loja.

Maria se lembrou da capa de pele que tinha visto na vitrine. Uma pequena sensação de empolgação se espalhou por ela só de pensar naquilo.

— Eu estava pensando — disse cautelosamente, como se para se convencer —, eu estava pensando se podia olhar mais de perto aquela atraente capa...

— O Lobo Sueco Prateado?

— Ah? Então é isso?

Ela se esforçou para não parecer impressionada, mas seus batimentos cardíacos estavam a toda. Lobo Sueco Prateado! Ninguém em Gesternstadt teria nem ao menos um tufo daquilo. Ela duvidava de que houvesse algo daquele tipo para ser encontrado no Schloss de Verão, apesar de a Rainha Beatrix se considerar uma mulher da alta moda. Mas então, se aquilo fosse verdadeiramente uma pele rara e extravagante, teria um preço igualmente deslumbrante. No entanto, era tarde demais para reconsiderar. Num piscar de olhos, levaram o vestido azul para ser remodelado e Maria sentiu o beijo sussurrante da pele contra seus ombros nus. Ela se virou para o espelho, permitindo que a capa girasse e ondeasse delicadamente enquanto se movia. Aquela era de fato a criação mais incrivelmente bela que ela já vestira. Maria ainda segurava os óculos de ópera e os colocou sobre os olhos mais uma vez, segurando a etiqueta pendurada na pele. O suspiro de prazer que ela soltara com a sensação da vestimenta contra sua pele foi rapidamente sugado de volta numa arfada de choque. Ela devia ter se saído bem em não deixar seu horror ser percebido, pois a dona da loja estava evidentemente esperançosa em relação a uma venda.

— Sim, a cor é certa para você, Fräulein. Muito sedutora. E o caimento da capa, tão... cômodo.

Maria franziu a testa. O dia em que ela não pudesse ser coberta nem mesmo por uma capa sem que precisasse mandar afrouxá-la seria o dia em que se entregaria à sua espreguiçadeira permanentemente. Com rapidez, forçou-se a deixar a capa deslizar de cima de seus ombros, sacudindo a cabeça:

— Não, acho que não. Hoje não. O vestido azul e os óculos de ópera serão suficientes.

Maria separou várias notas do precioso rolo, deu o endereço de Lobinho e saiu da loja sentindo-se revigorada. Ela concluiu que não havia nada tão eficiente para melhorar ânimos abalados quanto comprar um novo item para o guarda-roupa.

Depois de fazer uma boquinha adiantada numa cozinha misericordiosamente vazia, Maria retornou ao seu quarto. Sem dúvida, o duende andara ocupado em todo o apartamento: a madeira brilhava e cheirava a cera de polimento, as franjas do tapete tinham sido penteadas, havia flores recentemente colhidas, roupa de cama limpa e um ar geral de ordem e cuidado. Maria duvidava de que se sentiria mais bem cuidada até no Grand. Sua peruca continuava sobre a penteadeira onde ela a deixara. Mostrava sinais de ter sido espanada, exercício que deve ter criado uma grande quantidade de pó voando por todo lado.

— E não acho que Herr Duende venha a gostar mais de mim por isso — falou ela, tanto para a peruca quanto para si mesma.

Sentando-se no banco acolchoado, cuidadosamente levantou a criação elaborada e a colocou sobre a cabeça. Aquilo lhe deu o mesmo tipo de arrepio delicioso que havia experimentado quando entrara em contato com a pele do Lobo Sueco Prateado. Ela suspirou de felicidade ao estudar seu reflexo, e os pequenos sinos que Madame Renoir decidira acrescentar badalavam suavemente. O momento era de paz, calma e prazer, o que tornou a aparição repentina de um focinho peludo contraído no topo da peruca ainda mais chocante. Maria gritou, inclinou-se para trás e caiu do banco, espatifando-se no chão com muito pouca graça e uma oportunidade reduzida de se salvar. Ela girou na queda, mas isso só serviu para fazê-la cair de cara no chão. Uma dor violenta se espalhou quando seu nariz colidiu com as tábuas inflexíveis do assoalho do quarto de dormir.

— Argh! Inferno! — gritou ela, apertando seu rosto.

A peruca foi desalojada na queda e rolou pelo chão, chegando ao repouso contra um penico felizmente vazio e limpo debaixo da cama. Enquanto

Maria observava, chocada demais para se mover, Gottfried se livrou das tranças complexas de cabelo e dos adornos prateados da peruca, limpando o pó de si mesmo enquanto parava sobre o tapete.

— O que diabos você acha que estava fazendo aí dentro? — perguntou Maria, enquanto lutava para se levantar.

Sangue pingava de seu nariz, e ela tirou um lenço da manga para estancá-lo.

— Minhas sinceras desculpas, Fräulein. — O rato se curvou. — Não foi minha intenção assustá-la. Ah, você se machucou?

— Levando em conta que eu caí com alguma força sobre uma superfície dura usando apenas meu nariz como amortecedor, a resposta é, nada espantosamente, sim.

Ela inclinou a cabeça para trás e pressionou o lenço com mais força.

— Perdoe-me, Fräulein Maria. Posso recomendar um pouco de schnapps para a dor?

O rato parecia genuinamente arrependido.

Maria conteve a raiva.

— Um acidente, nada mais. A sensibilidade logo vai passar. — Fechou os olhos enquanto uma onda de náusea tomava conta dela e a ponta de seu nariz começava a latejar. — Em primeiro lugar, não consigo entender o que o possuiu para entrar na minha peruca — disse ela. — Você estava se escondendo?

— Ah, não. — Gottfried encontrava-se estranhamente calado e parecia um tanto envergonhado. — Meramente... checando — respondeu ele.

— Checando? Checando o quê?

— Ah, nós fazemos isso. Nós ratos. Nós checamos coisas. Você sabe que na verdade devia inclinar a cabeça para a frente e não para trás, não é?

— Você acha?

— É a sabedoria popular sobre o assunto, creio eu.

Maria fez o que foi sugerido. Ela se arriscou a remover o lenço:

— De qualquer forma, parece ter parado agora.

Ela tomou seu lugar em frente à penteadeira mais uma vez e olhou para o próprio reflexo. Seu nariz já havia inchado, agora parecendo desproporcional. O sangramento realmente cessara, mas havia uma vermelhidão inconveniente propagando-se a partir do centro do rosto. Com um suspiro, ela pressagiou mais hematomas e inchaço por vir, sem dúvida bem a tempo de seu passeio com Ferdinand. Por que será que ela nunca conseguia se apresentar a ele em suas melhores condições por mais do que dois minutos por vez?

— E a schnapps...? — sugeriu Gottfried novamente.

— Não, acho que não. Tenho um compromisso, para o qual desejo manter a cabeça limpa. Na verdade, estou esperando uma entrega de um novo vestido a qualquer momento, então, se você não se importar...

— Vou me retirar. — Ele balançou a cabeça, mas hesitou. — Eu estava pensando, Fräulein, se eu poderia persuadi-la a uma coisinha.

— Sim?

— Eu gostaria muito de passar um pouco mais de tempo na companhia do Bispo Berkeley. No entanto, Herr Duende, de vez em quando, tem um prazer perverso em frustrar meus desejos quando pode. Como você perceberá, ele teve sucesso dessa vez.

Gottfried ergueu uma pequena pata para apontar para a estante de livros.

Maria olhou e percebeu que o livro em questão estava de volta à estante, mas não ao seu lugar legítimo. Em vez disso, ele localizava-se na prateleira mais alta e atochado de modo apertado a ponto de dificultar sua remoção. Difícil para um humano e impossível, na verdade, para um pequeno roedor. Maria o apanhou.

— Onde você gostaria que eu o deixasse?

— Se você puder fazer a gentileza de colocá-lo sobre as tábuas do assoalho um passo para fora da porta do seu quarto, posso empurrá-lo sobre a madeira polida com facilidade. Nessa hora do dia, há bastante luz para ler na sala de estar.

— Lembre-se de ficar longe do corredor — advertiu Maria. — Não quero que minha entrega seja atrapalhada por alguma funcionária da loja tendo um ataque ao ver você.

— Eu serei invisível como um fantasma e...

— Silencioso como um rato?

Maria sorriu, apesar de aquilo a fazer se retrair.

— Você tem minha gratidão, Fräulein — falou Gottfried por cima do ombro peludo, enquanto desaparecia.

Maria fez o melhor que foi capaz com seu nariz, molhando-o com água fria e então aplicando pó de arroz. Ele ficou melhor após seus cuidados, mas ainda tinha uma tendência a brilhar, a pele esticada de forma nada atraente sobre o inchaço. Suas compras chegaram, e o rato foi o mais discreto possível, de modo que logo ela estava vestida e pronta. Retornou a peruca à segurança da caixa. A ocasião ainda não era suficientemente grandiosa para que precisasse vesti-la, mas não havia dúvidas de que seu momento se aproximava. Por enquanto, ela estava satisfeita com o corte lisonjeiro e o azul sofisticado de seu vestido novo, com o colarinho e os punhos comedidos e elegantes tecidos em veludo preto. Pendurou os encantadores óculos de ópera no pescoço e saiu do apartamento.

Do lado de fora, com o pretexto de admirar a praça, Maria examinou a área em busca de Strudel. Não desejava parecer furtiva, mas um encontro com o capitão muito certamente arruinaria sua tarde. Ela não tinha dúvidas de que o tempo e o devido processo da lei a absolveriam de qualquer crime conectado à morte do mensageiro, mas ser despachada para Gesternstadt interferiria sobremaneira em suas investigações. Além disso, ela já estava cansada de Strudel de uma forma ou de outra interromper seus compromissos com Ferdinand. Pelo menos o incômodo capitão não estaria aquartelado no hotel; ela estava confiante disso. Ferdinand esperava por ela na entrada. Ele sorriu quando a viu. Se percebeu qualquer coisa inoportuna em seu nariz, não deixou transparecer.

— Você está muito elegante esta tarde, Fräulein.

— Apenas esta tarde? Eu esperava sempre estar elegante.

O sorriso dele se alargou.

— Você sempre está... interessante.

Maria estalou a língua.

— Ser tratada com falsos elogios tão cedo em nosso passeio...

— Não se preocupe; nas próximas horas prometo usar toda oportunidade para elogiar e bajular.

— Excelente — disse ela, segurando o braço oferecido de Ferdinand. — Faz muito tempo que não sou bajulada. Não tenho recebido muito disso ultimamente.

Eles abriram caminho entre compradores vespertinos, turistas e andarilhos, um par suficientemente vistoso, cada um de sua própria forma, atraindo olhares curiosos dos transeuntes. Maria pensou em como era raro se ver como metade de um casal, fazendo algo que pessoas com vidas ordenadas e sensatas faziam, caminhando pelas encantadoras ruas da cidade, tomando ar, desfrutando companhia. Ela imaginava que era assim que muitas mulheres bem-nascidas viviam. Mesmo assim, essa era uma ocasião de tamanha raridade para Maria, que ela não conseguia se recordar de uma parecida. Como aquilo tinha acontecido, ela se perguntava, para sua existência ter excluído prazeres tão simples? Decidiu que abriria espaço em sua vida para mais atividades aprazíveis e inofensivas. Achou o general uma companhia agradável, e os dois conversavam distraidamente enquanto passavam por barracas de flores sendo armadas como parte do festival do salsichão. Maria contou sobre o envolvimento de João na tentativa de fazer o famoso embutido. O general contou sobre um restaurante simpático que tinha visto perto do rio. Ela mencionou o conforto que o apartamento de Lobinho lhe oferecera. Ele falou da firmeza acolhedora dos colchões do Grand. Inevitavelmente, no entanto, a conversa chegou ao assunto das gravuras roubadas. Maria pisava em ovos. Embora o general não tivesse jurisdição ali e nenhum interesse profissional em assuntos que diziam respeito à lei além daqueles que afetavam a família real, João o tinha visto caminhando e conversando com Strudel. Quanto mais ele soubesse sobre a conexão de Maria a um corpo misteriosamente morto em Gesternstadt, mais poderia se sentir compelido a informar as autoridades, como Strudel, sobre onde ela estava e o que estava fazendo.

Como se lesse seus pensamentos, Ferdinand falou:

— Estou curioso apenas com seus métodos de investigação, Fräulein. Seus procedimentos me intrigam. Eles são conhecidos por serem tão bem-sucedidos quanto heterodoxos. Como militar, minha curiosidade é fustigada pelas formas criativas através das quais você se dedica ao seu trabalho.

— Eu não sofro da desvantagem de treinamento militar — explicou ela. — Tenho liberdade para inventar meus próprios sistemas. Busco os fatos usando qualquer meio que se apresente; aplico a lógica; permito que o instinto me guie e que a dedução me leve às respostas que procuro. É uma abordagem que, até agora, me serviu bem.

— Certamente. Mesmo que isso, de vez em quando, a coloque em conflito com os defensores da lei mais, digamos, pedantes?

Maria fingiu interesse na vitrine de uma confeitaria. Na verdade, não era uma simulação difícil. Se não estivesse na companhia do general, ela provavelmente não passaria dali — teria voltado com os braços lotados ao apartamento de Lobinho para se fartar com os folhados de aparência decididamente deliciosa e as guloseimas açucaradas à venda.

— Faço o que posso para não interferir com pedantes e seus modos impassíveis na esperança de que me deixarão em paz com meus modos mais flexíveis — disse Maria, sem olhar para ele.

— E em seu caso atual? — perguntou Ferdinand. — Você está alcançando um progresso satisfatório com essas práticas incomuns?

Uma imagem em que ela estava revestida de couro preto e estalando um chicote passou pela mente de Maria. Seu apetite murchou; os bolos não lhe pareciam mais tão apetitosos.

— Ah, sim — respondeu ela, com o que esperava ser um tom confiante e convincente. — Já tenho o principal suspeito em vista. Preciso apenas juntar um pouco mais de provas e então avançarei. Não quero alertá-lo de minhas suspeitas, mas, quando tudo estiver em seu lugar, vou investir.

— Tenho pena do homem, se for mesmo um.

— Nesse caso, acredito que sim.

— Ah, aqui estamos, a Galeria de Arte de Nuremberg. Uma construção impressionante, não acha?

— Excepcional. Dá para confundi-la com um palácio, em vez de um armazém de quadros — disse Maria despreocupadamente.

— Sinto que você não é uma amante fervorosa de arte, Fräulein.

— Posso tolerar uma bela paisagem e admiro a habilidade para o desenho, general, mas não finjo ser uma entusiasta.

— Eu me pergunto por que concordou em me acompanhar até aqui, se esse é o seu sentimento.

— É mesmo? — Ela olhou nos olhos do general e ergueu uma sobrancelha antes de afastar o olhar novamente, em um tom estudado. — Você me trazer aqui é fortuito. O fato de eu me inteirar sobre a obra de Albrecht Dürer auxiliará minhas investigações consideravelmente.

— Então, permita-me apresentá-la a você — falou ele, dando um passo para o lado enquanto abria a porta para Maria.

O interior era tão admirável e imponente quanto o exterior, com tetos elevados, chãos de mármore e escadarias largas levando a salas que abrigavam uma coleção eclética de obras de arte. Indo do saguão até a área principal de exposição, Maria se encontrou sob o olhar inflexível de monarcas mortos havia muito, ostentando tantos robes de arminho, coroas ou chapéus enfeitados com penas quanto uma pessoa poderia desejar. Então vinham heróis militares reais e míticos, figuras bíblicas com expressões que iam de tranquilamente contemplativas, passavam por amarradas como se fruto de indigestão e terminavam em arrebatadas, com uma legião de querubins e anjos. Mais adiante, ela foi cercada por panoramas criados em improváveis matizes claras sob céus azuis mais otimistas. Outra sala oferecia estudos de natureza morta, sendo que, na maioria dos casos, a natureza estava realmente morta, a julgar pelos faisões e lebres colocados sobre bandejas de prata. Havia bastante movimento na galeria, mas não a ponto de ser desconfortável. Para Maria, a parte mais agradável da experiência — além da atenção de sua companhia — era o movimento delicado das pessoas bem-vestidas e endinheiradas às quais ela agora se misturava. Para variar, Maria não era uma forasteira, uma mulher provinciana que passara da flor da idade, carregando mais peso do que lhe era elegante. Aqui, com suas novas roupas, olhando através de seus óculos de ópera de prata para melhor apreciar a arte em exibição e de braços dados com um general garboso, ela se sentia extasiadamente sofisticada. Sentia que se encaixava. Sentia que talvez Leibniz pudesse, no fim das contas, ter alguma razão ao declarar que esse é o melhor de todos os mundos possíveis.

Infelizmente, essa jovem ilusão alegre estava destinada a morrer brevemente.

Exatamente quando Ferdinand anunciou com um floreio que eles se aproximavam das obras do grande mestre; exatamente quando Maria preparava seu rosto para exibir uma apreciação erudita pelo renomado rinoceronte de Dürer, exatamente quando ela começava a acreditar que uma vida ordenada entre pessoas sensatas podia não estar fora de seu alcance, na visão aumentada que seus óculos de ópera lhe apresentavam apareceu a forma indesejada do Kapitan Strudel. Ela estacou no lugar. O capitão se encontrava parado diante de um quadro grande que, pela multidão ávida à sua volta, Maria não conseguia ver com clareza. Strudel aparentemente estava absorto pela coisa. Ele parecia transformado enquanto a fitava. Maria nunca o tinha visto tão... vivo, de alguma forma. Quando a aglomeração se moveu um pouco, o objeto de sua adoração tornou-se visível. Agora Maria conseguia ver o que era aquilo que fascinava tanto o soldado. Ali, exigindo a atenção de todos que o viam, sem cores gritantes, uma composição dramática ou mesmo a assistência de um único querubim, estava pendurado corajosa e calmamente o lendário rinoceronte de Albrecht Dürer, o Jovem. Ele era retratado em detalhes primorosos, um padrão de linhas finas precisas e cuidadosamente traçadas. Sua estranheza, sua forma exótica, seu olho vetusto e consciente eram o bastante para arrebatar todos que estavam diante dele.

— Vamos nos aproximar?

A voz de Ferdinand arrancou Maria de seus pensamentos. Ele lhe ofereceu a mão, sorrindo. O homem não notara a presença do Kapitan Strudel e estava de costas para ele. Desejos e necessidades opostos começaram a dividir Maria. Ela queria muito segurar a mão de Ferdinand, continuar a desfrutar esse tempo especial com ele, convencer-se de que podia entrar no mundo sedutor que vislumbrava enquanto estava ao seu lado. No entanto, ela também precisava muito evitar a humilhação de ser vista por Strudel, de ser detida diante da elite de Nuremberg, de ser arrancada de Ferdinand, sem dúvida imobilizada e degradada de alguma forma, de ser removida da cidade e, portanto, da chance de solucionar o caso, encontrar as gravuras e receber de seu cliente os honorários tão necessários.

De qualquer forma, ela foi poupada de decidir sobre um modo de ação, pois Strudel, empurrado de sua posição privilegiada por outro visitante ávido, virou-se para protestar com o homem. Ao fazer isso, Maria entrou em seu campo de visão.

Abandonando toda esperança de dignidade, ela girou sobre seus saltos gatinha, levantou a barra da saia e correu.

— Parem aquela mulher! — guinchou Strudel, indo atrás dela, a voz habitualmente fina subindo outra oitava.

A multidão se virou ao mesmo tempo, esperando um ato de vandalismo ou uma tentativa de furto, talvez. Maria não duvidava de que aquelas pessoas visitando a galeria tinham afeto pela arte de sua cidade. Entretanto, ficou provado que nenhum deles se importava o suficiente com aquilo para se meter no caminho de uma pessoa fugindo dos gritos de um membro da Guarda. Os grupos se abriam em frente a Maria como as águas diante de Moisés. Homens recuavam, para que seus sapatos com fivelas prateadas não fossem pisados quando ela passasse. Um punhado de mulheres mais sensíveis desmaiou. Strudel saiu em perseguição. Maria não soube disso na hora, mas o pé que dissimuladamente fez seu perseguidor tropeçar, esparramando-o no chão e dando a ela tempo precioso para escapar, estava preso à perna torneada de um general singularmente atraente com uma capa vinho. Com forro de seda dourada.

No lado de fora, Maria continuou a fuga, atravessando a rua, seguindo sem saber para onde, totalmente concentrada em colocar o máximo de distância possível entre ela e Strudel. Seu nariz começara a latejar de novo, e ela já estava bufante e ruborizada. Será que tinha sido assim que Cinderela fugira do baile quando o relógio marcara meia-noite? Sapatinhos de cristal provavelmente são os calçados do próprio diabo, com certeza, e não devem ser nem um pouco adequados para correr. Não espanta o fato de ela ter perdido um. Abençoando o couro italiano que envolvia seus próprios pés e agradecendo à sorte por sua rota estar livre de paralelepípedos, Maria virou à esquerda, então à direita, entrou numa rua à esquerda seguindo por uma fileira de pequenas lojas charmosas e parou, ofegante, nos degraus de uma igreja. Seu coração batia no ritmo de uma polca irregular debaixo de seu espartilho. Ela não tinha como continuar. Olhou para a rua atrás dela. Não havia sinal de Strudel, mas será que ela conseguira despistá-lo? Contraindo-se por causa de câimbras nos músculos contrariados de suas panturrilhas, Maria se levantou e entrou da forma mais silenciosa possível pelas grandes portas com pontas de ferro da igreja.

Do lado de dentro, demorou um pouco até que seus olhos se ajustassem à luz do sol enviesada filtrada em fachos coloridos pelas janelas altas de vitral. Quando sua visão clareou, ela viu que acontecia um pequeno casamento. A igreja era espaçosa, então Maria foi capaz de andar nas pontas dos pés sobre as lajes e deslizar com discrição para um dos bancos sem causar perturbação. Escolheu um assento suficientemente próximo para que achassem que ela estava ali para o casamento, mas não tão perto a ponto de um convidado tentar começar uma conversa com ela. Sentar-se era um alívio, e tanto seus batimentos cardíacos quanto sua cor lentamente retornaram ao normal. Levando tudo em consideração, ela julgou ser melhor simplesmente permanecer onde estava e deixar que Strudel se cansasse de procurar por ela. Então, poderia voltar ao apartamento. Se ela se mantivesse nas ruas secundárias e permanecesse atenta, certamente tudo ficaria bem.

Maria começou a assistir à cerimônia de casamento. A noiva vestia uma indumentária bávara tradicional, e seu rosto brilhava de amor e felicidade. O noivo segurava sua mão como se fosse o último pássaro de uma espécie estimada, seus olhos cintilando de adulação. Fosse por seu esforço repentino ou pelo excesso de sentimentalismo, Maria começava a ficar um pouco enjoada. Um pajem se aproximou e colocou algo em frente ao casal de pombinhos. Levando os óculos de ópera até os olhos, tomando cuidado para não bater com eles em seu nariz ainda sensível, Maria viu que era uma taça de vinho, que a criança embrulhou cuidadosamente num pano de linho branco. Então o colocou no chão junto aos pés da noiva. A moça sorriu, ergueu o pé e pisou com força sobre o embrulho. O som de vidro quebrado ecoou pela igreja. A congregação gritou encantada e começou a aplaudir. Maria não havia testemunhado esse costume curioso antes e se distraiu imaginando como um procedimento tão estranhamente destrutivo podia ter encontrado lugar numa coisa tão solene quanto uma cerimônia de casamento. Depois de trocar votos matrimoniais, de manter tradições, de dar e receber beijos, os recém-casados lideraram a procissão que saía da igreja. Poucos minutos depois, Maria encontrava-se sozinha. Então, serviu-se de várias almofadas para oração, fechou os olhos e se permitiu tirar um cochilo muito necessário.

Várias horas mais tarde, Maria acordou e se deparou com um coro celestial. Por um instante, enquanto lutava para recuperar a consciência, pensou que havia morrido enquanto dormia e estava agora no céu, sendo recebida por anjos. Esfregou os olhos, esperando ver São Pedro, mentalmente preparando o discurso de que precisaria para se salvar de ser sumariamente expulsa e redirecionada para um lugar bem mais ardente e desconfortável. No entanto, em vez de um senhor barbado vestindo um robe, apareceu em seu campo de visão. inclinando-se sobre ela e a estudando, perplexa, uma mulher de meia-idade usando um lenço na cabeça.

— Você não pode dormir aqui, querida — falou a mulher, de forma até amável, mas com um tom que não deixava espaço para discussão. — Você não tem uma casa para ir?

Maria se sentou, ajeitando a saia irritantemente amarrotada. O vestido era novo e já mostrava sinais de desgaste aos cuidados de Maria. Ela viu, agora, que a mulher segurava um esfregão e carregava um balde de água suja e que a cantoria vinha de um grupo de pequenos meninos de sobrepeliz de pé na área do coral.

— Eu estava rezando — explicou Maria.

— Ah — falou a mulher. — Para mim, parecia muito que você estava dormindo.

— Perdoe-me por dizer que você não tem a aparência de um especialista em assuntos eclesiásticos, Fräulein. Agora, se me dá licença...

Ela passou pela servente, inalando os vapores de fenol e poeira no caminho, e seguiu até sair da igreja.

Maria caminhou lentamente até a casa de Lobinho, usando uma rota bastante tortuosa para evitar esbarrar com Strudel. Pensou em Ferdinand e em como, mais uma vez, ela o abandonara sem ao menos um *au revoir*. Ela se consolou que ele teria descoberto a razão para sua partida abrupta. O homem devia saber que Strudel estava procurando por ela, mesmo que não soubesse por quê. Era um pouco deprimente pensar que a vida — ou, pelo menos, a vida como Maria a vivia — parecia sempre conspirar para afastá-la do único homem que lhe havia interessado — ou, na verdade, que tinha mostrado algum interesse nela — em muitos anos. Anos longos, secos e solitários. Anos vazios. Pare com isso, mulher, protestou para si mesma. Ela estava ali a negócios. Era verdade que finalmente extraíra alguns fundos de Herr Dürer, mas ela já havia tido diversos gastos e despesas — as passagens de carruagem, o vestido, os óculos de ópera de prata, dinheiro para João gastar —, com certamente mais por vir. Além disso, um longo inverno estava a caminho e quem sabia quando seu próximo caso se apresentaria? Ela devia redobrar os esforços e se investir na investigação imediatamente. Esse não era o momento para sentir-se deprimida por causa de um homem.

De volta ao apartamento, sons de cantoria bastante diferentes daqueles que a tinham embalado na igreja vinham da cozinha. Ela encontrou João e Lobinho, de braços dados, ambos vestidos com trajes que envolviam a cor favorita de seu anfitrião, amarelo-claro, e bolinhas azuis, entoando canções sobre bebida a plenos pulmões.

— Ah! A caçula Açucarada de João! — gritou Lobinho ao vê-la. — Venha, deixe-me servi-la uma bebidinha.

— Parece que você já bebeu o suficiente por nós dois.

— Poxa vida, Maria. — João soluçou. — Você não vai ser uma estraga-prazeres novamente, vai?

— Novamente? *Prazeres*?

— Agora, Açúcar. — Lobinho passou um braço sobre seus ombros, sua proximidade oferecendo-lhe uma explosão de vapores de cerveja por seu bigode úmido. — Você tem que se permitir um pouco de diversão. Seu irmão e eu demos duro no açougue o dia inteiro e agora estamos descontraindo um pouco. Você devia fazer o mesmo.

— Devo acreditar que vocês passaram o dia todo picando vegetais e moendo carne?

— Bem...

João franziu a testa.

— Toda a tarde? — perguntou Maria.

— Não *toda* a tarde — admitiu João.

— As horas entre o almoço e o chá, talvez?

— Uma delas — respondeu ele. — Ou pelo menos metade de uma delas.

— Entendi. Então, vocês passam a manhã na cama, sabe-se lá quanto tempo escolhendo seus trajes singularmente horrendos, sem dúvida desfrutam um belo almoço, seguido de um cochilo, trinta minutos realmente fazendo algo, antes de começar a atividade séria do dia, que, obviamente, é beber.

Lobinho deu uma risada rouca.

— Ah, Açucarada.

— Você pode, por favor, parar de me chamar assim?

— ... ah, então, irmãzinha do...

— Dai-me força.

— ... por que você não nos acompanha hoje à noite? Vamos desfrutar de todos os prazeres que a cidade pode nos oferecer.

Ele sorriu de forma cambaleante, balançando o braço enquanto executava uma pirueta, como se quisesse abranger toda Nuremberg.

— O que me parece é que vocês já desfrutaram um bocado. De qualquer forma, não tenho tempo. Vocês devem lembrar que estou aqui para trabalhar.

— Ah, é? — João tentou recostar casualmente contra o aparador de carvalho, mas seu cotovelo deslizou e ele foi forçado a se segurar no móvel com a mão livre. — Trabalho, você diz? Foi por isso que eu a vi passeando por aí com o Über General von Ferdie-sei-lá-das-quantas mais cedo? Tenho que dizer que aquilo não se parecia muito com trabalho para mim.

— Nós fomos à Galeria de Arte de Nuremberg. Se você cavar fundo em uma parte de seu cérebro que ainda não virou conserva, pode se lembrar de que estou investigando o roubo de obras de arte. A expedição era relevante para o meu trabalho.

— Ah, *relevante*, não é mesmo? Bem, se isso era *relevante*...

Maria olhou para os dois homens com uma expressão fulminante — embora ela suspeitasse que a visão deles estava demasiado comprometida pela cerveja para vê-la — e saiu rebolando até o quarto. A tarde fora difícil. Ela muito possivelmente arruinara suas chances com Ferdinand. Tivera a irritação contínua de ser perseguida por Strudel. Seus pés doíam por causa de toda aquela correria, e ela havia desperdiçado horas que poderiam ter sido usadas solucionando o caso ou repousando antes da noite vindoura. Pois Maria sabia que devia retornar ao bordel de Lady Crane. As pistas eram escassas, e Phelps continuava seu principal suspeito. Com sorte, Valeri teria realizado seu desejo e conversado com suas antigas amigas. Maria devia se apresentar para outra noite de trabalho, vestir o traje de Ela Que Comanda e extrair a verdade do doutor presunçoso de uma vez por todas. O pensamento não era agradável, pois ela sabia que contara com a sorte até agora por escapar de uma experiência mais perturbadora ou até mesmo completamente danosa. Maria precisaria ser sagaz para se assegurar de que tanto ela quanto seus clientes permanecessem cobertos por seus trajes horrendos.

Eram 21 horas quando ela estava pronta para sair. Havia tirado as roupas novas e colocado o velho traje de guerra que vestira para viajar desde Gesternstadt. Ela estava feliz por ver que as roupas tinham sido lavadas. O duende havia feito um bom trabalho de reparar as roupas da melhor forma possível, mas ela ainda se sentia desarrumada depois da maciez e do frescor de seu novo vestido azul. Acabara de colocar os pés de volta em seus confiáveis sapatos pretos quando sentiu mais do que ouviu um movimento atrás dela. Ao se virar, ficou frente a frente com o faxineiro moribundo de Lobinho.

— Boa noite para você, Herr Duende.

— Achei que você estaria fora — disse ele, o rosto fechado e aflito fechando-se ainda mais, com o espanador de penas erguido de uma forma que Maria achou quase ameaçadora.

— Sinto muito por desapontá-lo.

— Você sabe que limpar com pessoas por perto torna meu trabalho mais difícil. É muito melhor para mim se eu tiver o caminho livre, sozinho para progredir, sem interrupções ou interferências...

— Nunca em minha vida senti o desejo de interferir com a limpeza de alguém, posso lhe garantir.

— ... suficientes para não ter que esperar e me perguntar, será que as pessoas vão ficar em casa? Elas vão sair? Quando vão voltar? Um chão lavado precisa secar. Uma cama precisa arejar. A roupa de cama precisa ficar de molho. Existe uma ordem e um método para essas coisas; elas simplesmente não acontecem de qualquer jeito.

O duende, sem querer, bateu num relógio folheado a ouro. Maria não podia evitar achar que, se a criatura tentasse se relacionar com os humanos com os quais entrava em contato, em vez de simplesmente vê-los como obstáculos, poderia se sentir menos taciturno. Lobinho podia ser irritante, e uma longa exposição a ele realmente tendia a causar uma dor de cabeça, mas ele era, pelo menos, animado.

— Você trabalha para Herr Pretzel há muito tempo? — perguntou ela.

— Sou fixo ao apartamento, não à pessoa que reside nele.

— Muito bem. Nesse caso, como esse foi o lar dele mesmo na infância, você deve conhecê-lo muito bem.

— Não faz parte do meu trabalho conversar com humanos, a não ser que eles atrapalhem o meu serviço — falou ele enfaticamente.

— Posso ver que você é bastante meticuloso em relação a isso. Só pergunto porque, bem, seu empregador tem um temperamento implacavelmente empolgado. Você pode achar sua companhia... animadora.

O duende parou de espanar e olhou fixamente para Maria.

— Posso ser animado quando quero ser.

— Não duvido disso, mas *quando* você quer ser?

— Quando algo me dá uma razão.

— Algo como...?

Herr Duende hesitou, como se prestes a revelar algo de si mesmo. Mas o momento passou. Ele se ocupou penteando as franjas do tapete e apenas falou:

— Não ser atrasado em meu trabalho seria um começo. Não há nada de animador em ficar para trás quando há camas para fazer, tábuas de assoalho para polir, prataria para lavar, janelas para limpar, móveis para espanar, pavios para aparar, carvão para buscar...

Ele ainda listava as tarefas enquanto saía do quarto e se perdia na escuridão do corredor.

Maria sacudiu a cabeça. Talvez fosse um fato que algumas pessoas — alguns seres — nascessem mal-humorados e permanecessem assim independente do que acontecesse. Ela olhou para si mesma brevemente no espelho.

— Ao trabalho, Maria de Gesternstadt. Ao trabalho — disse ela, partindo em seguida na direção dos quartos subterrâneos de Lady Crane.

DEZ

Chegando ao bordel, Maria foi saudada com surpresa pela madame, luxúria maldisfarçada por Bob Bacon e suspeita por uma ou duas das outras garotas. Levaram-na a um quarto onde várias jovens mulheres estavam em diferentes estados de *déshabillé* e lhe disseram que vestisse seu traje. Ela reconheceu as duas garotas que havia visto entrando pela primeira vez pela porta escondida. Uma delas, morena alta com uma pinta proeminente sobre o lábio superior, olhou para Maria de cima a baixo de forma mordaz.

— O que você está fazendo aqui? — perguntou ela.

— Eu deveria achar que é óbvio. Trabalhando, assim como você.

— Se você é uma prostituta, eu sou um arcebispo — falou a garota com escárnio. — Você pode parecer maltrapilha, mas é educada. Fala mais como uma ladra do que como uma garota de programa.

— Todo mundo pode passar por momentos difíceis. Uma mulher deve fazer o que pode para sobreviver. — Mesmo enquanto contava a história, Maria sentia sua fé naquilo diminuindo. Parecia errado enganar as garotas. Mas ela não sabia em quais delas podia confiar. Contar a verdade por trás dela poderia colocá-la em risco real de ser descoberta. — Conte-me — perguntou —, você conhece uma adorável menina chamada Valeri?

A morena sacudiu a cabeça.

— Não conheço ninguém com esse nome.

— Sério? Uma pessoa exuberante. Cabelos ruivos impactantes...?

Uma das outras garotas — que antes Maria tinha visto vestida como uma criada, mas que agora parecia uma ninfa da floresta — parou de enrolar o cabelo no modelador:

— A descrição se parece com a Fifi. Pelo menos era assim que era chamada quando estava aqui.

A morena balançou a cabeça.

— Ah, sim. Fifi. Colocou na cabeça que ia melhorar de vida e foi embora.

— Bem... — Maria falava em arfadas enquanto uma criada tentava forçá-la a entrar em seu traje de couro preto. — Ela conseguiu. Melhorar de vida. Para falar a verdade... opa, calma aí... eu estava esperando que ela tivesse falado com vocês. Sobre mim.

A ninfa da floresta encolheu os ombros.

— Eu não a vi.

A morena com a pinta bufou.

— As únicas visitas que recebemos são as que pagam. Ela não vai descer aqui por medo de Lady Crane fincar as garras nela novamente. Não, se ela tiver algum juízo, vai ficar longe daqui.

Os ombros de Maria abaixaram-se levemente, fazendo a criada esforçada estalar a língua enquanto continuava sua luta com o traje. Maria se enchera com a esperança de que Valeri tivesse cumprido sua promessa e alertado as amigas sobre o que estava acontecendo, ajudando a garantir que Phelps se colocasse em seu caminho, por assim dizer. Mas ela havia falado com a moça não fazia mais do que apenas algumas horas. Se, como a Pinta ressaltava, Valeri relutava em visitar esses quartos secretos, ela poderia ainda não ter conseguido falar com nenhuma das garotas. O que significava que não havia garantia de que Phelps pediria por Ela Que Comanda. Pelo menos Maria estava com seu uniforme brilhante. A sala era pequena e cheia e quente, e ela sentia as bochechas corando de forma nada atraente. Um espelho a mostrava como algo ridículo, de alguma forma, sem sua máscara. Maria ficou pensando em como a fantasia pela metade poderia ser mais ridícula do que ela inteira, mas era o que parecia. Ela se dirigiu à ninfa da floresta.

— Valeri... quer dizer, Fifi... ela mencionou que alguns dos clientes deste estabelecimento são, digamos, pouco cavalheirescos na forma de tratar as garotas. Aposto que você deve ter sua própria visão sobre esses sujeitos.

A sala rapidamente foi tomada por risadas amargas. Por fim, a Ninfa da Floresta respondeu:

— Eu poderia lhe passar uma lista!

A Pinta concordou:

— Os homens não vêm aqui para serem cavalheiros, independente do rosto que eles possam apresentar ao resto do mundo. Deve haver uma raça diferente de homens em Hamburgo para você pensar assim.

— Claro, mas eu estava pensando em algo mais específico... brutalidade. Valeri foi relutante em fornecer nomes, naturalmente, mas deu a entender que o Dr. Phelps era um desses.

O humor no quarto esfriou de modo perceptível. A Pinta cuspiu elaboradamente num vaso de flores vazio. A Ninfa da Floresta esfregou os braços magros como se estivesse com frio.

— Aquele homem... ele é...

— Valeri não estava enganada? — sugeriu Maria.

— Não — concordou a Ninfa da Floresta.

Maria pesou o risco contra a possibilidade de ganhar a confiança das garotas. A perspectiva de ter de receber diversos clientes sem chegar a Phelps não era atraente.

— Senhoras, posso falar francamente com vocês?

— Por que não? — perguntou a Pinta. — Não nos ofendemos com facilidade.

Maria abaixou a voz até um sussurro:

— Você foi astuta em sua avaliação sobre mim. Essa não é, confesso, minha linha de trabalho habitual.

— Eu sabia. — A Pinta estava triunfante. — Como disse, você pode se parecer com uma de nós...

— Sim, obrigada por isso...

A Ninfa da Floresta franziu a testa.

— Mas, se você não é uma de nós, por que está aqui, vestindo isso, fazendo o que quer que faça naquele quarto com seus clientes?

— Eu ressaltaria que até agora só tive um cliente, que passou todo o tempo adormecido e permanece até agora livre das atenções de Ela Que Comanda. Até este momento, não utilizei meu chicote em ninguém e ficaria encantada se isso continuasse assim. Com a possível exceção do Dr. Phelps.

— Você está aqui para pegar Phelps?

Agora a Pinta estava realmente interessada. As garotas se juntaram em volta de Maria, ansiosas por uma explicação.

— Meu objetivo é arrancar a verdade dele.

— A verdade sobre o quê?

— Vocês podem ter ouvido falar que houve um roubo no hotel há pouco tempo. Algumas obras de arte foram levadas. Obras de grande valor.

— Ah, isso! — A Pinta revirou os olhos. — Phelps não fala de mais nada. Fico quase feliz de atender suas exigências apenas para fazê-lo se calar sobre o assunto.

A Ninfa da Floresta tentava juntar as peças do quebra-cabeça.

— Mas como essas coisas a trazem aqui?

— Meu nome é Maria de Gesternstadt. Sou uma detetive particular e meus serviços foram contratados por Albrecht Dürer, o Muito Muito Mais Jovem, para investigar o caso e recuperar os quadros desaparecidos.

Veio um "ahh" coletivo de surpresa. Maria continuou:

— Acredito que o Dr. Phelps esteja envolvido no roubo.

— Você acha que ele roubou os quadros?

— Acredito que seja possível. Desejo interrogá-lo... severamente sobre o assunto. É minha opinião ponderada que Ela Que Comanda pode ter mais sucesso em conseguir respostas dele do que eu. E é por isso que preciso da ajuda de vocês.

A Pinta sorriu.

— Phelps reconhecido como um ladrão qualquer e jogado para apodrecer numa cadeia em algum lugar! Eu participaria disso qualquer noite da semana.

As outras balançaram a cabeça.

— Excelente — falou Maria. — Tudo o que peço a vocês é que garantam que Phelps procure por mim. Ele me conheceu... bem, como Maria, vocês compreendem... então, quanto menos eu precisar falar com ele antes de estar amarrado à cama em meu quarto, melhor. Não posso arriscar que ele me reconheça, ou a farsa estará acabada.

— E Lady Crane não ficaria muito satisfeita por ser feita de trouxa — adicionou a Ninfa da Floresta. — A mulher já está suficientemente irritada por perder Fifi, você sabe. Ela a considerava uma das melhores garotas dela. Não se importaria de usar meios escusos para trazê-la de volta para trabalhar aqui. Não, ela não gostaria de saber que foi enganada por alguém tentando ajudar outra pessoa que passou a perna nela.

— Nem que um de seus melhores clientes fosse tirado dela — acrescentou a Pinta.

— Exatamente. Então, caso vocês possam se assegurar de que Phelps se deixe ser, talvez, acompanhado até meu quarto...?

— Deixe conosco. — A Pinta colocou as mãos sobre os lábios, ainda sorrindo. — Você não vai encontrar uma garota aqui que seja que não ficaria feliz em ver aquele homem derrubado.

A porta foi aberta com violência e, sem pedir, Bob Bacon estalou os dedos para Maria.

— Você arrumou seu primeiro cliente. Venha logo. Não pode deixá-lo esperando.

O homem fez um gesto com a cabeça para indicar que ela devia se mover. Maria se levantou e caminhou com tanta dignidade quanto seu traje repulsivo permitiria, levando em conta que cada passo seu era acompanhado por um pequeno chiado quando couro roçava contra couro. Ela foi conduzida ao mesmo quarto em que fora colocada em sua visita anterior. As luzes eram fracas, mas ela podia ver com muita clareza o grande vulto amarrado à cama com a cobertura parcial. Bob Bacon deu uma longa espiada antes de sair. Maria ouviu a chave virar na fechadura. Sentiu a boca secar e o estômago embrulhar. Respirando para se acalmar, deu um passo na direção da cama. O vulto que estava deitado diante de Maria, totalmente coberto de couro preto combinando com o dela, muito claramente não era Phelps. Lady Crane conseguira em algum lugar um traje adequado para o cliente, mas certamente tinha sido difícil encontrar um espaçoso o bastante para caber nesse homem. Parte da costura parecia preocupantemente esgarçada. Maria praguejou baixinho, mas sabia que seria uma sorte muito além do que a vida a levara a esperar o fato de encontrar exatamente o homem que ela queria diante de si sem precisar primeiro lidar com outros clientes esperançosos. Esse tinha o dobro do tamanho de Phelps, uma verdadeira montanha em forma de homem. Sua barriga, parecida com um balão, erguia-se e se abaixava com um ritmo lento e um chiado que só podiam ser causados pelo sono. Olhando com mais atenção, Maria foi capaz de ver que o homem enorme estava realmente adormecido. Ela se recordou de que seu único outro cliente encontrava-se numa condição semelhante quando o encontrou. Será que era algo normal em tais circunstâncias? Será que era comum a todos aqueles com uma predileção por disciplina chegar ao seu quarto à beira de perder a consciência? Maria se surpreendeu ao descobrir que seu orgulho ficara um pouco ferido com a ideia de que ela era insuficientemente excitante, mesmo em teoria, para manter os clientes acordados. Expulsou o pensamento de sua cabeça. Era ridículo se importar com aquilo. Muito melhor para ela e, na verdade, para os homens, se eles todos tivessem uma tendência à narcolepsia. Como se quisesse sublinhar esse argumento, o vulto sobre a cama soltou um ronco estrondoso. Um ronco, tonitruante, galopante. Um ronco que sacudiu a cama e fez tremer o assoalho debaixo de seus pés. Um ronco que era assustadora e inconfundivelmente familiar. Maria se inclinou sobre os acres de couro preto diante dela. Precisou de apenas segundos até ter certeza.

— João! — latiu ela.

O vulto foi arrancado de seu sono com uma bufada:

— O quê? O que é isso?

— João, o que, em nome de tudo o que é sensato, você está fazendo aqui?

— *Maria?*

— O que o possuiu? Como você sequer descobriu que este lugar existia?

— Ah, o bom e velho Lobinho...

— Lobinho vem aqui?

— Ele disse que era apenas um pouco de diversão inofensiva. Muitos dos moradores de Nuremberg visitam. É bem popular, pelo que me disseram. No entanto, não estou muito convencido por toda essa coisa de couro, pois fica terrivelmente quente. Você não acha? — perguntou ele, forçando a vista através dos buracos para os olhos em sua máscara.

Maria fez uma anotação mental para perguntar a Lobinho em que sentido ele podia considerar o empreendimento de Lady Crane como "diversão inofensiva". Também estava determinada a ter uma conversa séria com o irmão sobre sua moral questionável e principalmente sobre a forma como ele achara adequado usar o dinheiro que ela lhe dera para conhecer os pontos turísticos da cidade. Maria definitivamente não tinha imaginado o tipo de ponto turístico apresentado a ela naquele momento pelo espelho no teto. Mas aquela não era a hora.

— Você tem que ir embora. Neste minuto. E, se alguém perguntar, diga que você é um cliente muito satisfeito.

— Melhor não comentar que você é minha irmã, então, imagino.

Maria foi forçada a fechar os olhos por um momento a fim de apagar as manchetes em letras garrafais que conseguia ver nas capas de centenas de panfletos de fofoca. Coisas assim podiam estar circulando na cidade em questão de horas se apenas uma pontinha daquela situação viesse à tona. Já era suficientemente ruim Strudel ter espalhado por aí que ela era uma suspeita de assassinato em fuga. Se fossem acrescentadas às acusações prostituição, disciplina e possível incesto, sua reputação nunca se recuperaria. Ela seria forçada a se mudar para algum lugar muito distante. Algum lugar onde ninguém a conhecesse e desse a mínima para essas coisas. Maria não podia imaginar que gostaria de morar em um lugar assim — se é que existisse algum. Se um povo não se importava nem um pouco com depravação moral, por que se importaria com coisas que importavam para ela, como uma costura bem-feita, um vestido de corte elegante ou um rolo de seda chinesa?

— Pensando melhor, João, não fale nada.

— Nada mesmo?

— Você ficou temporariamente abobalhado pela intensidade de sua experiência com Ela Que Comanda.

— Fiquei? Ah, entendi, fiquei. Mas, caramba, Maria, o que você está fazendo aqui? E vestida desse jeito? É um pouco broxante para um sujeito, sabe, encontrar a irmã empenhada em algo tão... desagradável.

Maria se apressou para libertar o irmão das amarras e então o arrancou de cima da cama.

— Eu tenho uma razão perfeitamente legítima para estar aqui. Estou trabalhando num caso. Muitas vezes preciso recorrer a disfarces ao longo de minhas investigações, você sabe.

— Bem, sim, mas não vejo como se vestir igual a um pudim preto e chicotear um pobre homem...

— Pobre homem?

— ... como isso a ajuda a encontrar aqueles malditos quadros? Eu sei que você vai dizer que estou sendo tonto...

— Nem pense nisso.

— ... mas eu simplesmente não consigo entender.

— E é por isso que eu sou a detetive, não você — falou ela, tirando a máscara do rosto do irmão. — Agora escute, irmão meu. Mantenha a boca fechada e saia deste lugar terrível o mais rápido e sossegado que puder. Mas, se você for parado e interrogado, se qualquer um perguntar... *qualquer um*, você está entendendo? Você nunca me viu em sua vida. E você é um cliente satisfeito e me recomendaria aos seus amigos.

— Não posso dizer isso! Que tipo de irmão eu seria? Honestamente, Maria, acho que esse seu trabalho está tendo um efeito ruim em você, acho mesmo. O que quero dizer é que você não pode esperar que eu recomende os seus serviços. Não sou nenhum cafetão.

— João.

— Sim?

— Por favor, pare de falar agora, ou serei forçada a fazer uso deste chicote.

Por dois minutos depois de João sair, Maria permaneceu parada de frente para a porta, escutando, esperando, na expectativa de ouvir primeiro a risada estridente de Lady Crane, então as expressões porcinas de Bob Bacon, seguidas por pés batendo contra o chão, porta se abrindo violentamente, acusações lançadas, fim de jogo, ardil desmascarado e as coisas em geral ruindo. Depois do terceiro minuto, suspeitou que nada daquilo estava, na verdade, prestes a acontecer. No momento em que a Ninfa da Floresta chegou a fim de levá-la de volta ao vestiário para uma bebida quente, Maria estava com câimbras nas panturrilhas por ficar parada tão imóvel.

Ela entornou a bebida, sentindo o nervosismo melhorar um pouco, enquanto as garotas falavam sobre seu plano para levar Phelps até ela.

— Quanto antes, melhor — implorou Maria a elas.

O choque de ver João, coberto de couro e amarrado à cama, e de saber que ele a tinha visto... Maria começava a questionar a sensatez das ações que vinha escolhendo.

— Não tenha medo — disse a Pinta. — No segundo em que Phelps passar por aquela porta, nós o levaremos até você.

— Você está dizendo que ele ainda não está aqui?

— Está cedo para Phelps — explicou a Ninfa da Floresta —, mas ele não vai perder uma noite de terça-feira. Pode ter certeza disso.

— Vamos torcer para você estar certa.

Maria retornou o copo vazio à mesa.

As garotas saíram para fazer seu trabalho, deixando Maria sozinha. No entanto, ela não teve muito tempo para ponderar sobre seu destino ou pensar em fugir, pois um assovio leve saindo de trás de uma das telas adamascadas interrompeu seus pensamentos. A melodia era alegre demais para ser de qualquer uma das empregadas de Lady Crane e suave demais para ser de um cliente. Maria se levantou e atravessou o quarto, espiando em volta da tela. Um rosto marrom e animado olhou, radiante, de volta para ela. Era um rosto estranhamente familiar, mas ao mesmo tempo... não. A criatura diante dela era sem dúvida um duende. Suas feições, seu tamanho, até mesmo a forma de se vestir eram praticamente idênticos aos do duende que habitava o apartamento de Lobinho. O que era bastante diferente era a fisionomia desse. Todo seu semblante brilhava de felicidade: os olhos cintilantes, o sorriso largo, a inclinação da cabeça e a elevação das sobrancelhas. Tudo aquilo sugeria que ele estava contente consigo mesmo e possuído por uma disposição animada.

— Boa noite, Herr Duende.

— Fräulein. — Ele se curvou longamente, acrescentando um floreio com o espanador amarelo brilhante que segurava em sua pequena mão direita. — Eu realmente sinto muito se a perturbei. Achei que o quarto estava vazio. Vou lhe dar sua privacidade — disse ele, recuando na direção de uma pequena porta na parede de madeira atrás dele.

— Por favor. — Maria ergueu a mão. — Não vá embora por minha causa. Tenho certeza de que você tem trabalho a fazer. Eu não gostaria de ser a causa de qualquer inconveniente.

O sorriso do duende se alargou ainda mais:

— Você é a própria bondade, Fräulein. Eu esperava polir as tábuas daqui antes que a noite começasse para valer. Depois das 23 horas, é só alvoroço e barulho, e eu só atrapalharia. Não podemos deixar que as adoráveis moças tropecem por causa de figuras como eu, não é?

Maria observou enquanto ele trabalhava, espantada com a semelhança do duende com seu vizinho e, ao mesmo tempo, a diferença:

— Conte-me, Herr Duende, você tem um primo vivendo aqui perto? Um irmão, talvez?

A criatura fez uma pausa em sua limpeza, o espanador pairando por apenas uma fração de um instante, como se a pergunta o pegasse despreparado, como se ele estivesse pensando em sua resposta cuidadosamente. Então o duende continuou a polir, sorrindo o tempo todo, e falou:

— Todos os duendes são de uma única família. Todos são irmãos, primos, tios.

— Mas vocês vivem vidas solitárias?

— Vivemos. Para nós é o suficiente ter uma residência e seus residentes para cuidar.

— Devo dizer que você parece muito satisfeito. Alguém poderia pensar que essa residência em particular... para não falar desses residentes em particular... encorajaria um comportamento melancólico. Mas você assovia e sorri. Por outro lado, há pouco tempo encontrei um de seus irmãos que habita um belo conjunto de quartos com um empregador decididamente animado, mas aquele duende chega a ser depressivo.

— É mesmo? Posso perguntar em que prédio você encontrou esse infeliz parente meu?

O duende trabalhava de forma determinada para limpar um anel de vinho tinto teimoso sobre uma mesa qualquer, sem levantar os olhos, como se desejasse evitar o olhar de Maria. Ela achou esse comportamento esquisito. Também se obrigou a lembrar de que estava disfarçada, então divulgar seu endereço talvez não fosse prudente. Afinal de contas, presumivelmente, a lealdade desse duende era oferecida ao dono dessa residência, como ditava a tradição.

— Ah, deixe para lá, não me recordo do local exato. Como você diz, sua raça tem membros da família espalhados por todo canto.

A porta se abriu com rapidez, fazendo o pequeno faxineiro fugir, e Bob Bacon apareceu para convocar Maria para o trabalho novamente.

Como antes, quando ela entrou no quarto sombrio, um cliente disposto já estava sobre a cama, amarrado pelos pulsos e tornozelos, vestido *tête et pied* de couro preto que rangia. Mas esse não estava dormindo; fato demonstrado pela forma como se contorcia. Maria decidiu que ele era evidentemente novo nesse tipo particular de entretenimento. No entanto, quando percebeu que não estava mais sozinho, ficou imóvel, a cabeça virada para ela, pequenos olhos maldosos estudando-a pelas pequenas aberturas da máscara. Maria se sentia cansada. Ela sabia que não podia ser Phelps, pois acabara de ser informada de que ele ainda não estava no prédio. Além do mais, o vulto diante dela era pequeno e magro, com pernas tão finas dentro de sua cobertura preta que a faziam se lembrar de dois bastões de bala de alcaçuz. Com nós no lugar dos joelhos. O homem parecia frágil a ponto de uma das tiras do chicote de montaria que ela agora batia contra a palma da sua mão partir a criatura no meio. Maria sabia que devia fazer algo, dizer algo, para manter as aparências e proteger seu disfarce. Bob Bacon provavelmente ainda estava do lado de fora da porta e escutando. De alguma forma, no entanto, a maneira como esse aqui olhava para ela, combinada com a fragilidade de seu corpo, inibia Maria. Ela limpou a garganta ruidosamente e se esforçou para soar severa:

— Muito bem, deitado nessa cama... hmm... um belo jovem como você deveria estar de pé e... bem... fazendo alguma coisa. Você é uma pessoa má.

Passou pela cabeça de Maria que, se fosse ela pagando caro por essa baboseira, esperaria algo melhor.

O cliente parecia não se importar. Na verdade, ao ouvir a voz de Maria, um sorriso maldoso esticou sua máscara e estreitou ainda mais seus olhos.

— Por que você não me obriga? — perguntou ele.

O sangue de Maria congelou. Sua mente gritava para ela uma verdade impossível. Uma verdade em que ela não queria acreditar. Uma verdade que pedia uma ação ágil, decisiva e imediata. Infelizmente, naquele momento Maria se sentia o extremo oposto de ágil, o mais longe de decisiva possível e sem capacidade de agir em qualquer circunstância, muito menos imediatamente. O homem pronunciara apenas algumas palavras, mas elas foram suficientes. A voz que as tinha dito era tão fina e aguda quanto o próprio homem, enunciada com um tom azedo e cínico tão irritante quanto singular. Não havia dúvida. Ela conhecia muito bem a voz e seu dono. Finalmente, forçou-se a escutar os guinchos de sua mente e admitir para si mesma que aquele vulto à sua frente era ninguém menos do que o Kapitan Strudel da Guarda.

Maria estudou a confusão de opções que sua autopreservação lhe oferecia da mesma forma que vasculharia sua gaveta de calcinhas em busca da roupa de baixo certa. Porém, com mais rapidez. Ela podia tentar correr. Essa era uma linha de ação atraente, mas fadada ao fracasso, devido à pessoa sólida e porcina que guardava a porta. Podia aproveitar a oportunidade para dar uma bela sova em Strudel, o que tinha seus próprios atrativos, mas que causaria, a longo prazo, um pequeno alvoroço encarnado em Strudel. Alternativamente, Maria podia tentar desempenhar seu papel, manter sua identidade escondida do homem e se livrar dele o mais rápido possível. Silenciosamente amaldiçoou o fato de ser tarde demais para tentar disfarçar sua voz, pois o capitão já a ouvira falar. No entanto, se ela tivesse sucesso em manter seu anonimato, não apenas permaneceria livre para seguir com o caso, mas um dia, no futuro, teria a satisfação de usar o fato de Strudel ser um frequentador de bordéis contra ele. Maria não sabia como faria aquilo, mas sabia que faria.

— Bem, Fräulein — perguntou Strudel a ela —, o que você está esperando?

— Ah, sim. Quer dizer, se eu disser que você deve esperar, então você deve esperar. Espere. Estou no comando, lembra?

— Ainda não estou convencido.

— Ah.

— Você não é muito boa nisso, é?

— Talvez você tenha mais experiência nesse tipo de coisa do que eu — rebateu ela, desejando não ter dito as palavras no momento em que elas saíram.

— Mas certamente, querida, eu fui levado a compreender que você é uma profissional de grande habilidade e muitos anos de prática... esse não é o caso?

— Bem, sim, claro...

— Você não está aqui para me satisfazer?

Maria sentiu o estômago embrulhar. Como ela havia chegado a esse ponto? A ponto de ela ter se colocado numa situação em que o odioso Strudel pagara para ela... entretê-lo. Teria ele reconhecido sua voz da mesma forma que ela reconhecera a dele? Será que o homem já soubera da presença dela ali antes mesmo de contratar os serviços de Ela Que Comanda? Seria tudo aquilo parte de uma armadilha elaborada? A repulsa de Maria e seu pânico crescente foram substituídos por raiva. Era *ela* que devia estar preparando uma armadilha. Uma armadilha que era parte de sua investigação. Uma armadilha que a deixaria mais perto de resolver o caso e receber seu dinheiro muito necessário. Não havia espaço em seus planos para Strudel. Ela se evadira dele na galeria. Se o homem realmente soubesse quem era a pessoa sobre ele com um chicote na mão, então estava escolhendo não admitir. Independente de ter chegado à sua presença intencionalmente ou por acaso, ela continuaria a desempenhar seu papel até se livrar dele. Afinal de contas, era *ele* que estava amarrado à cama. E era Maria que tinha o controle da situação. Contanto que o status quo fosse mantido, certamente ela poderia sair desse sufoco ilesa e, sobretudo, em liberdade.

Strudel, infelizmente, tinha outras ideias.

— Você gostaria de saber, Fräulein? — continuou ele, começando a se contorcer mais uma vez. — Você gostaria de saber o que me agradaria?

— Eu certamente gostaria — respondeu ela, temendo que sua voz entregasse uma falta de sinceridade aparente.

— Mais do que tudo, eu gostaria de me sentar ao seu lado, segurar sua mão e conversar — falou ele.

— Sério? Apenas... conversar?

— Eu gostaria *muito* disso.

— Sem me tocar, então?

— Sem tocá-la — assegurou ele —, a não ser, obviamente, por segurar sua mão.

Maria encolheu os ombros. Aquele parecia um pedido bastante patético e tímido, levando em conta o que ele poderia ter exigido:

— Bem, estamos aqui para agradar a você — disse ela, soltando as amarras de couro dos pulsos e tornozelos do homem.

Strudel sacudiu as pernas e os braços um pouco, a fim de que a circulação voltasse, antes de se empoleirar tranquilamente na beira da cama. Ele bateu com a palma da mão na manta ao seu lado.

— Por favor, querida, sente-se comigo — pediu ele, oferecendo-lhe um sorriso fino coberto de couro.

Maria se sentou cautelosamente na cama ao lado dele. Seu traje estava ficando horrivelmente quente; tinha a tendência a ranger a cada movimento agora, por menor que fosse.

— Bem, isso é... agradável — disse ela, sem saber como o cenário poderia se desenrolar.

Se Strudel conhecia sua verdadeira identidade, parecia determinado a não deixar transparecer. Se não conhecia — se o fato de ele estar ali fosse um mero acaso e seu disfarce a tivesse protegido —, então ele presumivelmente apenas usaria o tempo pelo qual pagara e então iria embora. Não havia motivo para se desesperar.

Repentinamente Maria sentiu couro roçar em couro enquanto os dedos ossudos do capitão deslizavam sobre sua mão e a seguravam com força. De todas as coisas estranhas que Maria fizera ao longo de sua trajetória de detetive, de todas as criaturas peculiares que conhecera, dos lugares perigosos em que já estivera, dos caminhos arriscados que tomara, nunca em todos os seus anos, nem em sua imaginação mais louca ela podia ter sonhado que faria algo tão bizarro quanto se sentar numa cama de mãos dadas com o Kapitan Strudel. Em casos anteriores, Maria tinha sido apalpada por um troll, amarrada a um cavalete, perseguida por um leão e transformada em alvo de disparos de um gigante. Nada disso chegara nem perto de gerar a repulsa que agora experimentava — apesar de duas camadas do melhor couro macio — devido ao contato físico com o homem mais repulsivo de Gesternstadt.

Sua tortura chegou a um fim abrupto e brutal quando, sem avisar, Strudel a puxou com força, quase lhe arrancando a mão do pulso, enquanto a arrastava até o poste da cama e, antes que ela tivesse a chance de resistir ou reagir, amarrava-a a ele.

— Ei! — protestou Maria. — O que é isso? Isso não era parte do acordo. Desamarre-me neste instante! — exigiu ela, soando muito mais como Ela Que Comanda do que em qualquer momento anterior.

Mas Strudel agia com movimentos surpreendentemente rápidos, pegando-a desprevenida e desequilibrada, então, num piscar de olhos perplexos, ele havia segurado sua mão esquerda também e a amarrado ao outro poste da cama.

— Solte-me imediatamente! — grasnou Maria.

— Acho que não, Fräulein Maria! — bradou ele, arrancando sua máscara para revelar o rosto horrivelmente familiar, um pouco rosado e suado. Ele não ficava nem um pouco melhor com a expressão de satisfação que exibia.

— Parabéns, Herr Kapitan — falou Maria entre dentes cerrados —, você conseguiu me amarrar à cama. Agora o que você propõe... me torturar até extrair uma confissão falsa? Pois ela será falsa. Não tive relação alguma com a morte daquele maldito mensageiro e você sabe disso.

— Talvez tenha tido e talvez não. O caso da morte ainda precisa ser averiguado.

— Devo dizer ao médico legista que se apresse. O cadáver do pobre homem não será nada além de uma gosma se ele adiar muito mais seus exames. O fato é que ele tinha a saúde comprometida. Pergunte ao seu empregador, Herr Durer.

— É o que pretendo fazer. Embora, obviamente, agora que ele também é o *seu* empregador, de modo que suas declarações talvez não sejam tão objetivas quanto seria desejável. E, além disso, há mais em jogo aqui do que uma acusação de assassinato. Há a questão de você, mais uma vez, agir como se estivesse acima e além do alcance da lei. Como se Maria de Gesternstadt pudesse fazer o que quisesse, independente de estar sendo investigada pela Guarda! — guinchou Strudel.

Maria pensou que, por pior que a noite estivesse se mostrando, pelo menos aqueles gritos assegurariam a Bob Bacon que Ela Que Comanda estava fazendo o seu trabalho.

— Sério, Strudel, que você se colocou nessa situação? Não acredito que veio até aqui atrás de mim simplesmente porque seu orgulho está ferido. Você precisa entender que eu não podia esperar que a lei arrastada de sua pequena cidade seguisse seu curso. Houve um roubo sério aqui e meu trabalho é encontrar o culpado. Você é um homem de ação, um homem acostumado com a forma como criminosos agem. — Maria tentava, um pouco desesperadamente, reparar o orgulho que ela evidentemente ferira de modo tão severo. — Eu não podia deixar que o pobre e frágil Herr Dürer lamentasse a perda de seus quadros para que algum larápio canalha ganhasse com isso. Tive que vir imediatamente, para fazer o meu melhor...

— Você não tinha liberdade para sair de Gesternstadt! Não até que eu dissesse que você podia.

— Se não mostrei o devido respeito à sua autoridade, Herr Kapitan, eu verdadeiramente sinto muito. Mas, de verdade, você sabe em seu coração que não sou uma assassina. Que eu não tinha nada a ganhar infligindo violência contra um homem que eu nunca tinha visto até aquele dia e que o tempo provará minha inocência.

— Mas você foi embora quando eu lhe disse que ficasse! — insistiu ele, estufando o lábio inferior fino e batendo com o pé ossudo.

Naquele momento ele se pareceu menos com um homem sério da lei e mais com um menino petulante de 5 anos que recebera a fantasia errada.

— Strudel — gemeu Maria —, pela madrugada, homem, seja razoável.

— Não me diga o que eu devo ser. Talvez você não tenha ferido a vítima que calhou de morrer em seu corredor. Talvez você seja inocente de qualquer crime. Mas existem procedimentos. Existem regras. E você será obrigada a seguir tudo isso, Fräulein *detetive*, goste ou não. Eu vim aqui para levá-la de volta a Gesternstadt e é isso que pretendo fazer. Vou detê-la e escoltá-la pessoalmente durante toda a jornada.

— O quê? Comigo vestida desse jeito e você vestido assim?

Strudel franziu a testa e olhou para o próprio traje como se fosse a primeira vez. Estufou os lábios, franziu ainda mais a testa, até seus olhos já estreitos quase se fecharem.

— Primeiro, eu devo me trocar — declarou ele.

Então, virou-se e abriu a porta violentamente, fazendo Bob Bacon cair para dentro do quarto.

— Onde você está indo? — grunhiu ele, enquanto se levantava do chão.

— E por que aquela ali está amarrada?

— Deixe-a exatamente onde está — ordenou-lhe o capitão da Guarda.

— Retornarei em breve.

— Se você tiver acabado com ela...

— Não acabei. Aqui, ocupe sua posição do lado de fora da porta. Garanta que ela não saia.

Dizendo aquilo, Strudel se afastou marchando, as pernas que se pareciam com gravetos rangendo enquanto isso. Bob Bacon fez o que lhe foi instruído, fechando a porta depois que Strudel saiu.

Maria olhou para o reflexo no grande espelho sobre ela. Aquela não era uma visão agradável. Ela via o que parecia ser uma criatura das profundezas, brilhante e sem feições, tão larga quanto comprida, presa e indefesa. Embora lutasse contra suas amarras, seus esforços eram fúteis e serviam apenas para deixá-la com mais calor e mais suada. Maria fez a si mesma uma promessa silenciosa de que nunca vestiria couro novamente. Derrotada, deixou a cabeça tombar para trás contra a almofada. Como ela chegara àquele ponto? Tinha sido enganada pelo segundo homem mais estúpido de Gesternstadt — seu irmão mantendo a primeira posição com uma liderança reconhecidamente incontestável — e agora encarava a perspectiva de ser arrastada para casa em seu traje ridículo, sem dúvida exibida para que todos vissem, com Strudel desfrutando cada segundo daquela humilhação.

Bem naquele momento, um som de arranhão a fez virar a cabeça e apertar os olhos na direção das tábuas do assoalho. Um rato cinza corpulento se movia no canto do aposento. Ela se consolou com o fato de que pelo menos não era uma ratazana. Definitivamente havia algumas delas no túnel, e a ideia de tê-las cercando-a enquanto ela não podia se mover era alarmante ao extremo. Esse não passava de um único rato comum. Ou pelo menos parecia não passar à primeira vista.

— Será que...

Maria falava consigo mesma e então, sentindo-se levemente ridícula — e então *seriamente* ridícula por se esquecer de que sua aparência e sua posição a tinham levado muito além de "levemente" já havia algum tempo, empurrando-a para perto de "extremamente" — ela falou:

— Com licença, Herr Rato. Quer dizer, com licença!

O rato parou seu progresso e se sentou, bigodes contorcendo-se, fixando os olhos cintilantes sobre ela.

— Será que... — continuou ela. — Será que eu poderia lhe pedir um favor?

O rato inclinou a cabeça um pouco para o lado:

— O que eu ganho com isso? — perguntou ele.

Maria sorriu ao perceber sua boa sorte. Encontrar um rato falante era realmente uma sorte. Encontrar um rato falante disposto a ser comprado mostrava que um deus ou outro decidira rolar os dados a seu favor, pelo menos por enquanto.

— Bem, depende.

— De quê?

— De você conhecer um amigo meu. Sujeito bonito, pele castanha reluzente, vive do outro lado da praça, seu nome é Gottfried. Significa algo para você?

Significava. A expressão do rato mudou de interesse cínico para espanto. Maria jamais imaginara ver espanto no rosto de um roedor corpulento, mas agora que aquilo estava exibido, não havia como confundir. Parecia que sua avaliação do prestígio de Gottfried na área não tinha sido superestimada. Qualquer um — homem ou rato — que pudesse operar uma máfia de proteção e ainda ter tempo para ler e debater filosofia devia, ela concluíra, ter muitos que trabalhavam para ele. A forma de Gottfried conversar, seu comportamento, de algum modo até sua aparência, tudo apontava para alguém que estava no topo de sua sociedade particular. O Cinza e Corpulento, por outro lado, dava toda a impressão de estar muito próximo da base.

— Você conhece Gottfried? — perguntou ele com o tom sussurrado de alguém que falava sobre um herói vivo.

— Na verdade, conheço. Bem, apenas um pouco mais cedo hoje mesmo estávamos discutindo os pontos mais interessantes do imaterialismo — anunciou ela, silenciosamente confiante de que esse rato não saberia diferenciar Leibniz de Spinoza. — E, como amiga de Gottfried...

— Amiga de Gottfried — ecoou reverentemente o Cinza e Corpulento.

— ... eu ficaria extremamente grata se você fizesse o grande favor de mastigar essas correias e me libertar com rapidez.

— Eu? — perguntou o Cinza e Corpulento, como se ela estivesse escolhendo entre numerosos possíveis salvadores no quarto.

— Sim, você. Se for capaz de roer com velocidade, tenho certeza de que vai acabar num instante. E então eu poderia voltar até Gottfried e contar a ele como você foi prestativo. Gostaria disso, não? É possível que ele queira agradecer pessoalmente, quando descobrir como você foi *rápido e prestativo* — falou ela com ênfase.

O Cinza e Corpulento sacudiu a cabeça.

— Ah, eu não poderia — declarou ele.

— Não poderia? Mas por que não?

— E se eu a mordiscasse por engano enquanto estou roendo? É fácil de acontecer uma mordiscada acidental. Minha mordida é um pouco cruzada, está vendo? — perguntou ele, exibindo os dentes amarelos. — E, bem, mordiscar uma amiga de Gottfried!

— É um risco que estou preparada para assumir.

— Você só estaria arriscando a mordiscada. Eu estaria arriscando aborrecer Gottfried.

— Você não vai, prometo. Aborrecer Gottfried, quero dizer. Explicarei a ele, se houver algum não sei que lá acidental. Não tenha medo quanto a isso.

— Não sei...

Ainda sacudindo a cabeça, o Cinza e Corpulento começou a recuar.

— Mas você não pode simplesmente ir embora! O que você acha que Gottfried diria se descobrisse que você não me ajudou? Se ele descobrisse que me deixou aqui, indefesa, quando poderia ter me salvado... o que você acha que ele diria sobre isso, hein?

O pequeno rato arfou, dando a Maria a oportunidade de observar sua deformidade dentária, e colocou as patas sobre os ouvidos como se quisesse bloquear as palavras dela.

— Não sei o que fazer! — gemeu ele. — Não sei o que fazer!

Maria sabia que deveria contar até dez para se acalmar e esconder qualquer traço de raiva de sua voz, mas simplesmente não havia tempo.

Ela tentou sorrir enquanto falava, na esperança de as palavras acabarem sendo coloridas pelo gesto.

— Herr Rato, pergunte a si mesmo: o que Gottfried faria?

Isso causou um pensamento tão vigoroso por parte do Cinza e Corpulento que todo seu rosto se deformou com o esforço e, por um momento, ele se pareceu muito com João quando estava perplexo. Finalmente o rato pareceu ter chegado a uma conclusão para suas ruminações.

— Ele checaria! — anunciou ele. — Isso é o que Gottfried faria. — O rato balançava a cabeça rapidamente enquanto falava. — Ele confirmaria seus fatos...

— Não há ninguém mais apaixonado por fatos do que eu, Herr Rato. Posso lhe assegurar, no entanto, eu o lembraria de que estamos com pouco tempo...

Mas o Cinza e Corpulento se decidira.

— Devo checar se você é amiga dele e checar se ele quer que você seja ajudada e então, se ele disser "sim" e "sim", retornarei e a libertarei, e ele me recompensará, talvez com uma promoção, uma medalha, quem sabe um convite para jantar...

E divagando assim sobre os encantos que esperavam por ele depois de sua missão já condenada, o rato fugiu.

Maria tentou continuar positiva, mas se sentiu pisando em ovos. Ovos frágeis. Ovos úmidos e cobertos de sujeira de rato. Quem quer que fosse o deus que tinha fornecido a ela a possível salvação na forma de um rato idiota, em primeiro lugar evidentemente fizera isso apenas para atormentá-la com um momento de esperança. Ela não viu como o Cinza e Corpulento podia concebivelmente sair do bordel subterrâneo, cruzar a praça, entrar no prédio em frente, encontrar o apartamento de Lobinho, localizar Gottfried, explicar-se coerentemente (sem dúvida, o maior obstáculo), obter a permissão que buscava, refazer seu caminho sem encontrar um único gato, ratoeira ou dona de casa cautelosa, roer as correias que a prendiam e libertá-la, tudo isso antes de Strudel colocar o uniforme.

Como que para confirmar a desesperança do sucesso, a porta se abriu mais uma vez. Maria grunhiu e fechou os olhos. O Kapitan Strudel devia ter encontrado vários ajudantes dispostos para ter saído do traje de couro escuro com tamanha rapidez. Ela ouviu a porta se fechar. Permitiu-se um pequeno suspiro de autopiedade. Será que nada daria certo para ela nesta noite cada vez mais penosa? Bem, se ela devia ser levada embora e arrastada por sua cidade natal em desgraça, estava determinada a manter a cabeça erguida e não dar a Strudel a satisfação de vê-la derrotada. Esforçou-se para se colocar numa posição sentada a fim de demonstrar alguma dignidade.

— Muito bem então, estou pronta para você. Faça o seu pior — falou ela, enquanto abria os olhos.

Mas o vulto parado ao pé da cama não pertencia ao Kapitan Strudel. Os olhos que brilhavam de satisfação ao vê-la não eram aqueles de seu adversário de longa data. A boca sensual que agora sorria para ela, o cabelo grisalho que emoldurava as belas feições, o corpo alto e esbelto, o uniforme alinhado, a capa da cor do vinho com forro dourado de seda chinesa, as pernas longas e torneadas — nada disso pertencia ao homem da Guarda. Todas essas coisas — maravilhosas por si só, mas que juntas só vinham a provar que o todo é realmente mais do que a soma das partes — pertenciam a um tal Über General Ferdinand von Ferdinand.

ONZE

Não era sempre que Maria ficava sem palavras, mas nessa ocasião tantas coisas corriam desgovernadas por sua mente que ela foi incapaz de pegar uma para realmente falar. Para começar, ela estava, como sempre, perturbada pela imagem de Ferdinand, que francamente era mais bonito do que qualquer homem tinha o direito de ser. Essa perturbação associava-se ao fato de ela desconfiar levemente da ideia de que ele, ao que parecia, podia estar interessado por ela. No momento em que admitiu aquilo para si mesma, ficou irritada. Que espécie de baboseira era essa de duvidar de si mesma? Maria era uma mulher inteligente e atraente. O fato de ser grande certamente significava que Ferdinand estava, por assim dizer, recebendo mais pelo esforço dispensado, não menos.

Enquanto todas essas noções contraditórias e incômodas corriam uma atrás da outra loucamente pelos corredores bagunçados da cabeça de Maria, havia outro ponto preocupante esgueirando-se num canto. Quase todas as vezes em que se encontrava na presença de Ferdinand, ela acabava, de uma forma ou de outra, parecendo tola. Maria não tinha explicação alguma para esse fenômeno, mas aquilo estava repetidamente se mostrando verdadeiro. Quanto tempo, ela se perguntou, podia um homem olhar para uma mulher com certo tipo de interesse quando ele repetidamente a via numa luz nada lisonjeira, com frequência embaraçosa e quase sempre levemente ridícula? Aquilo com certeza testaria os afetos do mais ardoroso pretendente, e ela ainda não estava certa de que podia descrevê-lo dessa forma. Tal era a situação, que não melhorava com o fato de que apenas algumas horas antes ela saíra correndo da companhia dele, abandonando-o sem explicação ou um pedido de desculpas, no meio da visita dos dois à galeria. O que significava que Maria não podia se obrigar a apenas ficar encantada em vê-lo e pedir para ser socorrida. Ela ainda tinha um pouco de orgulho e não estava preparada para abrir mão dele.

Agora, enquanto morria de calor dentro de seu odioso traje de couro, sentiu outra reação ao vê-lo, uma completamente nova: Maria se sentiu furiosa. O que ele estava fazendo num lugar como aquele? Será que Ferdinand era realmente um homem que frequentava bordéis? Um homem que usava e abusava de mulheres para seu próprio prazer? Um homem tão habituado ao sofrimento dos outros que acreditava que dar algumas moedas o absolvia de qualquer cumplicidade naquele sofrimento? Será que ela o tinha visto de forma errada durante todo esse tempo? Era difícil acreditar que Ferdinand fosse capaz de um comportamento assim, mas lá estava ele, ao pé da sua cama, supostamente tendo comprado um tempo com Ela Que Comanda.

Enquanto a baderna em sua cabeça alcançava um ponto crítico, a principal questão para a qual Maria queria uma resposta era: *Ele sabe que sou eu?* E, caso soubesse, como? E, caso não, será que ela podia manter sua identidade em segredo? E, caso conseguisse, aonde aquilo levaria? E, de qualquer forma, onde diabos estava Strudel? E como Ferdinand provavelmente reagiria à aparição de um rato falante se o Cinza e Corpulento voltasse? E por que, em nome de tudo o que era razoável, Phelps não podia ter aparecido cedo?

— Perdoe-me, Fräulein — falou o general suavemente. — Parece que interrompi algo.

Maria considerou esse comentário inútil. Será que isso significava que Ferdinand podia ver que ela esperava um cliente voltar? Será que significava que ele *não* tinha, então, contratado os serviços de Ela Que Comanda para si mesmo? Será que significava, como ele não havia se dirigido a ela pelo nome, que o homem não estava ciente de sua verdadeira identidade? Essa última pergunta fez Maria se decidir por seu curso de ação. Ela devia de alguma forma persuadir Ferdinand a desamarrá-la, mas era necessário fazê-lo sem permitir que ele descobrisse sua identidade. Devia se esforçar ao máximo para manter o anonimato, se sua amizade quisesse ter alguma esperança de algum dia se transformar em algo mais. E, para isso, ela arrancou de seu subconsciente a voz de um alter ego para auxiliá-la em seu disfarce. Ninguém ficou mais surpreso do que Maria ao descobrir que lá no fundo dela vivia escondida uma irrequieta garota camponesa sérvia.

— Ah, querrido! — ronronou ela. — É uma pena, estou amarradona agora. Hahaha! Porr que você não volta mais tarrde, *moya lyubav*?

Em sua defesa, se Ferdinand ficou surpreso, não deu qualquer indicação disso além de erguer levemente as sobrancelhas.

— Terça-feira é noite muita animada — prosseguiu a Maria dos Bálcãs, sentindo-se compelida a explicar. — Amanhã é melhorr para você, querrido.

— Eu a encontrarei aqui amanhã, Fräulein? — perguntou ele.

— Amanhã, depois de amanhã... vou esperrar por você, *lyubav*. Mas é melhor ir agora e encontrar outro garota. Muito garotas bonitas aqui — disse ela a Ferdinand, tentando acenar com a mão, mas conseguindo apenas balançar os dedos por causa das correias nos pulsos. — Mas, antes de você ir, porr favorr, eu implora você, você me solta desses correias horrível? Estou aqui há muito tempo, e a dor é como facas na minha carne!

— Pobrezinha... — Ferdinand deu a volta na cama e colocou sua mão sobre a de Maria. — Aqui, permita-me ajudá-la, Fräulein.

Ele começou a mexer na fivela da primeira correia e Maria passou a se perguntar por que de repente se sentia chorosa. Ela piscava rapidamente. A última coisa de que precisava era parecer lacrimosa, disse a si mesma. Afinal de contas, ela já enfrentara situações muito piores do que aquela. Suportara desconfortos maiores, solucionara problemas mais complexos. De alguma forma, no entanto, o fato de Ferdinand ser gentil com ela, sentir seu toque delicado, era mais do que Maria podia aguentar. Ela suprimiu uma fungada e um soluço. Ferdinand olhou para a mulher, e por um momento seus olhos se fixaram nos dela.

Desse momento íntimo emergiu o personagem indesejado de Bob Bacon, a pungência de seu odor o precedendo em sua chegada ao aposento.

— O que você está fazendo? — perguntou ele a Ferdinand. — Essa aí está reservada. Você terá que esperar a sua vez.

— A Fräulein parece estar sofrendo.

A expressão de Bob Bacon sugeria que esse era um argumento sem importância alguma.

— Como eu disse, ela está reservada. Agora, deixe ela aí e saia, ou então Lady Crane vai mandar expulsá-lo!

Ferdinand ajeitou a postura, soltando a correia.

— Ah, eu duvido muito disso — falou ele suavemente.

— Uma pessoa não interfere com o tempo de outra pessoa. São as regras.

— Mas e se a segunda pessoa estiver disposta a pagar muito mais do que a primeira pessoa? — perguntou o general.

— Sim... — Maria não conseguiu se segurar. — ... muito, *muito* mais — insistiu ela, esquecendo-se completamente de que ainda devia ser Sonja da Sérvia.

Bob Bacon soltou um grunhido que poderia ser uma expressão de desdém ou satisfação, mas era difícil dizer:

— *Quanto* mais? — perguntou ele.

Maria viu a determinação do homem enfraquecer. Ferdinand notou o mesmo e caminhou na direção dele, passando, por acaso, o braço em volta dos ombros de Bob, provavelmente segurando a respiração para não ser derrubado pelo cheiro.

— Vamos nós dois dar um pulo ali fora por um instante. — Ele levou Bob com delicadeza na direção da porta. — Tenho certeza de que, se moedas suficientes mudarem de mãos, algumas delas podem acabar chegando ao seu bolso, você não acha?

— Não seria melhor me libertar antes? — gritou Maria para eles, mas a dupla havia desaparecido, a porta estava fechada firmemente mais uma vez, e ela encontrava-se sozinha de novo.

Maria contorceu as mãos, mas elas continuavam bem presas. O que Ferdinand estava armando? Com certeza, ele poderia ter enrolado Bob Bacon até tê-la libertado. Ou será que ele tinha um plano?

— Fräulein! — uma voz aguda a chamou do lado mais afastado do quarto, e um Cinza e Corpulento ofegante acenou com uma pata trêmula para ela. — Eu... eu... eu... — foi tudo o que ele teve fôlego para falar.

— Você, você, você, sim... Gottfried lhe disse para me ajudar?

— Ele, ele, ele... vei, vei, vei...

— Minha nossa, você é um rato ou um burro? Fale de uma vez, pela madrugada!

— Ele veio comigo!

O Cinza e Corpulento deu um passo cambaleante para o lado, e Gottfried emergiu do buraco atrás dele.

— Fräulein Maria. Fico triste por vê-la em circunstâncias tão... desfavoráveis.

— As coisas nem sempre são o que parecem... essa não é a essência do que seu bendito Berkeley dizia, quando você simplifica as coisas? Eu não estou, e fico feliz de lhe dizer isso, desesperada a ponto de precisar vender meu corpo.

— Fico aliviado ao ouvir isso.

— Nós dois ficamos. No entanto, minhas investigações me obrigaram a personificar uma mulher que ganha a vida de tal forma, e é por isso que você me encontra aqui.

O Cinza e Corpulento havia recuperado um pouco o fôlego a essa altura.

— Você vê, Herr Gottfried? Eu falei que ela era esquisita.

— Você fez bem em me chamar — disse Gottfried ao outro rato.

— Eu garanti ao seu... amigo que você desejaria que eu fosse auxiliada.

— É claro que desejo. Tanto que resolvi vir aqui pessoalmente para isso.

— Você é um verdadeiro cavalheiro, Gottfried. Se eu puder lhe pedir que se apresse...?

— Mas é claro.

Ele se deslocou rapidamente sobre o chão e subiu na cama. Maria se forçou a não se encolher enquanto Gottfried subia na manta ao seu lado. Ele cheirou o couro que a prendia, os bigodes um borrão de movimento, os olhos brilhantes disparando para um lado e para o outro.

— Hmm, temos aqui é um trabalho muito bem-feito. Essas são correias robustas. Isso vai exigir que eu roa um bocado.

— Em nenhum momento duvidei de que você era adequado para o trabalho.

Gottfried testou a primeira correia com seus dentes brancos e afiados. Mordeu com força, duas ou três vezes, e então balançou a cabeça.

— Sim, há um bocado de trabalho a ser feito aqui.

— Então peço que você comece.

No entanto, em vez de se ocupar com a tarefa, Gottfried se virou quase como se pedisse desculpas a Maria e perguntou:

— Mas Fräulein, você não acha que esse trabalho... qualquer trabalho... — Aqui ele gesticulou com sua pata para a atual posição dela como se quisesse enfatizar o argumento. — Merece ser pago?

Maria arfou:

— Você está querendo dizer que pretende barganhar comigo? Enquanto estou em tamanha desvantagem?

Gottfried encolheu os ombros expressivamente.

— No meu campo de atuação, Fräulein, procuro sempre ter a vantagem sobre *mes patrons*.

— Não me diga!

Maria freou sua irritação o mais rápido que pôde, lembrando-se de com quem estava lidando. Não era por nada que seus compatriotas do submundo admiravam tanto Gottfried. Ele devia ter, afinal de contas, construído sua reputação sendo um oportunista bem-sucedido. E nesse exato momento ele via uma oportunidade. E Maria sabia, pela dor nos ombros e pela ameaça do retorno iminente de Strudel, que ela não se encontrava em posição de discutir.

— Muito bem, diga qual é o seu preço. Embora, antes de você fazer isso, eu possa pedir a você que se recorde da questão do volume fino das obras do Bispo Berkeley que o ajudei a obter há apenas algumas horas...

— Aquele ato de bondade é de fato a razão para eu simplesmente estar aqui, Fräulein — disse ele a Maria. — Mas tenha certeza de que não estou aqui para fazer exigências insensatas. Na verdade, não é dinheiro o que desejo.

— Não?

— Você tem algo. — Ele fez uma pausa, um mínimo de desconforto espalhando-se por suas feições peludas. — Algo que eu confesso cobiçar.

— Eu tenho? Você cobiça?

Maria não tinha ideia do que poderia ser.

— Sua peruca — respondeu-lhe o rato.

— Minha *peruca*? Mas ela é grande demais para você. O que pode querer com ela?

— Eu a examinei cuidadosamente.

— Checando... você me contou que estava *checando* — corrigiu ela, de forma bastante irritada.

— Verdade, e quando eu estava... checando... me foi revelado que ela serviria como uma casa maravilhosa para mim e minha boa esposa.

— Uma casa!

A ideia de que sua amada peruca — que ela *ainda* não tivera a chance de usar — poderia ser destinada a passar seus dias como uma casa de rato a encheu de repulsa. A imagem de pequenos roedores entrando e saindo dela lhe causou uma dor real, e, pela primeira vez, Maria sentiu-se grata por estar de máscara, para que Gottfried não visse o nojo claramente estampado em seu rosto.

— Sim. — Gottfried sem dúvida sentiu a necessidade de elaborar. — Já há muitos meses minha esposa vem reclamando de não termos uma moradia condizente com a nossa posição na sociedade. Ela é uma rata de, digamos, um gosto requintado, nem sempre prática, muitas vezes, na verdade, ultrapassando o bom senso. Mas... — ele encolheu os ombros novamente e Maria podia jurar que o viu ruborizar — ... ela é a minha amada, e eu adoro satisfazê-la. Sei que a linda peruca, com seus pequenos sinos de prata, a faria extremamente feliz.

Ele terminou com um sorriso.

Maria decidiu que, embora o mundo estivesse cheio de pessoas repulsivas, não havia alguém que ela odiasse mais, nesse momento em particular, do que Gottfried.

— Que seja. Não tenho escolha. Apenas, por favor, se apresse. Não posso estar aqui quando o capitão da Guarda voltar.

— Não se preocupe — tranquilizou Gottfried.

O rato sinalizou para o Cinza e Corpulento, que saltou até o lado dele. Juntos, os dois começaram a roer o couro, enquanto Maria fechava os olhos e ouvidos para afastar as imagens e os sons, os dentes brilhantes dos roedores, os pequenos sons de sucção, pois, caso contrário, eles a acordariam no meio da noite durante algum tempo. Mais rápido do que ela poderia ter ousado esperar, a correia se partiu e sua mão direita estava livre. O par deu a volta na cama, soltando um tornozelo, então o outro e, finalmente, o pulso esquerdo, até ela ser capaz de se colocar de pé com alguma dificuldade.

— Graças aos céus por isso — disse ela, esfregando os pulsos dormentes. — Agora, se você puder me ajudar mais um pouco, Gottfried, preciso ir embora deste lugar imediatamente. Se eu for descoberta por um certo capitão da Guarda de Gesternstadt, será o fim do jogo, e serei levada antes de ter a chance de lhe entregar seu... pagamento. Se eu fosse você, não ia querer depender da cooperação do meu irmão nem de Herr Pretzel para garantir que eu receberia o que me é devido.

— Nesse assunto, Fräulein, estamos completamente de acordo. Criarei uma distração enquanto você segue com sua fuga.

O mafioso minúsculo levou a pata até a boca e soltou o mais estridente dos assovios. Em questão de segundos, dezenas de seus seguidores haviam aparecido, entrando no aposento por fendas e rachaduras escondidas. O estômago de Maria embrulhou ao vê-los, mas não precisou tolerar sua companhia por muito tempo. Ao sinal de Gottfried, ela abriu a porta violentamente, e os ratos saíram. Parecia que, por mais endurecidas pelas tristezas da vida, por mais fortalecidas pelas circunstâncias que o destino lhes oferecera, as mulheres que trabalhavam para Lady Crane não tinham perdido o ódio feminino inato por qualquer coisa que tendesse a rastejar. Logo todo o complexo de quartos estava repleto de berros e guinchos e gritos e o caos de mulheres, e homens, em estados de nudez — e também alguns vestidos de forma estranha — correndo alucinadamente, batendo-se uns contra os outros e em geral disparando pelo local como se perseguissem seu bom senso perdido. Em algum lugar daquilo tudo, Maria avistou o uniforme sóbrio de um membro da Guarda e a silhueta de ombros largos e cintura esbelta do General Ferdinand, mas não podia arriscar parar. Ainda vestida com seu disfarce brilhante, ela correu, a respiração alta em seus ouvidos debaixo da máscara, o coração batendo em disparada. Ignorando os olhares assustados daqueles que ainda passavam pela praça, subiu os degraus do prédio de apartamentos em velocidade, jogou-se pela porta e não parou até estar de volta em segurança em seu próprio quarto. Recostou-se contra a porta, como se quisesse repelir qualquer um que pudesse tê-la seguido, embora ela estivesse razoavelmente certa de que Strudel não saíra atrás dela. Não demorou muito para Gottfried surgir, não parecendo nem um pouco ofegante.

— Como você chegou aqui tão rápido? — perguntou ela ao rato.

— Temos um extenso sistema subterrâneo, túneis e tudo mais. Viajar entre prédios sobre o solo pode ser perigoso para nós.

— Todos os prédios da praça são conectados de forma semelhante?

— A maioria. Pelo menos aqueles com que vale a pena se importar.

— Aqueles com moradores ou clientes ricos.

— Exatamente.

— Bem, isso explica como o Cinza e Corpulento foi capaz de buscá-lo tão rápido. Ele não parecia alguém que tivesse o mínimo hábito de se mover com velocidade. — Uma ideia passou pela cabeça de Maria. — Esses túneis, qual é o tamanho deles?

— Há espaço suficiente para nos deslocarmos em grandes números em caso de necessidade.

Maria suprimiu um tremor.

— Mas um humano não conseguiria passar por eles?

Gottfried sacudiu a cabeça.

— Não temos vontade alguma de torná-los utilizáveis por aqueles que podem, digamos assim, guardar algum tipo de rancor, você compreende?

— Muito bem.

Os dois olharam na direção da caixa da peruca, os olhos irresistivelmente atraídos pela coisa. Maria suspirou de modo furioso.

— Maria de Gesternstadt sempre cumpre sua palavra, Herr Rato. Você pode levar seu prêmio. Mas, antes, insisto em tirar esse traje ridículo. Juro que nunca usarei couro junto à minha pele novamente. Essa coisa maldita. Não será fácil tirar a roupa. Pelo que me recordo, foram necessárias três pessoas para me fazer entrar aqui.

— Você precisa que eu roa um pouco mais?

Maria franziu a testa.

— Não sei se posso arcar com os custos. Só tenho... *tinha*... uma peruca. Na verdade — acrescentou ela, expulsando de sua mente a ideia de ter aqueles dentes de rato trabalhando tão perto de partes de seu corpo —, como não planejo usar essa roupa novamente, vou até a cozinha buscar a maior tesoura que encontrar. Sentirei algum prazer em destruí-la completamente. Quando voltar, entregarei a você a peruca e inclusive me darei o trabalho

155

de ajudá-lo a instalá-la onde desejar. Se vou me desfazer dela, prefiro que saia completamente do meu campo de visão.

Para variar, a cozinha estava vazia, o que deixou Maria excessivamente grata. Ela se sentia abalada e exausta. Sua jornada no estabelecimento de Lady Crane se mostrara extremamente desafiadora e, pelo visto, não tinha trazido resultado algum. Não havia qualquer possibilidade de ela voltar lá, devido à forma como tinha ido embora, então não haveria uma oportunidade para interrogar Phelps da forma que desejara. Ela vasculhou um armário até encontrar uma tesoura temível.

— Perfeito! — declarou para si mesma e para quaisquer ratos, duendes ou outras criaturas invisíveis que estivessem escutando. Abriu e fechou as lâminas da tesoura, testando-as. Elas tinham um mecanismo agradável e cintilavam à luz do lampião. — Perfeito.

Deslizando a ponta por debaixo da manga, ela arfou ao sentir o metal frio contra sua pele. Cautelosamente a princípio, abriu a tesoura e começou a cortar. O objeto era maravilhosamente afiado e Maria ficou mais confiante, então, em pouco tempo, toda sua manga já estava aberta até a axila. Ela repetiu o procedimento com as duas pernas. Agora o traje encontrava-se ridiculamente pendurado em três de seus membros, mas Maria não estava nem um pouco mais perto de se livrar daquilo. Era simplesmente desconfortável demais — e perigoso demais — inserir a ponta em qualquer lugar perto de seu torso ou pescoço. Ela estava prestes a relutantemente retornar até Gottfried quando ouviu a porta da frente se abrir e Lobinho e João retornarem. Maria ficou parada, esperando, preparando-se para a zombaria que ela sabia que teria de suportar.

Lobinho ficou tão chocado com a visão que o saudava que sua boca se abriu sem ele falar uma palavra, o bigode ruivo sugado pelos lábios enquanto ele arfava. João, por já estar familiarizado com o traje da irmã, estava horrorizado com as condições da roupa.

— Minha nossa, Maria! Você foi atacada? Que espécie de ser poderia causar tal estrago...

— Açucarada!

Lobinho conseguiu finalmente soltar uma exalação ofegante.

— Acalmem-se, vocês dois, por favor. — Maria acenou com a tesoura. — Estou meramente tentando escapar deste traje vil. Qual dos dois está mais sóbrio? Não, esperem, vou refazer a pergunta de forma mais realista: qual dos dois está menos embriagado?

O fato de cada um apontar para o outro não inspirava confiança. Houve algum jogo de empurrões e uma discussão arrastada antes de se decidir que ambos ajudariam. Maria se apoiou contra a mesa da cozinha enquanto João operava a tesoura, com Lobinho teoricamente estabilizando sua mão. Ao longo de vinte minutos de luta, durante os quais Maria ou prendia a respiração ou bradava advertências, o trio batalhou com o couro. Finalmente, ela ficou livre, sem se preocupar com sua modéstia na presença de Lobinho.

Segurando os farrapos de seu traje junto ao corpo, Maria se virou na direção do quarto.

— João — gritou ela por cima do ombro —, nem pense em se recolher. Preciso testar teorias com alguém, e a sorte achou adequado me fornecer apenas você e Lobinho. Faça café... bem forte e em grande quantidade. Voltarei logo coberta de forma mais confortável. Nesse intervalo, vocês podem, por favor, se sacudir e tentar voltar a um estado de sobriedade?

De volta a seu quarto, Maria foi encarada pelo rosto ansioso de Gottfried, que estava sentado, batendo com a pata no chão e examinando as garras frontais.

— Ah, Fräulein Maria...

— Ah, Gottfried. Eu tinha, por alguns momentos, me esquecido de você. — Ela entrou atrás da tela de tapeçaria no canto do quarto e colocou sua camisola e seu roupão de casa. Passou por sua cabeça que mais um de seus trajes, embora fossem apenas suas roupas de viagem, fora sacrificado para o caso de Herr Dürer. Sua conta teria de ser ajustada de acordo. — Certo — disse ela, apertando a faixa de seu roupão e enfiando os pés cansados nas confortáveis pantufas de brocado —, vamos completar nossa transação. Estou ansiosa para voltar ao meu trabalho.

— Na casa de Lady Crane?

— Certamente que não! Meu trabalho de detetive.

Ela tirou a peruca de sua caixa e deu mais uma última espiada longa, saudosa e cobiçosa. Fez a si mesma uma promessa silenciosa, ali e naquele momento, que, assim que o caso fosse solucionado e ela tivesse recebido tudo que lhe era devido, iria até o melhor peruqueiro que a cidade pudesse oferecer e compraria uma substituta de tanta beleza que a dor de se separar dessa seria apagada.

— Onde você a quer? — perguntou ela.

— Venha comigo. — Gottfried saltou levemente da penteadeira e correu até as tábuas do assoalho no outro lado da cama. — Aqui. — Ele apontou para baixo. — Você pode levantar essa; ela já está frouxa.

— A peruca não vai caber aí embaixo.

— Não precisa caber. Por favor, levante a tábua e tudo ficará claro.

Com um suspiro, Maria fez o que lhe foi pedido. A tábua estava realmente fácil de levantar. Depois de colocá-la de lado, percebeu que, onde ela se juntava à parede numa ponta, havia um vão espaçoso.

— Passe a mão por debaixo da madeira — instruiu Gottfried. — Você vai perceber que dá para deslizar um pouco e então virar para o lado.

Maria rastejou um pouco para a frente, os joelhos reclamando das tábuas duras. Com cautela, enfiou a mão na escuridão debaixo da madeira. Os painéis da parede ficavam sobre trilhos que evidentemente tinham uma boa manutenção, de modo que ela não teve dificuldade em empurrá-los para a esquerda. Apenas quando já os tinha empurrado até o fim viu adequadamente o que fora revelado. Seu estômago embrulhou, e foi necessário todo o seu esforço fazer para não soltar um grito. Ali, a apenas centímetros de onde ela vinha dormindo nas últimas noites, havia um sistema complexo de rotas e ninhos e aberturas e depósitos e inclinações e escadas, tudo criando uma espécie de cidade escondida dos ratos, em cujas ruas circulava uma multidão de roedores.

— Meu lar — declarou Gottfried orgulhosamente. Ele apontou para um espaço no centro. — Ali — disse a Maria —, é ali que nossa nova residência vai ficar!

— Você tinha muita certeza do sucesso, Herr Rato. Vejo que a área está liberada e pronta para receber minha peruca. Você estava apenas esperando pela oportunidade para barganhar comigo? O que faria, eu imagino, se uma ocasião assim não tivesse se apresentado?

— Felizmente, Fräulein, não precisamos nos preocupar com essa eventualidade. Você está livre, e minha querida esposa ficará feliz. Um resultado muito satisfatório para todos os envolvidos, não concorda?

Maria franziu a testa e se forçou a não comentar mais nada. Um acordo era um acordo, e, afinal de contas, ela planejava permanecer no apartamento um pouco mais. Sem dúvida, seria sensato manter Gottfried ao seu lado, por mais cautelosa que fosse com ele a partir de agora. Depois de apertar e puxar um pouco, tudo acompanhado pelo tilintar dos pequenos sinos de prata, a peruca foi instalada. Frau Gottfried e filhos muito numerosos e ativos para contar apareceram a fim de examinar o novo lar. Serviu como algum consolo ver a satisfação estampada no rosto da esposa de Gottfried. Pelo menos a preciosa peruca seria amada. Maria foi tomada pela curiosidade, então se inclinou para a frente e olhou com mais atenção para o complexo escondido de ninhos e rotas.

— Até onde isso se estende? Vocês habitam todas as paredes do prédio?

— Minha família é grande. Assim como as famílias de meus empregados. Nós ocupamos a maior parte do apartamento, sim. Embora, obviamente, sejamos obrigados a compartilhá-lo com alguns... outros.

— Ah, Herr Duende, imagino. Um vizinho rabugento, com certeza.

— Ele tem sua própria área um pouco afastada da minha. No mundo perfeito de Herr Leibniz, eu não seria forçado a acomodar uma criatura como aquela, mas... — ele encolheu os ombros novamente, dessa vez expressando uma resignação relutante — ... como você e eu já concordamos, existem falhas na filosofia do meu xará.

— Não é mesmo? — concordou ela, olhando pela última vez com carinho para sua peruca.

Na cozinha, Maria encontrou João e Lobinho em suas segundas xícaras de café, os olhos de ambos perceptivelmente mais abertos e mais focados do que antes. Ela se sentou à mesa e serviu uma xícara para si mesma, os vapores sozinhos fortes o suficiente para dar um incentivo a mentes fatigadas.

— Aqui estamos. — João tentou ajeitar a postura em sua cadeira. — Prontos, dispostos e capazes... bem, prontos... ou talvez, dispostos... não sei. E quanto a você, Lobinho? Está preparado para um pouco de dedução e tudo mais?

— Ah, sim, Joãozinho. — Lobinho tomou outro gole do café, as pupilas dilatadas de forma alarmante, conferindo-lhe uma aparência um pouco maníaca. — Eu já fui convocado pela Guarda de Nuremberg, sabia?

— Foi?

João estava intrigado.

— O caso da vovó desaparecida. Foi muito famoso. Você deve ter ouvido falar dele, não é mesmo, Açucarada?

Maria estreitou os olhos e tomou um grande gole de café.

— Possivelmente — concedeu ela.

— Todos estavam perplexos. As mentes mais brilhantes dos maiores detetives da cidade haviam sido trazidas para investigar, mas ninguém foi capaz de descobrir o que tinha acontecido com a velha senhora. Ela estava esperando por uma visita da neta quando a tragédia aconteceu.

— Que enorme falta de sorte. — João sacudiu a cabeça. — Onde esse mundo vai parar, hein? Quando uma vovozinha não pode esperar em segurança pela neta...

— Quando a pobre menina chegou, não encontrou nada. Apenas os óculos da avó e uma touca.

Maria suspirou:

— Para poupar minutos preciosos de nossas vidas, os quais nunca veremos novamente, o lobo é o culpado. Caso solucionado.

Lobinho soltou uma risada:

— Ah, Marineuza! Você é esperta demais para mim.

João sacudiu a cabeça sem acreditar.

— Isso é incrível, como sabia disso? Deve ser por causa de todos os anos de investigação, descobrindo coisas e tudo mais. Ainda assim, muito impressionante. Ela não é incrível, minha irmã, Lobinho, você não acha?

Lobinho continuou a gargalhar dentro de sua xícara de café. O vapor criava gotículas marrons em seus bigodes.

Maria encheu a própria xícara.

— Preparem seus ouvidos, escutem o que tenho a dizer, então me deem suas opiniões sinceras. — João abriu a boca para falar, mas Maria ergueu a mão. — Nada de interrupções, obrigada, João. Apenas escute.

Os dois homens adotaram expressões de interesse atento, ou, pelo menos, o mais próximo daquilo que foram capazes. Quando Maria teve certeza de que ambos estavam o mais atentos que poderiam, ela começou.

— Considerem, por favor, os fatos indubitáveis como eles se apresentam. Temos duas representações desaparecidas de anfíbios verdes, um proprietário centenário roubado, um jovem avarento, um dono de hotel fiscalmente inepto e um colecionador de arte cobiçoso com uma predileção por atividades íntimas questionáveis. — Ela fez uma pausa para permitir que essas informações fossem absorvidas, mas podia notar, pelas expressões vazias nos rostos que a encaravam, que aquilo se mostrava incompreensível. Maria tentou novamente. — Quem vocês achariam que roubou os quadros dos sapos, o sobrinho, o hoteleiro falido ou o homem pervertido com o chapéu verde?

— Ah, o do chapéu verde, sempre — respondeu João. — Afinal de contas, o sujeito que morreu em nosso corredor tinha um chapéu verde.

— E qual seria sua justificativa?

— Bem, claramente não foi uma boa notícia. Quer dizer. Um homem de chapéu verde aparece morto e a coloca em todo tipo de problema, então você encontra outro homem de chapéu verde e ele está metido em todo tipo de confusão... está na cara.

— Lobinho, o que você acha?

A essa altura, o corpo de Lobinho estava tremendo por causa dos efeitos do café. Infelizmente, depois de tirá-lo de seu estado de bebedeira, o remédio agora o levara além da consciência até um lugar vazio e cheio de zumbido onde pensamentos claros não prosperavam. Ele abriu a boca. Seu bigode tremeu. Os olhos se tornaram ainda mais esbugalhados. Lobinho, então, respirou e finalmente falou:

— Então, sim. Sim. Eu acho... sim.

Maria recostou na cadeira.

— Fomos úteis, irmã minha? — perguntou João, sedento por um elogio.

— Eu não teria conseguido sem vocês — confirmou Maria. — Foi Phelps, sem dúvida. Phelps é o nosso homem.

Ela não viu motivos para contar ao irmão que essa era a conclusão a que ela já havia chegado sozinha. E, por mais improvável que tivesse parecido a princípio, Maria percebeu que João podia ter alguma razão em relação aos chapéus verdes. Ela precisava descobrir mais sobre a Sociedade das Mãos Que Rezam. Quem estava no comando? Herr Dürer parecia tolerar Phelps, mas mesmo assim Schoenberg lhe contara que a entrada do doutor na suíte tinha sido recusada logo antes de as gravuras desaparecerem, então devia existir algum tipo de discórdia. Não, não havia como fugir do fato: em cada esquina, onde quer que suas investigações a levavam, lá estava Phelps. Ele devia permanecer seu suspeito número um.

Maria se jogou na cama, a mente ainda hiperativa por conta do café e dos acontecimentos difíceis da noite. Visões se projetavam na parte de dentro de suas pálpebras numa ilusão fantasmagórica frenética. Lá estava Strudel, parecido com uma enguia, vestido de couro preto. E lá estava Bob Bacon, com o focinho contorcendo-se. E lá estava Ferdinand. Ferdinand. Ela jamais achara que o encontraria num lugar como aquele. Era doloroso acreditar que ele pudesse frequentar uma casa de má reputação. A decepção que sentia parecia um grande caroço numa massa sem fermento, pesado e indigesto na boca do estômago. Ele não era, afinal, o homem que ela julgara ser. E sua peruca tinha sido tomada dela. A vida se enchia de desgostos rapidamente, e ela não estava mais próxima de compreender como quem quer que tivesse roubado as malditas gravuras conseguira entrar e sair da suíte do hotel, levando os quadros consigo ainda em sua moldura e com o vidro.

Uma nova imagem vagou pela mente agitada de Maria. Espontânea e inesperada, ela viu claramente sua amada espreguiçadeira de tapeçaria, almofadas rechonchudas e tentadoras, e uma pontada feroz de saudade a atingiu. Ela se repreendeu por pensamentos tão frágeis e virou para o lado, agarrando o travesseiro com força, antes de rapidamente cair num sono agitado.

Parecia que minutos, em vez de horas, haviam passado quando ela foi acordada por persistentes batidas à porta da frente do apartamento. Evidentemente o estrondo era insuficiente para despertar tanto Lobinho quanto João, então Maria foi forçada a se levantar e atender à porta ela mesma. Saiu tropeçando nas sombras do novo dia, o sol em si ainda não tendo acordado de verdade.

— Tudo bem, estou indo. Pare de bater — disse ela.

Ao abrir a porta, encontrou um menino vestido com o uniforme do Grand Hotel.

— Uma mensagem para Fräulein Maria, de Herr Dürer — explicou ele.

Ela pegou o papel da mão do garoto. O menino estava esperando, explicitamente.

— Se Herr Dürer o enviou para esse serviço, posso ter certeza de que você já foi muito bem pago por seu tempo — falou ela, batendo a porta.

Maria abriu o recado. Ele era breve, rabiscado com a mão trêmula de Dürer. Ela o leu duas vezes, então o leu em voz alta, apenas para se forçar a absorver seu significado.

— Venha imediatamente — leu ela. — O Dr. Phelps foi assassinado.

DOZE

A cena que saudou Maria na suíte de Herr Dürer era de violência e alto drama. Phelps, em seu estado recentemente aquietado, encontrava-se deitado imóvel e pesado sobre o chão, comoventemente posicionado logo debaixo do espaço vazio onde os quadros desaparecidos um dia estiveram pendurados. Alguém pensara em colocar uma toalha de mesa sobre sua cabeça para esconder a verdade macabra de seu fim, mas o formato coberto era perturbadoramente côncavo, e a quantidade de sangue que havia brotado e respingado por todo o local indicava um método brutal de execução. Maria notou também um odor que impregnava todo o local. Era azedo e rançoso e se espalhava por todo o recinto. Ela só podia supor que aquilo emanava do cadáver.

Herr Dürer, um pouco afastado, chorava copiosa e silenciosamente, todo o corpo frágil tremendo com os soluços. Maria tinha certeza de que apenas ele derramaria lágrimas pelo falecido. Todas as outras pessoas que conheciam o homem pareciam unidas em seu ódio por ele, mas Albrecht era uma criatura sensível e compassiva, disposta a achar o que havia de bom em todos, por mais escondido que aquilo estivesse e por menor que fosse. Valeri estava de pé atrás da poltrona de seu empregador, pálida, mas com olhos secos. Herr Schoenberg vagava pelo quarto torcendo as mãos e dizendo a quem quisesse ouvir que uma ocorrência como aquela poderia, de uma vez por todas, sinalizar o fim do Grand. Três soldados da guarda local rabiscavam anotações e mediam coisas. Dois porteiros e uma criada esperavam com esfregões e baldes, balançando as cabeças em uníssono por causa do estado do carpete. Uma dupla de maqueiros chegou logo depois de Maria e recebeu permissão para remover o corpo. Enquanto passavam, ela levantou a coberta e, com uma espiada de especialista, compreendeu a extensão e a forma dos ferimentos de Phelps.

O soldado mais graduado colocou a mão no braço de Maria e lhe perguntou quem ela era e o que fazia ali. Maria ajeitou a postura, ciente de que estava elegante e profissional com seu novo traje azul, óculos de ópera repousando prontos para serem usados em seu colo.

— Estou aqui a convite do meu cliente. Isto é, Herr Dürer, o Muito Muito Mais Jovem. Atualmente trabalho para ele — explicou ela.

O soldado, claramente não dado aos métodos obstinados de Kapitan Strudel, iniciou um argumento frágil contra deixá-la participar, mas logo foi silenciado pelo olhar frio de Maria e pelos gritos de Herr Dürer, que finalmente a tinha visto através do borrão de suas lágrimas.

— Ah! Fräulein Maria, graças aos céus você veio. Que coisa terrível. Pobre, pobre Bruno. Encontrar um fim assim e aqui, no meu lar.

Maria abriu caminho pelo aglomerado de gente no quarto e permitiu que seu cliente segurasse sua mão. Ele parecia dolorosamente frágil, e seus dedos estavam frios e sem peso na palma de Maria.

— Meus pêsames, Herr Dürer. Eu sei que o senhor o considerava seu amigo.

— E ele era mesmo. Ah, o Dr. Phelps podia ser difícil às vezes, é verdade. Estou ciente de que outras pessoas o achavam um pouco autoritário, até. Mas era um verdadeiro amante da arte. Nós compartilhávamos uma paixão pela obra de meu ilustre parente. E agora ele se foi. A vida arrancada dele com tanta... raiva!

Valeri passou um lenço de linho limpo para o velho homem, e ele o pressionou contra os olhos como se aquilo pudesse apagar a memória da imagem do amigo morto.

— O senhor retornou de um passeio matinal e o encontrou assim? — perguntou Maria.

Herr Dürer só conseguiu balançar a cabeça. Valeri falou:

— Estava uma manhã tão linda. Albrecht... Herr Dürer... não dorme bem quando está claro. Nós gostamos de tomar ar antes que a cidade fique agitada.

— Vocês não estavam esperando uma visita do Dr. Phelps?

Maria direcionava as perguntas para Valeri agora.

— Não, mas não era incomum ele chegar sem ser anunciado ou convidado.

— Entendo. E Herr Schoenberg o teria deixado vir até os quartos? — Ela olhou para o hoteleiro, que continuava a andar de um lado para o outro murmurando para si mesmo.

Valeri franziu a testa, a expressão atípica alterando-lhe as feições completamente.

— Aquele homem era capaz de convencer as pessoas a entrar em qualquer lugar. Ah, ele provavelmente está gritando com São Pedro nesse exato momento.

Não era a primeira vez que a veemência da opinião da garota sobre o homem impactava Maria. Ela também se recordou de Herr Schoenberg dizendo-lhe que Phelps não conseguira persuadir Herr Dürer a deixá-lo entrar certa vez. Será que o gerente então teria simplesmente permitido que ele entrasse na suíte para esperar seu retorno? Ou, talvez, ele sequer percebera que a suíte estava desocupada.

— Conte-me... — Maria abaixou a voz. — Se não for muito angustiante para você, conte-me como o Dr. Phelps encontrou seu fim.

— Ele foi atacado — informou Valeri. — Sua cabeça se quebrou como a casca de um ovo quando você bate nela com uma colher — acrescentou a moça, sem satisfação alguma.

Herr Dürer gemeu:

— Quem teria feito algo assim?

Maria sentia que a qualquer momento haveria uma fila pronta para fazer mal a Phelps. Para identificar seu assassino, a dificuldade não consistia em não existir suspeito algum, mas em existirem muitos. Valeri odiava o homem. Assim como a maioria das garotas trabalhando para Lady Crane. Leopold sempre discordava dele, suas intenções em relação às obras de arte de Herr Dürer em oposição direta. Na verdade, a própria natureza do homem colocava as pessoas contra ele. Quem sabe quantos outros guardavam rancores ou ressentimentos?

— E, como se as coisas não estivessem suficientemente terríveis — continuou Herr Dürer —, fui informado de que o pobre Leopold, meu querido sobrinho, foi detido.

— Pelo assassinato de Phelps? — Maria estava incrédula.

O velho homem assentiu e então a sacudiu a cabeça tão vigorosamente que Maria temeu pela fragilidade de seu pescoço.

— Como podem ao menos conceber uma ideia dessas? Leopold não é um homem de violência.

— Não mesmo — concordou Maria, certa de que o jovem era vaidoso e preguiçoso demais para arriscar estragar os punhos brancos como giz de sua camisa.

Herr Dürer tinha mais a dizer:

— Aparentemente os dois foram ouvidos discutindo ontem à noite. Na rua. Parece que uma altercação como essa, tão perto da hora do crime, é o suficiente para mandar meu querido sobrinho algemado para o cárcere.

— Não tema, Herr Dürer. Eu lhe prometo que eles pegaram o homem errado. — Maria mentalmente listou as razões por não ter sido Leopold, começando por sua afeição por renda cara, passando pelo fato de que sua bengala era fina demais para infligir ferimentos tão imprecisos, levando em conta o jovem homem ser afetado demais, covarde demais e inútil demais para enfrentar Phelps com violência e terminando com a particularidade de ninguém ter mencionado que ele se encontrava em algum lugar próximo à suíte quando a vítima fora morta. — Conte-me, alguma coisa foi levada de sua suíte? Há algo faltando?

Albrecht sacudiu a cabeça.

— Essa foi a primeira coisa que nosso maravilhoso soldado checou — respondeu ele, fazendo o soldado citado ficar um pouco corado de orgulho.

— Muitas vezes é difícil afirmar de primeira — falou Maria. — Depois de tanto drama, são as coisas pequenas e aparentemente insignificantes que nos escapam, que passam despercebidas, mas que mais adiante se mostram de imensa importância. Eu imploro a vocês que examinem seus quartos e seus conteúdos minuciosamente, Herr Dürer. Suspeito fortemente de que você perceberá que pelo menos uma coisa sumiu.

— Claro, Fräulein, se você acha que isso vai ajudar. Qualquer coisa que eu puder fazer para socorrer o pobre Leopold.

— Sem dúvida, ele será capaz de fornecer um álibi, e tudo ficará bem — garantiu ela ao seu cliente, que a essa altura parecia completamente esgotado devido aos acontecimentos da manhã.

Valeri foi rápida em notar a deterioração do vigor de seu amo.

— Acredito que Herr Dürer precisa descansar — falou ela, empurrando a cadeira de rodas.

— Concordo plenamente — disse Maria, seguindo-a rapidamente. — E, sendo esse o caso, eu o acompanharei até o silêncio de seu dormitório para que possamos falar sobre o incômodo, porém urgente, assunto de mais fundos para a investigação.

Herr Dürer entregou um maço considerável de notas sem protestar e Maria logo estava saindo do apartamento, o pagamento aninhado no espartilho, a mente disparando. Ela precisava encontrar um lugar sossegado para pensar. Normalmente, se estivesse em sua casa em Gesternstadt, teria se deitado na espreguiçadeira, cheia de almofadas, e instruiria João a preparar algo palatável e com sustância para ela comer enquanto seu cérebro de detetive começava a trabalhar. Mas Maria encontrava-se em Nuremberg, e João estaria ocupado com o salsichão monstro. Ela se recordou da confeitaria pela qual passara a caminho da galeria com Ferdinand. Decidiu ir até lá e se empanturrar com os mais delicados doces e com os bolos que o lugar tinha a oferecer, a fim de abastecer suas intuições e deduções.

A essa altura, a cidade já estava de fato acordada. Quaisquer preocupações que Maria podia ter sentido em relação a ser vista pelo Kapitan Strudel foram rapidamente afastadas. Era o primeiro dia do Über Festival do Salsichão Branco, e a praça já estava repleta de comerciantes montando barracas, artistas em grande número e variedade assumindo suas posições, e a equipe do festival dando os toques finais no palco no outro lado da praça, onde o salsichão branco gigante seria exibido quando ficasse pronto.

De acordo com João, a coisa seria carregada até o palanque no começo da manhã seguinte com uma grande quantidade de cerimônia e fanfarra. Razoavelmente confiante, portanto, que a multidão a manteria escondida do maldito Strudel — e também bastante certa de que ele não tinha seu endereço, ou já teria batido à sua porta —, Maria abriu com dificuldade caminho pelo amontoado de gente, desceu uma rua larga que a levava na direção oeste por alguns instantes, antes de chegar ao lugar que buscava. A Amêndoa Tostada era ao mesmo tempo um Kaffee Haus e uma confeitaria, produzindo os próprios bolos, biscoitos e doces delicados para serem apreciados com grãos de café torrados e moídos na hora. Maria entrou apressada e se sentou em frente a uma mesa junto à janela, para observar as atividades do lado de fora, mas permanecer parcialmente escondida pelas cortinas.

Um garçom eficiente com um avental branco impecável que ia até os tornozelos anotou o pedido de Maria e saiu com rapidez para trazer os produtos. O pequeno espaço confortável começou a se encher de compradores e frequentadores do festival, em grande parte uma clientela gentil e despreocupada, à procura de uma diversão inofensiva e dos respeitáveis prazeres do dia à disposição. Tudo era reconfortante e requintado de uma forma que tranquilizava e restaurava o corpo e a alma. Os lampiões e acessórios de bronze, os bules de café fumegantes, os espelhos polidos, as poltronas de couro macio junto às mesas ou os bancos altos em frente ao balcão; tudo brilhava reconfortantemente. Os aromas de café fresco e bolos especiais elevavam os ânimos e abriam o apetite. Maria se recordou com um calafrio do cativeiro opressivo e sombrio e do mobiliário frufru do empreendimento subterrâneo de Lady Crane. Pelo menos, com Phelps morto, ela não tinha motivo algum para tentar colocar os pés naquele lugar novamente.

Maria ficaria feliz em se sentar em sua poltrona durante toda a manhã, mas seu pedido chegou apenas minutos depois. O garçom silenciosamente posicionou uma xícara de porcelana fina e um pires — brancos como glacê, com uma borda dourada —, além de um açucareiro e uma jarrinha de creme combinando. O pegador do açúcar, a colher de café e os garfos do bolo eram enfeitados de uma forma sutil e pareciam convincentemente feitos de prata, apesar de não serem. Pelo bico de um bule alto de café, saía uma lufada tentadora de vapor aromático. Com um floreio, um segundo garçom colocou um prato de bolo carregado sobre a mesa, exibindo os pedidos avidamente selecionados por Maria. Ela prendeu um guardanapo de linho no colarinho da jaqueta e se inclinou para a frente, deixando seus olhos se deleitarem com as iguarias. Havia uma fatia generosa de Kirschtorte, com cerejas pretas brilhantes; um quadrado robusto de Honiglebkuchen, coberto de mel; uma porção extravagante de Zwetschgenkuchen, com as ameixas temperadas com especiarias e aparência de joias; uma espiral larga de Pfannkuchen, tão grudenta quanto qualquer donut deveria ser; três biscoitos de avelã bávaros modestos, porém enfeitados com primor e ainda quentes; e, naturalmente, um prato fundo de creme bávaro voluptuoso. A simples visão daquela profusão de comida ressuscitou os poderes de dedução algo prejudicados de Maria. Ela serviu um pouco de café, sentindo um pequeno tremor de expectativa com o barulho dos cristais de açúcar enquanto eles caíam do pegador, moveu (com algo que se aproximava de reverência) o bolo de ameixa para seu prato e começou o banquete. A cada garfada, sua mente faiscava e efervescia. A cada gole do café forte e açucarado, seu cérebro disparava atrás de ideias e noções, conectando ou cortando, juntando ou descartando, saltando para um lado e para o outro sobre os degraus de progresso que a levariam, por fim, a uma epifania; àquele momento de clareza, no qual todas as suas hipóteses fragmentadas se encaixariam perfeitamente para formar a verdade indisputável e resplandecente.

Ou não.

Depois de um surto inicial de energia e do que pareciam ser pensamentos sensatos, suas ideias se tornaram confusas novamente. Elas não assumiam uma forma adequada. Cada vez que Maria achava que tinha a medida do problema, que o expusera e erguera, vívido e claro, ele fugia de seu controle para o pântano viscoso de confusão e dúvida que se escondia nos recantos mais escuros de sua mente. Era como se algo o puxasse para baixo. Algo que tivesse um peso grande em sua psique, algo que não podia ser expulso. Com um suspiro, Maria foi forçada a admitir para si mesma que já sabia o que era. Ela sabia por que não conseguia fazer a força total de sua considerável inteligência se conectar ao problema das gravuras de sapo desaparecidas e à questão do assassinato do Dr. Phelps.

Ferdinand. O Über General Ferdinand von Ferdinand. Ou, como ela devia agora pensar dele, Ferdinand, a Decepção. Ela fizera o máximo para desculpá-lo, para racionalizar, para encontrar uma razão perfeitamente sensata (e por que não existiria uma?) para ele aparecer na casa de Lady Crane. Mas ainda não estava convencida. Até mesmo por si mesma. O fato puro e simples era que Ferdinand fora descoberto como um homem que frequentava bordéis. Um homem que usava mulheres de tal forma. Um homem, como tantos outros que Maria havia conhecido em sua vida, que alegava ser uma coisa e então se revelava outra bem diferente. Se o Ferdinand que ela acreditara que ele era podia ser uma distração prazerosa de seu trabalho, o Ferdinand que ela devia agora aceitar que ele era turvava sua mente de forma terrível.

Maria pôs-se a comer o bolo Floresta Negra.

Ela não devia ficar surpresa. Afinal de contas, a maioria dos homens em sua experiência, de uma forma ou de outra, decepcionara Maria. Seu pai, por abandoná-la para satisfazer a nova esposa. João, por ter de ser resgatado em vez de ser o responsável pelo resgate. E uma subsequente cadeia de pretendentes indignos, todos prometendo muito e oferecendo pouco.

E, agora, Ferdinand.

Maria limpou o prato, ficou indecisa sobre o que escolher em seguida, hesitou, então empurrou o prato para longe e trouxe o do bolo de mel para mais perto, cortando, dessa forma, um passo desnecessário. O bolo estava particularmente maravilhoso. A panqueca, sublime. Ela sinalizou para o garçom pedindo uma colher a fim de que pudesse usá-la em sua mão esquerda para pegar o creme bávaro. Maria mordeu, sugou, mastigou, roeu, mordiscou. Os sabores de frutas doces e maravilhas assadas explodiam contra sua língua. Os sons do estabelecimento se tornavam cada vez mais distantes e fracos, música de fundo para seu banquete. Açúcar de confeiteiro entrava pelo seu decote e se agarrava ao colarinho de veludo. Uma ameixa caiu em seu colo. Havia mel grudado em seu queixo. Migalhas de pão subiam por suas mangas. Nozes picadas delicadamente lhe arranhavam a garganta úmida. Uma uva passa rebelde saltou e acabou parando em seu cabelo. Açúcar e gordura corriam pelas veias de Maria. Ela sentiu um calor familiar e reconfortante tomar conta dela. Estava ao mesmo tempo arrebatada e calma. Parando apenas para ajudar na descida dos doces com mais café, seguiu comendo. E seguiu comendo. Até que finalmente o prato de bolo estava vazio e ela, cheia. Ainda permitiu que o belo rosto de

Ferdinand nadasse diante de seus olhos uma última vez. Então, franziu a testa, juntando toda sua determinação.

— Droga! — praguejou, assustando um casal idoso à sua esquerda.

Maria recostou-se na poltrona e limpou a boca, o queixo, o pescoço e o colo com o guardanapo antes de jogá-lo sobre a mesa. Ela não se permitiria pensar no homem nem mais um segundo. Voltaria sua atenção para o caso e excluiria todo o resto. Alguém tinha roubado os quadros. Alguém tinha rachado a cabeça de Phelps. O primeiro podia ser o mesmo que o segundo ou não. O fato de Phelps estar morto não significava que ele não era o ladrão, mas tornava mais difícil fazê-lo admitir. O fato de a segunda pessoa tê-lo assassinado não significava que ela estava atrás dos quadros. Parecia haver muitas possibilidades, a maioria das quais cercada por um número ainda maior de impossibilidades. A maior de todas elas era certamente o enigma ainda não solucionado de como o ladrão conseguira entrar no apartamento de Herr Dürer sem ser visto e sair, tão furtivamente quanto, levando consigo os quadros em suas molduras e com os vidros.

Maria estava prestes a pedir a conta quando notou uma mulher de meia-idade entrar na loja. Ela parecia familiar. Olhando-a fixamente por um momento, Maria foi capaz de se lembrar de que ela era a mãe da noiva no casamento que ela inadvertidamente testemunhara depois de sua fuga da galeria. Recordou-se do adorável jovem casal, de mãos dadas, olhos brilhantes de felicidade. E pensar neles trouxe à mente o curioso ritual de pisar na taça de vinho.

— É isso! — gritou Maria, levantando-se com um salto. — Descobri! — declarou ela para o aposento cheio de bebedores de café confusos.

Ela sabia o que devia fazer. Devia retornar à suíte de Herr Dürer e examinar minuciosamente o carpete debaixo do local onde um dia ficavam expostas as gravuras dos sapos. Maria tinha certeza, agora, de que encontraria ali uma pista vital para as investigações. Mas Phelps havia caído naquele mesmo lugar, e ela se lembrava de que os faxineiros estavam prestes a limpar o carpete. Ou possivelmente removê-lo por completo. Seria necessário se apressar.

Ela empurrou várias notas na mão do garçom mais próximo. Era mais do que o suficiente para pagar a conta, mas ela não podia perder tempo esperando o troco. Correu para a rua, abastecida pelo açúcar, mas ao mesmo tempo retardada por toda a quantidade de comida que acabara de apreciar. Ofegante, disparou pela multidão perambulante de frequentadores do festival, cada um parecendo determinado a atrasar seu progresso.

— Com licença, por favor. Se eu puder apenas... Deixe-me passar, eu imploro. Ah, inferno, saia da frente! — gritava ela, enquanto empurrava e se acotovelava e abria caminho à força pela praça na direção do Grand.

Maria estava a ponto de entrar no hotel quando uma fanfarra começou a tocar na estrada da praça, rapidamente seguida pela aparição de arautos, trombetas erguidas, cavalos andando empertigados sobre as pedras pálidas. Atrás deles vinha um porta-estandarte com a bandeira exibindo o sigilo e as cores do Rei Julian, o Eminente, e uma procissão real de proporções impressionantes.

— Pela madrugada... as princesas — resmungou Maria. — Agora não!

Mas era agora que elas vinham. As pessoas se moviam para a frente e para os lados, ansiosas para ter uma visão melhor, contidas pelos guardas e soldados presentes e encarregados de manter o povão a uma distância respeitável. Logo, homens uniformizados e armados formaram uma avenida pela qual a carruagem real — puxada por seis cavalos brancos como a neve — passava serenamente, sua pintura roxa pálida enfeitada com detalhes dourados, com condutores e soldados uniformizados sobre ela.

Embora coberta, a carruagem fora construída inteligentemente com janelas amplas e um grande teto de vidro para que os ocupantes pudessem ser vistos por seu público adorador. As três princesas — todas agora jovens mulheres adultas —, Charlotte (a mais nova e mais bela), Isabella (a pequena irmã do meio que todos negligenciam) e Christina (a mais velha, mais alta e mais obviamente Findleberg, com o nariz aquilino bastante pronunciado) estavam sentadas juntas viradas para a frente, acenando habilmente para um lado e para o outro, habituadas a parecer dignas e graciosas, embora Maria soubesse que maldade e egoísmo inatos borbulhavam debaixo da superfície. Em frente a elas, sacudindo o leque como se o ar da cidade pudesse ser venenoso, estava a Baronesa Schleswig-Holstein, empoleirada com a postura e a aparência impecáveis na beira de seu assento, sem, sequer por um momento, tirar os olhos atentos como os de um pássaro do trio que ela fora desafiada a acompanhar.

— Afastem-se! Abram caminho! — gritou um capitão que Maria reconheceu de um encontro anterior no Schloss de Verão durante um caso prévio.

O homem não conseguia pronunciar uma palavra sem berrar e claramente apreciava o trabalho enquanto comandava seus homens para empurrar para trás os espectadores que desejavam ver as princesas.

— Bem, *realmente!*

Maria bufou enquanto continuava a forçar o corpo para a frente. Pelo canto do olho, ela viu Ferdinand, parecendo desesperadoramente lindo em seu uniforme de gala, montado num garanhão negro orgulhoso, mantendo-se próximo da carruagem. Ele examinava a multidão, presumivelmente em busca de agressores potenciais. Em vez disso, seu olhar parou sobre Maria. Pelo instante mais breve, seus olhos se encontraram. Ele sorriu. Maria franziu a testa, virou-se e, com um esforço gigantesco e o uso indiscriminado de seus saltos gatinha em vários infelizes dedos dos pés, abriu caminho pelas portas do Grand. Ela evitou por pouco trombar com Strudel, que saía enquanto ela entrava. Era tamanho o furor e o amontoado de corpos que, felizmente, ele não a viu. Como todas os demais, sua atenção estava tomada pela comitiva real. Ele pôs-se nas pontas dos pés para vê-la melhor, embora ainda exibisse sua habitual expressão carrancuda. O capitão era um monarquista fervoroso, mas nem mesmo a proximidade da prole de seu adorado monarca podia abrandar sua expressão. Um pensamento passou pela cabeça de Maria. Uma memória na forma de uma imagem de Strudel, arrebatado, quase encantado, e, sim, não havia como confundir, com um sorriso no rosto. Havia sido algo insignificante, vacilante e incerto, como uma criança dando seus primeiros passos, mas era um sorriso, ela se lembrava vividamente, em forte contraste com seu semblante melancólico de todos os dias. Enquanto Maria era empurrada cada vez mais para dentro do hotel pela multidão de pessoas acotovelando-se por melhores posições ao longo da rota que as princesas poderiam tomar, ela perdeu Strudel de vista, mas a lembrança dele realmente demonstrando alegria no rosto magro permaneceu com ela. Maria lutou para se lembrar de onde o tinha visto dessa forma e o que causara tal transformação sem precedentes, mas a recordação fugia dela enquanto mais fanfarra e gritos entusiasmados a seguiam para dentro do saguão.

Wilbur estava acionando o elevador.

— Para cima! Para o quarto de Herr Dürer imediatamente! — instruiu ela.

O pobre homem tinha provavelmente visto mais drama e sentido mais empolgação nas últimas semanas do que em todo o resto de sua carreira, mas reconheceu a urgência e a determinação na voz de Maria e não esperou pela autorização de Herr Schoenberg para a subida — um fato que Maria mais tarde perceberia ser pertinente ao caso da morte de Phelps. Naquele momento, no entanto, ela estava completamente ocupada com a questão do carpete.

Valeri atendeu a suas batidas vigorosas à porta, a tempo de Maria ver uma criada e um porteiro a ponto de enrolar a cobertura do chão.

— Não toquem nisso! — bradou ela, disparando pelo aposento para ficar de pé sobre o tapete, o que era uma forma efetiva de impedi-los de fazer seu trabalho.

— Fräulein Maria. — Herr Dürer ajeitou a postura em sua poltrona. — O tapete está arruinado. Essas pessoas gentis iam levá-lo para ser substituído para mim.

— Eu lhe imploro, Herr Dürer, peça a eles que esperem até eu ter examinado tudo.

— De novo? Mas achei que você tinha completado sua busca dos quartos.

— Devo olhar mais uma vez, agora que sei o que procuro. Se o carpete for movido, provas cruciais podem ser perdidas.

Os faxineiros hesitaram e olharam para Herr Dürer em busca de instruções. Quando ele acenou com a cabeça positivamente, ambos se afastaram.

O corpo de Phelps fora removido, deixando apenas manchas deprimentes. Ignorando aquilo, Maria ajoelhou, examinando o chão através de seus óculos de ópera. Quando nem isso foi capaz de revelar algo, ela começou a apalpar o chão delicadamente. As pessoas reunidas mantiveram-se olhando, perplexas. Lentamente, Maria examinou toda a área, tomando um enorme cuidado para não perder nem um centímetro. Ela começou a temer que estivesse enganada e que não acharia nada, quando repentinamente soltou um uivo de dor.

— Fräulein! — gritaram Valeri e Herr Dürer em uníssono.

Maria agachou sobre os calcanhares.

— Não é nada, não se preocupem — disse ela aos dois, levando o dedo brevemente à boca para sugar a gota de sangue que se formara. Na outra mão, ela levantava um objeto minúsculo contra a luz, estudando-o através de seus óculos de ópera.

— O que é isso? — perguntou Herr Dürer. — O que você encontrou?

— Prova, foi isso o que encontrei. Prova de que os quadros foram removidos de suas molduras e de seus vidros antes de serem tirados deste quarto.

Ela ofereceu o achado: um pequeno caco de vidro, mais curto do que uma unha e com a metade da largura.

— Mas... — Valeri sacudiu a cabeça. — Eu não compreendo. Herr Dürer tem o sono leve. Se o vidro fosse quebrado, isso faria um barulho terrível que o despertaria de seu sono. Isso teria me acordado também, imagino.

— Não se tiver sido feito de uma certa forma.

Herr Dürer falou:

— Mas com certeza não existe uma forma de quebrar vidro silenciosamente.

— Silenciosamente, não. Mas *baixinho*, sim. Baixo o suficiente para não perturbar alguém dormindo no quarto ao lado. — Maria se levantou, os joelhos protestando ruidosamente. — O ladrão poderia ter removido as gravuras da moldura e rapidamente desmontado a madeira, transformando aquilo em nada mais do que uma pilha de gravetos. Ele então teria envolvido o vidro com algum tipo de tecido espesso... uma toalha de mesa, talvez, ou roupa de cama. Dentro desse casulo, as lâminas de vidro teriam se despedaçado com apenas um protesto abafado debaixo de um pé ou de um martelo. Seria possível, então, varrer os pedaços pequenos e colocá-los em, digamos, uma bolsa pequena.

— O que você sugere realmente é possível — concordou Herr Dürer. — Mas o que isso significaria? Você sabe quem levou meus preciosos sapos?

— Não posso lhe dizer isso. Não ainda. Mas posso lhe dizer que quem quer que tenha sido, ao destruir o vidro, enfrentou uma tarefa muito mais simples para esconder as gravuras. Ele conseguiria enrolá-las e carregá-las debaixo do braço, ou enfiá-las na perna da calça, talvez. Qualquer que tenha sido o *modus operandi*, sua fuga foi consideravelmente mais fácil do que pensei em primeiro lugar. Provavelmente teve muito mais opções. Também sei agora o tipo de pessoa com quem estamos lidando. Alguém meticuloso.

Alguém que planeja, com uma cabeça fria e nervos de aço. Alguém capaz de trabalhar silenciosa e furtivamente. E tudo isso, devo dizer, elimina tanto o Dr. Phelps quanto Leopold de minha lista de suspeitos. Não, não poderia ter sido nenhum dos dois.

— Mas você tem uma noção, uma teoria, uma ideia, então, de quem pode ter feito isso?

— Tenho. — Ela levantou uma das mãos. — Não me pressione, Herr Dürer, eu lhe imploro. Não revelarei o nome de quem agora estou perto de ter certeza de cometer esse crime até ter mais pistas, provas concretas de sua culpa. Mas eu prometo que esse momento está perto. Muito perto, na verdade.

Maria estava pronta para sair quando Valeri se aproximou.

— Fräulein — falou ela —, nós fizemos o que você pediu. Examinamos a suíte, contando cada objeto, para ver se havia algo faltando e, sim, você estava certa.

— Era um objeto pesado?

Valeri e Herr Dürer olharam fixamente para ela, um tanto admirados.

— Sim. — Valeri balançou a cabeça. — Era mesmo. Um peso de papel. Vidro, da Itália. Muito bonito.

— Mas não tinha um valor significativo — completou Herr Dürer. — Há itens muito mais caros aqui. Não posso compreender por que um ladrão se daria o trabalho de levar aquilo.

— Não estamos lidando com um ladrão. Estamos lidando com um assassino. E o valor do item não está em seu valor monetário, mas em seu peso. Voltarei no momento em que tiver provas definitivas para o senhor, dos dois casos.

TREZE

Para confirmar suas suspeitas, Maria precisava voltar ao apartamento de Lobinho. No entanto, ao sair do hotel, descobriu que não podia passar da escadaria da entrada. A comitiva real havia parado na praça, e os homens de Ferdinand tinham começado a isolar a área para que a realeza em segurança no meio de seu povo por algum tempo. A multidão já dobrara de tamanho devido à repercussão da notícia dos visitantes reais, e havia um ar de animação que se aproximava da histeria em algumas partes. Jovens mulheres buscavam emular a elegância das princesas. Crianças se comportavam com uma perplexidade de olhos arregalados. Os idosos observavam de forma saudosa, sem dúvida se recordando da época em que o rei e a rainha eram jovens e compartilhavam sua própria juventude. E todos os homens entre as idades de 18 e 38 anos estufavam o peito com devaneios de ganhar a mão de uma das filhas reais, provando-se o melhor dos homens e garantindo um futuro de tranquilidade e privilégios.

Maria deveria saber que o Rei Julian não perderia uma oportunidade para fazer bom uso das filhas. Os impostos aumentavam, e tudo o que pudesse ser feito para melhorar a imagem da monarquia com a nação deveria ser feito. Três princesas decorativas desfilando e sorrindo docemente, oferecendo a mão coberta por luva aqui ou ali para um súdito selecionado com cuidado, não causaria dano algum para a popularidade da família real. Enquanto as jovens mulheres progrediam encantadoramente pela praça, a Baronesa Schleswig-Holstein seguia de perto seus passos, uma presença infinitamente mais proibitiva e perturbadora do que a própria guarda de elite real.

Usando os cotovelos para auxiliá-la, Maria atravessava a confusão, mas ainda não conseguia ver uma forma de cruzar a praça. Então, aproximou-se de um soldado da guarda do rei e lhe deu um tapa no ombro.

— Quanto tempo isso vai durar? — perguntou ela. — Preciso chegar lá do outro lado.

— Suas Altezas Reais expressaram um desejo de se misturar. Não há um tempo estipulado para a duração dessa mistura — respondeu o soldado, a forma de seu discurso sugerindo que ele apenas repetia o que lhe fora instruído palavra por palavra, então Maria sabia que não conseguiria nada mais sucinto ou útil por meio dele.

Naquele momento, Maria ouviu seu nome sendo gritado e se virou para encontrar João e Lobinho abrindo caminho em sua direção.

— Isso não é esplêndido, irmã querida? A Realeza! Bem no meio de nós!

João estava bastante corado nas bochechas com a empolgação.

— E as princesas são tão lindas — comentou Lobinho. — Especialmente a pequenininha. Agora mesmo ela me olhou nos olhos e sorriu para mim. — Ele deu um sorriso. — Você sabe... um daqueles sorrisos *especiais*.

Maria suspirou. O fato de João ficar deslumbrado não era surpresa alguma para ela, mas ouvir Lobinho também tão completamente arrebatado a cansava. Será que não existia ninguém habituado à combinação de um título, uma trombeta e alguns cavalos enfeitados?

— As princesas são treinadas para sorrir para todo mundo — disse Maria. — É o trabalho delas. É o que é esperado.

— Ah, sim — concordou Lobinho —, e elas fazem isso de forma tão esplêndida. Mas, ainda assim, aquele sorriso *especial*...

Ele torceu o nariz, fazendo o bigode se mover para cima e para a frente. Maria jamais encontrara pelos faciais com tamanha variedade de atitudes.

— A pequenininha, você disse? — Ela ergueu as sobrancelhas. — Aquela é a Princesa Isabella, cujos passatempos incluem caçar cervos, esgrima e pôquer. Não seja enganado pelo seu tamanho diminuto ou por seus modos refinados. Ela o comeria no café da manhã e daria seus ossos aos cães.

— Ah, Açucarada! — Lobinho riu. — Será que não é pelo fato de você estar só um pouquinho enciumada, hein?

Ele terminou a ideia ridícula com uma piscadela forçada.

Maria abriu a boca para protestar, mas a fechou de novo rapidamente ao ver o Kapitan Strudel. Ele se encontrava a apenas cerca de vinte pessoas dela. E ele a tinha visto. Imediatamente o homem começou a forçar a passagem na sua direção, o corpo esguio esgueirando-se entre as pessoas com uma velocidade assustadora.

Maria segurou o braço de João:

— Onde está esse salsichão de vocês sobre o qual ouço falar tanto?

— O quê? O Maior Salsichão Branco do Mundo? Você quer vê-lo?

— Adoraria.

— Agora?

— Quando seria melhor? Dar uma espiada antes. Ver em que vocês dois têm trabalhado com tanto afinco esse tempo todo.

— Nós estávamos indo exatamente para lá! — explicou João com alegria. — Por aqui, irmã minha.

Maria tentou conduzi-lo na direção contrária a Strudel, mas a praça continuava tão lotada que era como tentar forçar um pedregulho por uma peneira. Felizmente, João encontrava-se tão encantado com o interesse da irmã que estava determinado a não deixar nada — nem mesmo metade da população de Nuremberg — atrapalhá-lo.

— Vamos lá, Lobinho, me ajude — pediu ele.

Cada um segurou um braço, e os dois praticamente levantaram Maria do solo. Enquanto alguns podiam pensar que a melhor forma de atravessar uma multidão era tornando-se o mais esguio possível, como Strudel fazia naquele exato instante com algum sucesso, o sistema preferido de João e Lobinho tinha suas fundações numa ciência básica. O pensamento de João, se é que se pode chamar assim, era o de que, se uma força irresistível se encontra com um objeto imóvel, este vai, na verdade, acabar se movendo desde que a força o atinja com suficiente entusiasmo. Ele e Lobinho estavam de acordo em relação a isso, então juntos, com Maria balançando entre eles, formavam um trio formidável. Varriam todos diante deles. Ignorando grunhidos de protesto, palavrões e gritos de pavor, seguiam em frente.

Maridos tiravam suas esposas do caminho. Mães apanhavam crianças pequenas. Aqueles mais lentos cambaleavam para longe com contusões. João ia pedindo seus entschuldigungs e falava "com licenças" a torto e a direito, enquanto Lobinho bradava "aqui vamos nós" e "para o açougue!". Aquilo era tudo o que Maria podia fazer para acompanhar, temendo que, se caísse, eles simplesmente continuariam a arrastá-la de qualquer forma. Ela se perguntou, por um momento, sobre o poder que um salsichão tamanho família tinha para inspirar e até mesmo galvanizar dois dos homens mais indolentes que ela conhecia.

Incrivelmente, logo eles haviam saído da praça e contornado o Grand, chegando, então, à rua de paralelepípedos em seus fundos. Maria olhou de forma ansiosa para a entrada escondida do bordel subterrâneo, mas ninguém entrava ou saía no momento em que eles passaram. O trio seguiu pela rua até chegar a uma porta pesada de madeira sobre a qual estava pendurada uma placa retratando um porco enganosamente feliz. O suíno era mostrado sorrindo e usando um guardanapo em volta do pescoço enquanto segurava uma faca e um garfo com as patas. Havia algo perturbador na alegria equivocada no rosto do animal. Será que ele não sabia o destino que o esperava? Será que esperava antes disso se empanturrar com os restos trucidados, curados e cozidos de seus irmãos? Ela se perguntou que tipo de mente tinha achado que uma placa assim era adequada para um açougue. De repente, a perspectiva de entrar nos domínios dos fazedores de salsicha, o local onde só Deus sabe quantos homens haviam passado só Deus sabe quantas horas cortando e picando e descascando e moendo e ralando e recheando, tudo com o salsichão recordista em primeiro lugar em suas mentes, era bastante intimidadora. O que uma atividade como aquela podia fazer com uma pessoa?

O açougue em si era limpo, arrumado e comum. Parecia o tipo de estabelecimento que qualquer bom cozinheiro ou qualquer dona de casa aplicada ficaria feliz em frequentar, com a certeza de serviço cuidadoso e carne de qualidade. João foi o primeiro a passar por uma porta nos fundos da loja. Seguiram por um corredor estreito. Sinais indicavam uma câmara frigorífica à esquerda e um armazém à direita. No fim do corredor estreito, mais uma porta estava fechada diante deles. João bateu, parou, então bateu de novo, cuidadosamente contando cada toque como se anunciasse alguma espécie de código. Uma voz mal-humorada do outro lado exigia que João se identificasse, o que ele fez prontamente, também declarando quem havia trazido consigo. Depois de um momento de hesitação, João foi obrigado a se responsabilizar por sua irmã. Finalmente eles ouviram os sons de trancas sendo destravadas, e a porta se abriu com um rangido, permitindo a entrada do trio.

Maria prendeu a respiração ao ver a imagem que a saudava. Era impossível não se impressionar, nem que fosse pela escala de tudo. A área era enorme, um lugar como um grande galpão de teto alto e totalmente aberto. Tudo parecia limpo ao extremo. Lajes de mármore ocupavam um lado do espaço e serragem fresca cobria as lajotas bem limpas do chão. A área no meio — confortavelmente grande o bastante, Maria decidiu, para abrigar pelo menos três carruagens reais — estava ocupada inteiramente pelo próprio salsichão monstruoso. João e Lobinho permaneceram parados, com o rosto brilhando de orgulho, enquanto Maria caminhava lentamente em volta da incrível criação. Ela estimou que o salsichão tinha mais de dois metros de circunferência, mas não conseguia nem começar a estimar seu comprimento, pois a coisa estava enrolada numa espiral que parecia interminável. Tudo aquilo era suspenso por tiras largas de pano de musselina nas vigas acima, para ficar pendurado aproximadamente na altura dos ombros. Debaixo daquilo havia cerca de uma dúzia de banheiras de metal que continham gelo, provavelmente para preservar a carne da melhor forma até ela estar pronta para ser cozida. As banheiras encontravam-se sobre grandes tripés, debaixo dos quais buracos de fogueira já estavam preparados com madeira, esperando aquele momento.

Lobinho sussurrou no ouvido de Maria:

— O salsichão será cozido a vapor. Tem que ser feito delicadamente, ou a pele vai se partir, causando uma ruptura. — Ele sacudiu a cabeça. — Isso não pode acontecer.

— Não mesmo — concordou João. — Ele deve cozinhar por completo, mas permanecer suficientemente flexível para podermos desenrolá-lo e carregá-lo até o palco na praça sem causar danos. Só então ele será oficialmente medido e declarado, sem dúvida alguma, o maior já visto! E você sabe que tive permissão para ajudar na receita? — contou a Maria de forma ofegante. — Sim, eu acrescentei meu próprio ingrediente especial.

Enquanto observavam, três homens com aventais de açougueiros começaram a tarefa de varrer a serragem nas beiras dos buracos de fogueira.

— Vejam! — falou João. — Eles estão prestes a acender o fogo.

Os açougueiros e seus ajudantes se aproximaram com tochas compridas, cada um se posicionando ao lado de um buraco. Outro homem apareceu com um lampião e caminhou num círculo para que cada tocha fosse acesa. Finalmente deram o sinal e as chamas pegaram nos gravetos. De início, havia uma grande quantidade de fumaça e fuligem da madeira, mas logo as fogueiras queimavam adequadamente. Uma parte das telhas tinha sido removida do telhado e, aos poucos, a maior parte da fumaça começou a subir e sair. Os trabalhadores se afastaram, e houve uma grande quantidade de tapinhas nas costas e apertos de mão — a última etapa do processo estava agora em andamento.

— Vamos. — João guiou Maria até o outro lado do galpão. Ali havia mesas desmontáveis cobertas por toalhas brancas limpas e talheres de peltre. — Está na hora do jantar. Ainda vai demorar cerca de uma hora até começar a subir algum vapor. Então as fogueiras precisarão de cuidados e será necessário remover as tiras de suspensão periodicamente para que o cozimento seja lento e constante. Por enquanto, tudo o que temos que fazer é esperar, então a Venerável Companhia de Açougueiros e Charcuteiros está oferecendo um pequeno banquete. Tenho certeza de que não vão se importar de você comer conosco.

E foi assim que Maria se juntou ao banquete. Ela era a única mulher entre vinte robustos trabalhadores das carnes, mas sentia-se maravilhosamente à vontade. Estava cercada por pessoas cujo amor e compreensão sobre a comida eram insuperáveis. Aquela era a *raison d'être* coletiva deles. E essa noite representava o auge de meses de planejamento e semanas de trabalho árduo. Eles cuidariam do salsichão ao longo de sua transformação final e, pela manhã, o carregariam e o apresentariam à cidade, para a honra de fazedores de salsichão de todos os lugares. Para a honra de Nuremberg.

Açougueiros novatos andavam de um lado para o outro trazendo uma bela seleção de carnes frias, pão quente e picles, junto com grandes quantidades de cerveja. Maria descobriu, para sua surpresa, que, apesar da recente experiência gastronômica extravagante com os bolos locais na Amêndoa Tostada, seu apetite retornou à mera visão daquelas delícias tão familiares. Logo estava se empanturrando, João à sua esquerda oferecendo-lhe uma descrição detalhada da feitura do salsichão, Lobinho à sua direita relatando uma ocasião num mundo de fantasia em que ele havia sido um talentoso cantor de ópera e o queridinho de Viena. Enquanto Maria começava a relaxar, a deixar de lado sua ansiedade em relação a Strudel, a permitir que sua decepção com Ferdinand se atenuasse um pouco e a se livrar de sua irritação por se atrasar para o retorno ao apartamento, sua mente começou a funcionar suavemente e sem esforço, tanto que ela foi capaz de voltá-la à questão das gravuras de sapo desaparecidas calma e confiantemente mais uma vez. Encontrava-se próxima de solucionar o caso agora e saber disso lhe causou um arrepio delicioso por todo o corpo. O sucesso estava ao seu alcance e ela o alcançaria. Maria precisava voltar ao apartamento, pois tinha certeza de que era lá que a peça final do quebra-cabeça se encaixaria perfeitamente.

João lhe passou um prato de cerejas e ela ficou ali sentada beliscando, uma sonolência agradável tomando conta de si. Sem dúvida, Strudel ainda a estaria caçando e a praça continuaria intransponível. Não fazia sentido tentar ir a qualquer lugar agora. Ela podia relaxar por algum tempo, digerir a refeição e ficar ainda mais pronta para trazer o caso à conclusão em uma ou duas horas. Um cochilo breve era o ideal. Sem uma espreguiçadeira à disposição, ela precisaria se virar com o que tinha. Recostando-se em sua cadeira, Maria fechou os olhos, permitindo que os murmúrios bem-humorados dos homens à sua volta a embalassem em seu sono.

Depois de um tempo, entrou em seus sonhos o chiado de serpentes gigantes, que se contorciam e se enroscavam à sua volta. Assustada, Maria acordou com um salto e um grito, por um instante incapaz de se lembrar de onde estava. As mesas dobráveis haviam sido limpas e não passavam de nada além de tábuas vazias agora. Todas as cadeiras, a não ser a sua, estavam vazias. Virando em seu assento, ela viu o galpão transformado. O lugar limpo e calmo do qual se lembrava de entrar apenas algumas horas antes desaparecera. Agora seus olhos assimilavam uma cena que evidentemente retratava o terceiro círculo do inferno de Dante. Fumaça das fogueiras se erguia e se fundia com o vapor das banheiras de água fervente, misturando-se ao cheiro do salsichão em seu cozimento para produzir um ar que podia ser tanto mastigado quanto respirado. O calor era tanto que todos os homens haviam se despido da cintura para cima, fazendo com que seus torsos musculosos — todos de peitos cabeludos e barrigas protuberantes — brilhassem com suor e vapor d'água. Eles trabalhavam cuidadosamente em sua criação, atiçando as fogueiras, enchendo as banheiras, ajustando minuciosamente as faixas de musselina, regando a carne cozida no vapor, os esforços aumentando o desconforto e conferindo ao rosto deles um inconveniente tom castanho-avermelhado.

Maria se levantou com dificuldades, passando a mão na saia num esforço para deixá-la um pouco menos amarrotada. Havia manchas perturbadoras adquiridas quando ela se ajoelhara no carpete — onde Phelps encontrara seu fim brutal. Uma inspeção mais detalhada revelou gotas de mel em seu corpete, uma ou duas ameixas esmagadas, uma fatia de repolho em conserva localizada em seu decote e, subindo por suas mangas, várias áreas pegajosas de procedência desconhecida. Ela levou a mão até o cabelo e descobriu que ele estava em grande parte livre de suas presilhas e seus prendedores, deixando que mechas ficassem penduradas de forma desleixada em volta de seu pescoço. A temperatura do ambiente começava a deixá-la tonta. Maria sabia que devia ir embora rapidamente, torcendo para que a multidão tivesse dispersado o suficiente a fim de ela ser capaz de voltar para casa.

Lobinho acenou para ela de cima de uma escada onde ele delicadamente derramava manteiga de ervas derretida sobre o salsichão com uma concha. O fato de seu corpo ser ruivo e peludo como seu rosto não devia causar surpresa em Maria, mas a visão ainda era suficientemente assustadora para fazê-la empalidecer. João surgiu de trás de um naco de manteiga e a acompanhou até a porta da frente do açougue. Ele, misericordiosamente, usava um colete de algodão que fazia o possível para poupar o observador casual da experiência de ver a extensão trepidante de sua barriga. Infelizmente, a peça de roupa estava tão molhada de vapor e transpiração que se agarrava ao seu corpo avantajado de uma forma lamentavelmente reveladora.

Do lado de fora, a noite caíra, e o ar estava felizmente fresco e livre de porco. Eles ficaram parados por um momento junto à porta, ingerindo grandes quantidades revigorantes daquilo. Vapor começou a subir dos braços nus de João.

— Que noite, irmã minha — falou ele. — Amanhã revelaremos o grande salsichão para todos desfrutarem.

— As pessoas vão realmente poder comer a coisa?

— Ah, sim. Depois que ele for exibido e medido e registrado, será fatiado e distribuído para os frequentadores do festival. O restante será vendido aqui na loja de Herr Gluck.

— Durante algum tempo, devo imaginar.

— Vai acabar num minuto, guarde minhas palavras.

Maria já começava a sentir que já tinha visto o suficiente daquilo. Virou-se para ir embora, mas foi interrompida pela visão de um pequeno vulto sombrio saindo da porta secreta do bordel subterrâneo. Ela empurrou João para dentro da porta.

— O que foi? — perguntou ele.

— Shhhh. Ali. Um duende.

— Sério? Você tem certeza? Eu não vejo um desses há anos — disse ele com um volume de sussurro que Maria tinha certeza de que se propagaria bastante pelo ar fino da noite. — Havia um em minha velha escola, claro, mas desde então, ah... na estalagem, tinha um lá. Ou será que era um gremlin? Acho difícil dizer a diferença.

— Normalmente não — corrigiu Maria. — A maioria dos duendes é feliz e animada, enquanto gremlins são criaturas mais irritadiças no geral. Aquele duende que você está vendo ali é típico. Ele habita o estabelecimento de Lady Crane.

— Não diga! Ah, veja... tem mais um. É muito incomum ver dois ao mesmo tempo, não é?

— Sim. E aquele ali é... — Maria hesitou, levando os óculos de ópera até os olhos. — Espere, achei que o primeiro era do bordel, mas agora vejo que esse é o segundo. O primeiro... eu reconheço seus pequenos botões de bronze. Sim, tenho quase certeza de que aquele é o duende de Lobinho.

— *Lobinho* tem um duende?

— ... mas não, não pode ser. Ele está sorrindo. Ele parece positivamente feliz.

— Mas... você acabou de dizer que eles todos são felizes.

— *Normalmente*, eu falei. É um azar para Lobinho compartilhar seu domicílio com o único exemplo infeliz da espécie que já conheci. Só que agora ele está sorrindo.

— Será que você pode estar enganada? Será que pode ser outro? No entanto, ver *três* dessas coisas seria muito peculiar. Um bando de duendes. Uma manada. Qual você acha que é o coletivo de duende? Um rebanho, talvez? Sim, eu gosto bastante disso. Um rebanho de duendes.

— São apenas dois. E os dois estão sorrindo. Sorrindo alegremente, *extasiadamente!* — Maria abaixou os óculos e soltou um suspiro aliviado. — Bem, lá está. A prova final que eu procurava.

— Sério? Lá? Com aqueles dois sujeitinhos? Como assim?

— Se eu, em algum momento, tive dúvidas em relação à minha hipótese, essas dúvidas estão agora dissipadas. Eu acreditava ter o "quem" e o "como", o que me faltava era o "porquê".

— E agora você tem o "porquê"?

— Tenho. — Ela ajeitou a postura, declarando de forma ousada para seu irmão. — Eu sei quem roubou as pinturas, sei como ele fez e sei por que fez isso. Também estou confiante de que sei onde as encontrar.

— Minha nossa... um "quem", um "como", um "porquê" *e* um "onde"! O dinheiro de Herr Dürer certamente está sendo bem gasto, não é mesmo?

Enquanto eles observavam, os duendes abriram a porta nas pedras e desapareceram na passagem.

— Devo voltar logo ao apartamento — declarou Maria. Assim que puder, você e Lobinho devem se livrar do trabalho de cuidar do salsichão e me encontrar lá. Posso precisar de sua assistência.

— Sério? Pode precisar? — João estava indeciso entre se sentir satisfeito por ser útil e decepcionado por ouvir que deveria abandonar seu precioso salsichão. O orgulho venceu. — Com certeza, você pode contar conosco.

Maria olhou para ele com uma expressão que parecia duvidar daquilo antes de sair correndo com dificuldade pelos paralelepípedos na direção da praça.

A comoção do dia fora substituída por uma noite de atividade frenética semelhante, mas a multidão havia diminuído um pouco. Maria examinou a área, mas não foi capaz de ver Strudel esperando por ela em qualquer lugar. Esgueirou-se pela frente do Grand, permanecendo nas sombras.

Mesmo com toda a pressa, Maria foi forçada a pausar por um momento a fim de absorver o encanto absoluto da praça naquele momento. Cada lado — e cada frente de loja e barraca — estava iluminado por lampiões decorativos de todas as cores. No momento, o palco abrigava uma pequena orquestra, que aparentemente estava afinando, prestes a começar a tocar. O centro da praça fora liberado para a dança. Em volta daquele espaço, havia arranjos florais de branco e creme, todas as flores claramente escolhidas devido não apenas à forma como as pétalas brilhariam na luz dos lampiões, mas também ao aroma doce que exalavam.

Palhaços faziam palhaçadas.

Malabaristas faziam malabarismo.

A atmosfera era de celebração, e as pessoas perambulavam com suas melhores roupas, cada uma tentando exceder a outra, criando, assim, um desfile de glamour e sofisticação. Maria suspirou por sua peruca perdida e pelo estado lamentável de seu novo traje. Ela se prometeu que, quando tudo isso acabasse, de alguma forma ela iria a algum lugar com alguém especificamente para vestir coisas bonitas e permanecer polida, limpa e elegante por dias inteiros sem intervalo. No momento, no entanto, o dever chamava.

Maria respirou fundo a fim de ajudar no esforço que seria necessário para abrir caminho pela multidão e atravessar a praça, mas, antes que pudesse se mover, um sopro de trombeta quase em seu ouvido a deixou temporariamente surda. Ela cambaleou para um lado, segurando-se na parede, enquanto saía do Grand Hotel a comitiva real. As princesas e sua acompanhante haviam trocado suas caras roupas de dia por ainda mais caras roupas de noite. Elas eram um buquê de cores ambulante, de seda cintilante e joias brilhantes, perucas elaboradas e bochechas avermelhadas. Ferdinand caminhava ao lado delas. De imediato Maria ficou duplamente preocupada com sua aparência desgrenhada. Manteve a cabeça abaixada e começou a passar furtivamente pela comitiva real, esperando que os súditos animados que haviam se aproximado a mantivessem escondida. Ela não tinha contado com a visão aguçada e a memória ainda mais aguçada da Princesa Charlotte. Ela viu Maria e sinalizou para que um guarda a trouxesse até ela. Maria não teve outra escolha que não permitir ser levada pelo braço, empurrada pela multidão e colocada diante da princesa.

— Muito bem, Fräulein Maria. — O sorriso da princesa não era caloroso. — Não tinha pensado em encontrá-la tão longe de Gesternstadt.

Maria fez uma reverência rígida e evitou olhar nos olhos da princesa:

— Estou aqui a trabalho, Alteza.

— É mesmo? Um de seus casos de crime para solucionar, imagino. Aconteceu algum assassinato pavoroso? Conte-me tudo.

A Baronesa Schleswig-Holstein deu um passo à frente e falou bruscamente para a moça sob seus cuidados:

— Princesa, você e suas irmãs são esperadas para inaugurar a dança. Melhor não perder seu tempo com essa... mulher.

— Ah, mas tia, você sabe quem ela é? — Charlotte fingiu espanto. — Essa é ninguém menos do que Maria de Gesternstadt, a detetive particular. Ela é renomada por solucionar os casos mais enigmáticos. Esse caso de agora é enigmático? — perguntou ela.

— Alguns consideraram que sim.

Maria escolhia as palavras com cuidado. Da última vez em que tivera algo a ver com a Princesa Charlotte, viu-se jogada numa masmorra para ser torturada e executada. Era verdade que as coisas haviam melhorado um pouco desde então, mas a relação fora mais uma vez abalada pela ausência de Maria do recente baile de aniversário da princesa. Ela não tinha dúvida de que a jovem mulher ficaria feliz em provocá-la, na melhor das hipóteses, e humilhá-la, se fosse possível.

— Certamente você não está ocupada demais para se juntar à diversão do festival.

— Lamentavelmente, Alteza, estou neste momento comprometida com minhas investigações.

— Ah, entendi. — A expressão da Princesa Charlotte era de mágoa. — Então você está recusando meu convite para um baile pela segunda vez em duas semanas?

— Perdoe-me, Princesa. Em ambas as ocasiões, foi o trabalho que me impediu de comparecer. Nada me daria mais prazer, obviamente, do que acompanhá-la e suas nobres irmãs...

— Então eu insisto que me acompanhe! Não é apropriado para uma mulher ser vista sempre trabalhando. Isso a faz parecer rude e desagradável. Você deseja parecer rude e desagradável?

— Na verdade, não.

Espontaneamente, o olhar de Maria encontrou Ferdinand. Foi um gesto minúsculo, um deslize tolo, mas não passou despercebido pela princesa:

— Bem, então você será nossa convidada para a noite e se divertirá no baile. O General Ferdinand será seu par. Ele é apenas um soldado, é verdade, mas pode ser bastante galante quando tenta.

Maria sabia que não seria apropriado desafiar abertamente uma Findleberg.

— É muita gentileza sua, Alteza. Devo voltar ao meu apartamento por alguns breves momentos para trocar minha roupa por uma mais adequada para uma situação como essa — falou ela, recuando lentamente.

— Ah, não há tempo para isso. Você terá que ficar como está.

Até mesmo a baronesa viu a loucura naquilo.

— Princesa — sussurrou ela no ouvido da garota —, você certamente não pode querer que ela dance ao seu lado e ao lado de suas irmãs. O que quero dizer é... olhe para o estado dela.

— Não se preocupe, tia. Fräulein Maria é uma mulher de ação. Essa... — ela gesticulou de forma expansiva com o braço, mostrando o traje azul sujo e amarrotado que Maria vestia, os sapatos imundos ainda cobertos com serragem úmida do açougue e o cabelo selvagem e desgrenhado — ... é uma condição comum para ela, eu garanto.

Sorrindo, Maria tentou outra abordagem:

— Sua compreensão é muito elogiável, Alteza, mas a baronesa vê o quadro mais simples. O que as pessoas pensariam ao ver alguém vestido de forma tão surrada tão próximo de seu grupo? O que Vossa Majestade, o Rei, pensaria, quando a notícia chegasse aos ouvidos dele, como certamente chegará?

Charlotte estufou os lábios, e Maria temeu ter ido longe demais. Sua pergunta soava horrivelmente como se contivesse uma ameaça velada, o que não fora de forma alguma sua intenção.

De repente, o rosto da princesa clareou. Rindo, ela levantou a mão e tirou o pesado colar de diamante que estava usando. Aproximou-se e, para a surpresa de todos que observavam, prendeu a joia em volta do pescoço de Maria.

— Pronto! — declarou ela. — Agora, quando contarem ao meu pai sobre isso, ele só vai ouvir que você estava usando os diamantes mais fabulosos que qualquer um em Nuremberg já tinha visto! — Rindo de modo despreocupado e, então, garantindo que todos à sua volta rissem também, a Princesa Charlotte se virou numa vertigem de seda e bateu palmas animadamente. — À dança! — bradou ela, liderando a comitiva até o salão de dança ao ar livre.

Ferdinand se curvou e ofereceu o braço a Maria. Franzindo a testa profundamente, ela o aceitou, e eles seguiram os outros. Maria queria encontrar algo desagradável para dizer a Ferdinand, algo que o fizesse perceber que ele era a última pessoa com quem ela queria dançar, mas o peso dos diamantes, a suavidade gelada deles contra sua pele, era divino demais. As palavras haviam desaparecido. Nunca em sua vida Maria tinha ao menos tocado num único diamante do tamanho do menor daqueles em seu colar. Ter tal abundância daquilo sobre ela, usá-los enquanto dançava nos braços do homem mais lindo que ela havia encontrado em muito tempo... bem, aquele não era um momento para ser estragado com comentários rudes. Ela saborearia aquilo e então fugiria na primeira oportunidade. A Princesa Charlotte sem dúvida se cansaria de seu jogo de caça à Maria, e, então, ela poderia se misturar na multidão e não ser lembrada.

As princesas ocuparam suas posições para a primeira dança. Uma quadrilha. A baronesa também estava incluída. Cortesãos sem nome, aparentemente escolhidos pelos rostos agradáveis, as pernas compridas e a habilidade em dança, formaram pares com as princesas. Ferdinand ficou em frente a Maria e exibiu seu sorriso mais encantador. A multidão silenciou. O condutor ergueu sua batuta e a música começou, expandindo-se melodiosamente pelo ar suave da noite. Ferdinand mostrou-se um dançarino mais do que adequado, e Maria estava pronta para seguir seus comandos sem esforço ou tropeçar. Ela estava, na verdade, prestes a admitir para si mesma que realmente apreciava o momento quando sua atenção foi atraída pelos olhos apertados do Kapitan Strudel observando-a entre aqueles que observavam a dança.

— Droga! — disse ela.

— O que foi? — perguntou Ferdinand, enquanto eles se aproximavam um do outro.

— Ah, não, nada — garantiu-lhe Maria, enquanto se afastavam mais uma vez.

Dessa vez, Strudel dava seus próprios passos, para garantir que ela não fugisse dele. Ela viu o homem sinalizando para dois, três, quatro integrantes locais da Guarda, que ele evidentemente persuadira a ajudá-lo. A última coisa de que Maria precisava era um conflito descabido e, no fim das contas, sua prisão em frente a Ferdinand, às princesas e a toda Nuremberg, impedindo-a de chegar ao apartamento e de uma vez por todas solucionar o caso. Era terrível ter ido tão longe, chegado tão perto. Ela tentou manobrar na direção do prédio de apartamentos de Lobinho, mas isso significava mudar a direção de todos os dançarinos na quadrilha. Quando Strudel tentou saltar da multidão e colocar as mãos sobre ela, Maria foi obrigada a adicionar uma pirueta e dois passos largos à dança. Seu par pareceu impressionado, mas fez o possível para acompanhar. As princesas e os cortesãos entraram em parafuso, cada um fazendo seu melhor para manter o padrão da dança, pisando nos pés dos outros e perdendo o formato da coisa terrivelmente. A certa altura, Maria se viu dançando com a baronesa.

— O que você pensa que está fazendo? — perguntou a temível senhora, enquanto Maria a tomava nos braços e a girava.

— Perdoe-me, Baronesa. Ops, sinto muito. A Quadrilha de Nuremberg. Muito nova. A senhora nunca tentou? Ah, aqui vamos nós, por aqui, eu acho — falou ela agilmente, passando por debaixo do braço da baronesa e dando quatro passos acelerados na direção da porta da frente da casa de Lobinho.

Foi então que ela sentiu aquela mão ossuda segurar seu ombro.

— Maria de Gesternstadt! — guinchou Strudel. — Eu a estou detendo por suspeita de envolvimento na inexplicável morte de...

— Ah, *por favor*. Isso é o melhor que você consegue inventar?

— E, em todo caso, por sair da cidade antes de comparecer a um interrogatório designado por...

Strudel poderia ter continuado dessa forma por algum tempo se um membro do Comitê de Organização do Über Festival do Salsichão Branco não tivesse escolhido aquele exato segundo para acender o primeiro dos fogos de artifício da noite. Os chiados e as explosões de uma dúzia de foguetes ao mesmo tempo foram tão inesperados e altos que todos na praça gritaram e se esconderam. Todos menos Maria, cuja audição continuava levemente prejudicada pelo som da trombeta mais cedo. Ela viu seu momento, ela o aproveitou, ela levantou a barra de sua saia e ela correu. Ouviu a voz estridente da baronesa alertando à guarda do rei para o fato de que os diamantes dos Findleberg estavam sendo roubados. Antes que Strudel soubesse o que acontecia, Maria havia fugido de seus braços, corrido os passos restantes até o outro lado da praça, apanhado a chave que Lobinho lhe dera e se jogado pela porta do prédio de apartamentos, trancando-a depois de entrar.

Não havia tempo para esperar pelo elevador. Respirando com dificuldade, ela subiu a escada, bem ciente de que, com a milícia local e sua equipe, não levaria muito tempo para Strudel conseguir entrar no prédio. Quando Maria chegou cambaleando a seu quarto de dormir, ela estava ofegante e bufando de forma pesada. Usou um momento para se apoiar contra a cama parcialmente coberta, então juntou forças para falar.

— Gottfried! — gritou ela. — Gottfried, onde está você? Saia, por favor. Preciso de você. Gottfried!

Ela ouviu um som tímido de arranhão atrás do painel de madeira, uma pausa e então uma voz sonolenta respondeu:

— Fräulein, você se importaria de não fazer tanto barulho? Minha família está dormindo.

— Perdoe-me por perturbá-los, mas o assunto é urgente.

Gottfried bocejou, longa e lentamente. Murmurou algo mais, mas a fala era sonolenta demais para que ela entendesse. Maria pressionou o ouvido contra a parede. Depois de um tempo, veio o som de um ronco sibilante agudo.

— Gottfried! — gritou ela novamente, mas não obteve resposta alguma.

O estrondo de botas no corredor anunciou a chegada do Kapitan Strudel e de dois jovens soldados da Guarda.

— Detenham-na! — comandou ele.

Os subordinados fizeram o que foi mandado.

— Esperem! — Maria se agarrou ao poste da cama para impedir que eles a arrancassem do quarto. — Apenas me deem um minuto.

— Você me causou problemas suficientes, Fräulein — disse-lhe Strudel. — Levem-na.

Felizmente para Maria, eles foram incapazes de fazer aquilo, pois Lobinho e João haviam acabado de chegar. Eles ainda estavam apenas parcialmente vestidos, com as jaquetas abertas, peitos soltando vapor, rostos brilhando. Os corpos com cheiro azedo de ambos efetivamente bloqueavam a porta.

— Quero saber... — João ficou indignado ao ver a irmã ser tão maltratada. — O que está havendo aqui? Soltem-na.

— Ah, Açucarada! — Lobinho correu para o seu lado. — Não se preocupe, nós vamos salvá-la. Sou muito amigo do prefeito desta cidade. Ele tem jurisdição aqui, não esses guardas idiotas.

— Você é mesmo? — João estava impressionado. — Ele tem mesmo?

Maria revirou os olhos.

— Ele provavelmente tem mesmo — respondeu ela a João —, mas, infelizmente, Lobinho não é mais amigo do peito do prefeito de Nuremberg do que eu.

— Não?

Os olhos de João começaram a se mover de forma confusa.

— Sou, sim! — insistiu Lobinho.

— *Agora* não, Lobinho — implorou Maria.

— Chega! — latiu Strudel. — Afastem-se os dois, ela vem conosco.

No entanto, gritos do corredor indicavam mais chegadas. Havia gritos de "Ladra!" e "Diamantes!". Maria colocou a mão sobre as pedras em sua garganta, as quais ela brevemente esquecera que estava usando. Lobinho e João foram obrigados a entrar mais no quarto para permitir a passagem da Baronesa Schleswig-Holstein, da Princesa Charlotte, de dois membros da guarda do rei e de Ferdinand. Quando todos haviam se enfiado no quarto de dormir, o aposento encontrava-se completamente lotado.

— Ah, *sério*? — Maria sentiu que começava a perder a paciência. — Posso lembrá-los de que este é, no momento, o meu dormitório? E o quarto de uma mulher certamente deve ser considerado seu espaço privado.

Strudel sacudiu a cabeça.

— Não caso ela infrinja a lei.

— Ah, por favor, seja sensato. Você sabe que eu não tive qualquer relação com a morte daquele pobre mensageiro, e sua perseguição a mim não é guiada por um amor à lei, mas por rancor e inveja profissional. — O sujeito tentou protestar, mas Maria não seria silenciada. Ela já aguentara demais. — Eu vim aqui a pedido de Albrecht Dürer, o Muito Muito Mais Jovem, para ajudá-lo, para solucionar o caso das gravuras de sapo desaparecidas. Não sou nem uma assassina nem uma ladra... obrigada pelo empréstimo do colar, Alteza, vou devolvê-lo num instante... nem estou me esforçando para fazer o capitão da Guarda da minha cidade parecer um idiota. Francamente, ele faz isso muito bem sozinho. Trabalhei duro por Herr Dürer, arcando com um custo alto para minha saúde, meus nervos e meu guarda-roupa, e posso agora lhes dizer que minhas investigações estão concluídas. Solucionei o caso e, se todos vocês apenas se afastarem e ficarem calados por dois minutos inteiros, e se esses idiotas tirarem as mãos de cima de mim, vou revelar o ladrão para todos vocês, aqui e agora, neste exato momento.

— Bravo!

João tinha começado a aplaudir.

Lobinho, radiante, exclamou:

— Açucaradinha, você é magnífica!

Strudel começou a guinchar novamente, insistindo que ela não devia ter permissão para fazer nada e que tinha de enfrentar as consequências de burlar a lei. A baronesa estava implacável em sua crença de que Maria tentava roubar os diamantes. Logo o aposento reverberava com as reclamações e os gritos de todos os presentes. A cacofonia só foi interrompida por um apito ensurdecedor e perturbador.

Fez-se o silêncio.

Todos se viraram na direção de onde o som impressionante tinha vindo. Lenta e calmamente, Gottfried saiu das sombras e deu um salto para se sentar, com os bigodes contraindo-se, no topo do poste da cama.

— Que bondade sua se juntar a nós — falou Maria.

Gottfried ofereceu uma de suas reverências mais elegantes.

— Como dormir se tornou uma impossibilidade com todo esse barulho, achei melhor ver o que era tão importante para perturbar a mim e a toda a minha família no meio da noite — disse.

A Princesa Charlotte berrou. A baronesa implorou que alguém "matasse aquela coisa horrível!". João, um soldado e um membro da guarda do rei desmaiaram, caindo numa grande pilha, pois o espaço era escasso. Strudel conseguiu ficar ainda mais pálido do que normalmente. Lobinho se aproximou com cautela, o rosto exibindo uma admiração infantil.

— Um rato falante! — Ele se engasgou. — Na minha casa! Imagina. Se você tivesse apenas me contado, se eu não o tivesse visto com meus próprios olhos e ouvido com meus próprios ouvidos, jamais acreditaria.

Maria se virou para Gottfried e olhou para ele com uma expressão séria.

— Novamente, minhas desculpas por perturbá-los, mas isso é importante. E, antes que você comece, não tenho mais nada para barganhar e me recuso a lhe dar qualquer dinheiro. Estou confiando em sua honra e em sua bondade para me fazer esse último serviço. Agora, você faria o favor de me contar onde neste apartamento eu posso encontrar a área escondida que o duende habita?

— Duende? — sussurrou Lobinho.

Gottfried encolheu os ombros de forma elaborada como costumava fazer.

— Por que não? — falou ele, antes de descer do poste da cama e correr até o canto do quarto. Então sinalizou para Maria. — Esse painel — informou ele.

Enquanto o resto do grupo observava, chocado demais com o rato falante para se mover ou falar, Maria deslizou o painel de madeira escura para abri-lo. Atrás dele, estava um espaço de teto baixo de quase metade do tamanho do quarto em que eles se encontravam. Havia um lampião posicionado sobre uma pequena mesa, oferecendo iluminação suficiente para que todos vissem a habitação arrumada do duende. A mesa e o banco polidos. O chão cuidadosamente varrido e o tapete livre de poeira. A coleção extensiva de equipamentos e materiais de limpeza. A cama bem feita. A poltrona confortável. E, na parede ao fundo, sãos e salvos e cuidadosamente espanados, dois quadros intricadamente detalhados e primorosamente traçados retratando uma família de sapos verdes e rechonchudos.

QUATORZE

Pouco mais de uma hora depois, todos os que deveriam estar presentes encontravam-se instalados na sala de estar da suíte de Herr Dürer. O próprio Albrecht estava em sua condução sobre rodas, sorrindo; Valeri, num sofá de veludo ao seu lado; o Kapitan Strudel ocupava uma cadeira de madeira adequadamente frágil; e o prefeito de Nuremberg, que, contra todas as expectativas em contrário, de fato era um grande amigo de Lobinho, tomava a maior parte do pequeno divã listrado. Dois guardas locais ladeavam a porta. Maria encontrava-se de pé no centro das atenções. Atrás dela, devolvidas a seu lugar legítimo, mesmo que sem as molduras e os vidros, estavam penduradas as famosas gravuras de sapos.

Herr Dürer foi o primeiro a falar.

— Ah, Fräulein Maria, não posso agradecê-la o suficiente... por ter meus amados sapos em casa mais uma vez. Confesso que nunca achei que os veria novamente.

— E pensar — disse Valeri — que eles estavam tão perto esse tempo todo.

— Sim — concordou Strudel, estreitando os olhos enfaticamente para Maria —, esse fato também me interessa. Eles serem encontrados no próprio quarto da Fräulein...

O homem deixou o pensamento inacabado para que os outros pudessem oferecer as próprias conclusões.

Maria ignorou a implicação que ele se esforçava para fazer. Ela logo lidaria com Strudel à sua própria maneira. Enquanto isso, não daria confiança às fantasias do capitão de que a própria Maria de alguma forma estivesse envolvida no roubo das gravuras. Antes que qualquer um pudesse seguir sua linha de pensamento, ela limpou a garganta e apresentou as descobertas.

— Para começar, eu estava inclinada, como vocês sabem, a considerar o Dr. Phelps o principal suspeito desse crime. Na verdade, nem mesmo sua morte repentina o excluiu.

— Pobre Bruno. — O sorriso de Herr Dürer se desfez. — Pelo menos agora sua reputação não será manchada por acusações de roubo.

— Reputação! — Valeri não conseguiu se segurar. Seu empregador ficou surpreso com a explosão dela, mas não teve a chance de questioná-la, pois Maria continuou:

— Os fatos são estes. Phelps tinha um motivo para levar os quadros... sua adoração pelos trabalhos do Albrecht Dürer original se aproximava da obsessão. Isso era bem sabido. No entanto, ele não tinha como fazer aquilo. Não era um homem fisicamente esbelto ou ágil, de modo que entrar e sair por janelas altas estaria além de sua capacidade. Sua personalidade espalhafatosa também tornava improvável que ele tivesse entrado e saído da suíte completamente despercebido. Leopold, que eu também considerei suspeito por um momento, tinha incapacidades semelhantes. Perdoe-me, Herr Dürer, sei que o senhor gosta de seu sobrinho, mas há de ser dito que o homem vive apenas para ser notado. Ficou claro para mim que alguém furtivo, alguém acostumado a circular de forma oculta, tinha muito mais chance de ter levado as gravuras.

— E isso foi o que a levou a suspeitar do duende? — perguntou o prefeito.

Ele viera direto de sua aparição noturna no festival do salsichão e ainda vestia o traje de gala de seu cargo, completo com chapéu tricórnio, penas, robe e correntes pesadas. Maria brevemente se perguntou se prefeitos em Nuremberg eram escolhidos unicamente por seu tamanho, a fim de conseguirem suportar o peso do cargo.

— Um duende realmente tem experiência em ser invisível. Além do mais, ele poderia ter cabido no monta-carga disponível nesses quartos.

— Foi assim que ele entrou? — perguntou Herr Dürer.

— Sim. O que me atordoou durante algum tempo foi como ele tinha saído com os quadros. Eles não teriam cabido no espaço pequeno que o monta-carga oferece, não com as molduras e os vidros. Como nada disso havia sido deixado no quarto, nós todos naturalmente presumimos que as gravuras tinham sido removidas intactas. Na verdade, elas não foram. As molduras foram provavelmente desmanteladas e então se tornaram fáceis de transportar. O vidro, depois de enrolados em algo... muito possivelmente aquelas cortinas ali... foi esmigalhado sem fazer barulho suficiente para acordar alguém. Os estilhaços foram varridos por alguém aplicado e meticuloso, como essas criaturas certamente são. Isso permitiu ao duende usar o monta-carga para sua fuga com as gravuras enroladas debaixo do braço.

— O que eu não entendo — falou Herr Dürer — é como esse duende ficou sabendo que os quadros estavam aqui em primeiro lugar. Quer dizer, ouvi que ele habita um prédio do outro lado da praça. Quando ele os teria visto?

— Ele ficou sabendo de sua existência por meio de outro duende. Aquele que vive no bordel situado bem debaixo deste mesmo hotel.

— O quê? — rugiu o prefeito, com um choque tão genuíno que Maria ficou satisfeita por ele provavelmente ser um dos únicos homens bem-nascidos da cidade que não se utilizavam dos serviços do lugar. — Debaixo deste hotel, você diz?

— Isso mesmo. O Kapitan Strudel atestará a veracidade disso, não é mesmo, Kapitan?

Strudel se contorceu.

— No decorrer do meu trabalho, achei necessário seguir a pista de um informante, vocês compreendem, não que eu fosse algum dia me aventurar nesse tipo de lugar por conta própria, se não fosse pelo fato...

O prefeito perdeu a paciência.

— Existe uma casa de má reputação escondida debaixo do Grand ou não?

Strudel acenou com a cabeça afirmativamente.

— Esse duende subterrâneo — continuou Maria — teria sabido da existência das gravuras porque estava a par de toda e qualquer conversa em seu local de trabalho. O que significava que em algum momento ele teria ouvido as maravilhosas virtudes das obras de arte exaltadas por ninguém menos do que Bruno Phelps.

— Phelps usava aquele lugar?

Herr Dürer ficou horrorizado.

— Ele usava. Como Valeri vai atestar.

— Valeri?

A garota abaixou os olhos, amassando um lenço nas mãos.

— Sinto muito, Valeri — explicou Maria —, eu manteria seu segredo se pudesse, mas a morte de Phelps deve ser explicada, e não posso assegurar que Leopold recupere a liberdade sem revelar a verdade.

— Está tudo bem, Fräulein. Eu compreendo. — Valeri virou um rosto choroso para olhar para Herr Dürer. — Eu quero que você saiba, Albrecht. Sério, eu odiei guardar um segredo como esse de você. Tenho vergonha do que fui, mas eu estava sozinha neste mundo cruel sem ninguém que se importava se eu estava viva ou morta. Ninguém até eu vir trabalhar para você.

Herr Dürer tomou a mão da garota entre as dele e apertou com firmeza.

— Valeri, você é muito importante para mim e tem um bom coração. Você não sabe que não existe nada em seu passado que poderia alterar minha opinião sobre você?

Maria se horrorizou ao perceber que seus próprios olhos se enchiam de lágrimas. Ela fungou ruidosamente e seguiu em frente.

— O duende que vive neste prédio é tão alegre quanto qualquer um de sua espécie, feliz com o que tem, um sujeito contente. O duende do prédio à frente, por outro lado, é um estudo sobre melancolia e tristeza. Todas essas criaturas, embora solitárias em seus hábitos, são aparentadas. O duende do bordel decidiu que devia trazer o outro aqui, a este mesmo quarto, para ver os quadros, sabendo que, tal é o efeito deles sobre todos que os veem, o amigo não poderia deixar de se animar.

— É verdade — concordou Herr Dürer —, o talento do meu ancestral não era apenas para o desenho. Existe qualidade em sua obra, algo indefinível, que eleva o coração e é um bálsamo para espíritos perturbados.

Maria assentiu.

— Exato. Até um sujeito de mente séria como o Kapitan Strudel sentiu a força da magia do artista. Não é mesmo, Kapitan?

Novamente, todos os olhos se voltaram para o agitado membro da guarda.

— Bem, sim, eu visitei a Galeria de Nuremberg para ver o rinoceronte de Dürer, e aquilo foi muito bom, realmente muito bom... — Ele titubeou. Seu rosto se contorceu por um instante e, então, involuntariamente como um soluço e quase tão imparável, um sorriso rearranjou-lhe as feições grosseiras.

— Vejam! — Maria apontou para ele. — Até mesmo a mera lembrança da coisa é suficiente para fazer esse homem de pedra sorrir. Eu o vi. Eu vi o Kapitan Strudel parado diante do rinoceronte, transformado pela alegria. Mais tarde, quando testemunhei exatamente aquela mesma emoção iluminar o rosto soturno do duende de Lobinho, eu soube por que ele havia roubado as gravuras.

Strudel tinha uma pergunta.

— Mas como ele as levou do Grand ao prédio de apartamentos sem ser visto? Responda-nos essa pergunta, Fräulein. Talvez ele tenha descido até o subsolo naquele aparelho de garçom, mas ele ainda precisava cruzar a praça.

— Ele teria usado o sistema de túneis que permeia a área abaixo, conectando todos os prédios de uma ponta da praça até a outra.

— Túneis? — O prefeito estava mais uma vez espantado. — Quem construiu esses túneis?

— Ratos. Ratos inteligentes, avarentos e extremamente organizados. Construídos para suas próprias finalidades nefastas. As passagens não têm tamanho suficiente para admitir um humano, mas um duende poderia na verdade passar por elas.

— Quer saber... — Herr Dürer tinha uma expressão melancólica. — Agora que compreendo por que a infeliz criatura roubou os quadros, bem, não consigo encontrar coragem em meu coração para desprezá-la. Afinal de contas, ela só queria desfrutar o encanto. Ser elevada. Eu tenho a sorte de poder olhar para meus queridos sapos quando quero. Outros devem viver sem esse consolo. Fräulein Maria, estou decidido. Estou determinado sobre dois pontos e não serei convencido do contrário em nenhum deles.

— E esses pontos são?

— Primeiro, que os sapos devem, como planejado, ir para a Galeria de Nuremberg, e o mais rápido possível. Eles ficarão lá para que todos os apreciem. Segundo, e, Prefeito, eu realmente espero que você permita que meus desejos se realizem nesse assunto, quero que todas as acusações contra o duende sejam retiradas.

Strudel se levantou com um salto.

— O senhor não pode fazer isso! Isso contraria tudo que a lei representa. Ele é um criminoso e tem que ser punido!

— Será que seu crime foi realmente tão terrível? — perguntou Herr Dürer. — Os quadros voltaram. Ele cuidou bem deles. Logo poderemos emoldurá-los novamente e colocar novos vidros. Qual dano real foi causado?

— E quanto ao assassinato de Phelps? — A agitação de Strudel era clara. — O senhor não pode permitir que assassinos fiquem livres por aí.

— Mas, no meu entendimento — falou Herr Dürer delicadamente —, não há razão para supor que o duende tenha qualquer relação com a morte do pobre Bruno.

Houve um silêncio pensativo enquanto a maioria das pessoas no aposento tentava refletir sobre aquilo. Então, ao mesmo tempo, todos voltaram seus rostos curiosos na direção de Maria.

— O assassinato do Dr. Phelps foi totalmente desconectado do roubo dos quadros. Minha hipótese é a seguinte: Phelps veio até aqui para ver Herr Dürer. Ao descobrir que ele tinha saído, Phelps não estava inclinado a esperar do lado de fora. Ele tinha acabado, segundo vários relatos, de encontrar com Leopold, que estava saindo depois de tirar mais dinheiro de seu tio, sem dúvida, e os dois discutiram. Não havia amor algum entre os dois. Podemos apenas palpitar sobre a natureza de seu desentendimento, mas foi o suficiente para deixar Phelps com a necessidade de um copo de alguma coisa em um lugar tranquilo enquanto esperava o amigo voltar. Ele teve pouca dificuldade, eu imaginaria, para convencer Wilbur, o ascensorista, a deixá-lo subir. Ele não era um homem fácil de contrariar, e Wilbur sabia que ele era amigo íntimo de Herr Dürer. Acabou sendo azar de Phelps estar aqui quando o próximo visitante chegou.

Strudel estava pasmo.

— Quantas pessoas esse ascensorista inútil deixou subir, pelo amor de Deus?

— Apenas Phelps. Esse visitante teria usado a entrada de funcionários e o elevador de serviço nos fundos do prédio. Um elevador que vai, na verdade, dos andares mais altos até o subsolo. Ainda não tive a oportunidade de vê-lo com meus próprios olhos, mas tenho certeza de que existe uma porta escondida lá que leva ao bordel de Lady Crane.

— Você quer dizer que... — O prefeito estava agora sentado com a postura muito reta. — ... que esse... estabelecimento debaixo do hotel, ele tem fornecido garotas aos residentes do Grand, secretamente, por... bem, por quanto tempo? Será que Schoenberg sabe disso?

— Sobre isso ainda não estou convencida de que sim nem de que não — respondeu-lhe Maria. — Certamente a rota é bastante usada, imagino, e é difícil acreditar que o gerente de um hotel não saberia de todos seus pequenos segredos. Mas, e acho que essa é uma prova convincente da ignorância de Schoenberg a respeito da porta de ligação, um homem que soubesse sobre isso, se tivesse uma cabeça para negócios, certamente não estaria à beira da falência.

Valeri ousou se manifestar naquele instante, como se soubesse em que direção a história de Maria os levava:

— Quem foi, Fräulein Maria? Quem foi que veio aqui naquela noite e por que veio?

Maria sorriu para a garota, esperando que aquilo desse a ela um mínimo de coragem.

— Foi o capanga de Lady Crane, Klaus. Ou, como penso nele, Bob Bacon.

Valeri arfou.

— Ele veio atrás de mim!

— Veio. Ele foi enviado para recuperá-la, como um conjunto de malas perdidas, para levá-la de volta àquela vida terrível de que você tão inteligente e merecidamente escapou.

Valeri começou a chorar. Herr Dürer acariciou sua mão.

— Não tema, minha cara. Ninguém vai forçá-la a ir a qualquer lugar a que você não queira ir nunca mais. Você tem minha promessa.

— Então... — O prefeito fazia o possível para acompanhar a história. — Esse tal de Bob vem até aqui procurando por Valeri, mas, em vez disso, encontra Phelps. Isso deve ter sido um choque e tanto.

— Tenho certeza de que foi — concordou Maria. — Para ambos. Afinal de contas, eles se conheciam, considerando que Phelps era um visitante frequente das infelizes garotas escravizadas por Lady Crane.

— Mas como ele acabou matando Phelps? — perguntou Strudel.

— O método está claro. Sobre o porquê, podemos apenas conjecturar. Imagine a cena. Um homem explosivo, já extremamente perturbado de sua própria forma por discutir com Leopold, abalado pelo desaparecimento das gravuras, indubitavelmente olhando para o buraco lamentável na parede onde elas um dia ficaram penduradas. Devo imaginar que ele tinha se servido de mais conhaque de Herr Dürer do que lhe seria saudável. Chega Bob Bacon, deslocado, nervoso, esperando encontrar um homem idoso e frágil e uma Valeri aterrorizada, e, em vez disso, é confrontado por um Phelps furioso. Os dois se enfrentaram. Talvez Phelps tenha gritado "ladrão" e acusado Bob Bacon de roubar os quadros. Talvez o brutamontes tenha ameaçado Phelps com chantagem ou exposição. Assim que ele for interrogado, teremos nossas respostas. Sobre o resultado, não há dúvidas. Phelps foi golpeado até a morte.

— Com o quê? — Strudel sacudiu um dedo para ela. — Nenhuma arma do crime foi encontrada. Esse homem é dado a carregar um porrete?

— Não que eu saiba. E, de qualquer forma, é improvável que ele tenha achado necessário se armar para assustar Valeri. Não, ele encontrou sua arma aqui, à mão, no momento em que precisou dela.

— O peso de papel! — disse Herr Dürer, mais rápido do que ela.

— O peso de papel — concordou Maria.

— Conte-me, Fräulein — perguntou o prefeito —, como você soube que foi o capanga da cafetina? Eu realmente acredito que você esteja correta em suas deduções, mas me pergunto como você veio a suspeitar desse homem? Ele não deixou pista alguma. Fui informado de que não havia sobrado nesta sala nenhuma prova para ajudar a identificar o assassino.

— O senhor foi mal informado, prefeito. Havia uma prova ampla, se você tivesse o faro para ela. Quando o senhor e seus guardas o detiverem, peço ao senhor que respire fundo. O que estou dizendo ficará imediatamente claro para o senhor.

— O fedor! — Valeri estava rindo agora. — Claro! Eu tinha expulsado aquilo da minha mente, então não reconheci, mas você tem razão, Fräulein. Não há mais ninguém neste mundo que cheire como aquele homem.

O prefeito se levantou.

— Vou mandar levarem o sujeito à cadeia para um interrogatório imediato — disse ele, estendendo a mão para Maria. — Fräulein, sua assistência nesse assunto... nesses dois assuntos... foi inestimável. Nuremberg está em dívida com você.

— Felizmente — respondeu ela —, essa é uma conta que Herr Dürer é capaz de acertar. — Enquanto o prefeito se virava para ir, Maria disse: — Há uma coisa...

— Sim? Eu ficarei feliz em realizar qualquer desejo que esteja dentro dos meus poderes.

— Não é tanto um desejo, digamos assim, mais uma sugestão. Por que não deixar o nosso integrante da Guarda aqui, o Kapitan Strudel, fazer a prisão?

Tanto o prefeito quanto Strudel ficaram perplexos. Maria elaborou sua ideia.

— Parece, para mim, com esses crimes tendo ocorrido junto à visita real, que poderia ser político deixar um guarda de Gesternstadt ser visto trabalhando com os homens daqui. Vossa Majestade, o Rei Julian, tem um carinho especial pelo Schloss de Verão e pela pequena cidade à sua volta. Ele poderia olhar com bons olhos para uma cidade, tão grande e sofisticada quanto Nuremberg, que veja também o valor de um lugar como Gesternstadt e seu povo. Acredito que a visita das princesas tenha sido um sucesso. Quanto mais coisas boas o rei ouvir sobre ela, melhor para todos, imagino.

Strudel assentiu, mas não conseguiu encontrar palavras para ordenar a bagunça que devia estar passando por sua mente. Ainda demoraria algumas horas para ele perceber que, longe de ser um improvável gesto de amizade e altruísmo da parte de Maria, sua sugestão foi inteiramente direcionada a seus próprios interesses. Ela era, e seria por uma ou duas semanas, pelo menos, a queridinha da cidade, por ter devolvido as gravuras de sapo ao seu lugar de direito. Sem dúvida, receberia ainda mais elogios quando a notícia de que ela apanhara o assassino de Phelps se espalhasse. Mas algo de que ela não precisava era ter de se submeter às acusações mesquinhas de Strudel, maculando toda a viagem com qualquer tipo de má vontade. No entanto, se o capitão também fosse proclamado como uma espécie de herói por prender o assassino de Phelps, ele provavelmente não desejaria estragar o próprio momento de glória ao se rebaixar para ser visto acusando Maria de crimes irrelevantes, sendo que, de qualquer forma, ela seria inocentada da maioria deles. Seu orgulho ficaria satisfeito, sua honra seria recuperada, e ele finalmente a deixaria em paz.

— Você superou todas as expectativas, Fräulein. Ninguém mais poderia ter desvendado esse mistério intricado. Você me devolveu meus preciosos quadros. Você cuidou para que Leopold seja libertado. Você livrou minha querida Valeri de uma perigosa sombra de seu passado. Não posso agradecê-la o suficiente. Nunca poderei recompensá-la.

Maria esfregou as mãos, sorrindo enquanto fazia aquilo.

— Ah, não sei quanto a isso — disse ela.

Na manhã seguinte, Maria acordou cedo para seu compromisso na Casa de Moda. Ela requisitara uma hora de total atenção da proprietária antes de a loja abrir, para que pudesse experimentar tantos trajes quanto possível e selecionar algo adequado para suas últimas horas na cidade. No provador nos fundos do prédio, duas assistentes dançavam para atendê-la, buscando esse novo estilo de espartilho e aquele novo modelo de sapato e essa meia calça de seda e aquelas luvas com botões de pérolas. Maria se via em um êxtase de compras. Ela estremeceu quando uma camisola de seda foi passada sobre sua cabeça. Suspirou com o ronronar do veludo debaixo de seus dedos quando experimentou um vestido de noite escarlate. Arfou quando as cintas de um espartilho que prometia a perda de quinze centímetros em um minuto foram apertadas ao seu redor. Deu uma risada quando as penas de um chapéu de aba larga fizeram cócegas em seu rosto. Soltou "ooh"s e "aah"s e se emocionou com a variedade de encantos oferecidos. Inevitavelmente, decidiu experimentar a capa de Lobo Sueco Prateado mais uma vez. Despindo-se até estar somente com suas roupas de linho, Maria pediu às garotas que a colocassem sobre seus ombros. Ela a abraçou junto ao corpo, e seu reflexo no espelho se iluminou, envolto em suas dobras cintilantes como a neve.

— Ah! Ela combina perfeitamente com a Fräulein! — exclamou a costureira.

— Combina mesmo — concordou Maria. — Infelizmente, o preço não combina.

— Mas, Fräulein, essa é uma peça de grife. Algo eterno que nunca sairá de moda. Ela lhe dará anos de uso. Anos de prazer.

— Você deveria levá-la.

Uma voz masculina à porta assustou todas elas.

As assistentes da loja correram na direção do homem, enxotando-o.

— O senhor não pode entrar aqui — insistiram elas. — Por favor, retire-se imediatamente.

— Está tudo bem — falou Maria, retribuindo o sorriso entretido de Ferdinand de forma um pouco severa. — Deixe-o entrar.

A dona da loja e sua equipe estavam evidentemente acostumadas à natureza delicada dos relacionamentos de muitas de suas clientes. Elas não falaram mais palavra alguma — recuaram em silêncio, fechando a porta do provador depois de sair. Ferdinand se aproximou, lentamente assimilando a visão de Maria com a pele.

— Ela é realmente esplêndida — disse ele.

— Ela é realmente cara — rebateu ela.

— Certamente, depois de um caso tão bem-sucedido, você merece se recompensar.

— Herr Dürer se mostrou um cliente generoso, é verdade. Mas, bem, uma mulher sozinha tem que ser cuidadosa com seu dinheiro.

— Você não está sozinha; tem João.

— No que diz respeito às finanças, meu irmão traz apenas subtrações à equação.

Ferdinand deu mais um passo na direção dela. Ele estava agora tão próximo que Maria sentia a respiração dele em seu pescoço nu e reconhecia o cheiro de sua colônia picante. Ela rangeu os dentes, determinada a não ser seduzida, lembrando-se da verdadeira natureza do homem.

— Fico surpresa por você não ter coisas melhores a fazer do que passear por lojas de vestidos — declarou ela.

— Eu estava na praça, checando se estava tudo em ordem antes de a comitiva real sair por aí. Eu a vi entrar aqui. Queria falar com você.

— Queria? Não consigo imaginar por quê.

— Não consegue?

— Bem, eu quero dizer, um homem com seu... apetite. Seus hábitos. Eu teria pensado que seus interesses estão em outro lugar.

— No bordel de Lady Crane, talvez?

— Talvez. Foi o que pareceu. É o que parece.

Maria mexeu no fecho da capa, olhando fixamente para ela como se fosse repentinamente o objeto mais fascinante do mundo. Qualquer coisa para não precisar olhar nos olhos de Ferdinand. Quem ele achava que era, andando por aí parecendo tão perigosamente charmoso antes de a maioria das pessoas ter ao menos tomado o café da manhã? Seu estômago roncou de modo ruidoso para lembrá-la de que ela era uma dessas pessoas.

Ferdinand esticou o braço e tocou a capa, deixando seus dedos descerem levemente, seguindo a linha do braço de Maria debaixo dela.

— É isso o que você acha que eu estava fazendo naquele lugar ridículo? Perseguindo os meus próprios... interesses? — perguntou ele.

— Não era? Você não estava?

Maria queria que ele não tivesse usado a palavra "ridículo", o que trouxe à sua mente seu ridículo traje de couro preto e o fato de que ele a encontrara presa, amarrada à cama. Sem falar no terrível sotaque sérvio.

— Eu estava perseguindo algo — disse ele. — Ou, pelo menos, alguém.

— Ah. Quem?

— Você.

— Eu?

Ele assentiu.

— Eu estava inspecionando os fundos do hotel... a entrada de serviço, os estábulos e tudo mais... quando vi seu irmão sair do que parecia uma porta secreta na parede.

— Ah.

— Sempre tão amigável, seu irmão. Sempre tão tagarela.

— Quanto ele lhe contou?

— O suficiente para eu acreditar que você poderia precisar de alguma ajuda.

— Então você sabia que era eu o tempo todo? Desde o início? Você devia ter dito! Tem ideia de como é doloroso ficar amarrada tão apertado por tanto tempo? Não! Não responda isso. Prefiro não saber se você souber.

— Sinto muito por aquilo, Fräulein. Eu mesmo a teria libertado, mas, bem, o capanga da madame parecia um sujeito perigoso. Julguei ser melhor não confrontá-lo enquanto você estava tão... indisposta.

— É assim que você chama aquilo?

— Mas, como sempre, você foi excepcionalmente engenhosa. Eu nunca empreguei um exército de ratos, mas eles a serviram muito bem naquela ocasião, creio eu.

— Aquilo teve o seu preço — contou ela, lembrando-se de que ainda tinha uma peruca para comprar.

Ferdinand se afastou.

— Bem, eu devo deixá-la com suas compras. Estava ansioso para que você compreendesse. Não posso deixar que pense mal de mim, posso?

Antes que Maria pudesse formar uma resposta adequada, ele já havia desaparecido. Após uma breve pausa, por educação, a costureira e suas garotas entraram apressadas no provador, rindo por trás das mãos.

— Ah, Fräulein — disse ela —, que admirador bonito.

— Eu lhe garanto que ele não é meu *admirador*.

— Não ainda, talvez, mas com um pouco mais de renda, um decote levemente mais baixo naquele veludo escarlate, uns cinco centímetros a menos na barra, talvez, um puxão a mais nas cintas... quem sabe?

Maria pensou nas palavras da proprietária da loja. Pensou no vestido de veludo em particular. Mas, quando pensou em apertar as cintas, recordou-se de como pareceu que Ferdinand gostara de provocá-la, em vez de simplesmente a libertar das amarras de uma vez. Ela estufou o peito, relutantemente tirando o Lobo Sueco Prateado e devolvendo-o à assistente mais próxima.

— Vou levar o veludo vermelho. E as roupas de baixo. E uma nova anágua. E aquelas duas saias de dia... a chocolate e a menta... e a jaqueta de lã. E, se você me der penas sobressalentes, vou levar o chapéu verde. Parece apropriado, de certa forma. Definitivamente vou precisar dos sapatos pretos com as fivelas prateadas, levando em conta que os meus já estão gastos demais para consertar. E é bom você me encontrar uma nova camisola. E vou levar o corpete de seda creme. Mas nem pense em apertar nada. Há uma generosa fatia de salsichão recordista lá fora com meu nome nela.

De volta ao seu quarto, Maria se divertiu provando as novas roupas. Ela escolheu uma das saias elegantes, cortada com um caimento que emagrecia, e curta o suficiente para mostrar as encantadoras fivelas de seus sapatos. Estava quente na medida exata para sair sem casaco, de modo que ela selecionou uma nova blusa branca cheia de renda. Prendeu o chapéu largo com um alfinete com uma conta prateada e saiu.

A praça tinha sido varrida e arrumada, sem deixar traço algum da folia da noite anterior. Flores frescas haviam substituído aquelas que não tinham aguentado o tranco, e bandeirinhas ocupavam o lugar dos lampiões. Sobre o palco, metros de tecido com estampa xadrez cobriam as mesas desmontáveis, no aguardo do grande salsichão. Milhares haviam aparecido para testemunhar a tentativa de quebra de recorde. Oficiais ocupavam suas posições na plataforma e o prefeito de Nuremberg recebeu o ponto principal. A orquestra fora trocada por uma fanfarra reluzente, de forma que tubas e trombones formavam uma guarda de honra aproximando-se do palco. Maria se movia lentamente na direção da frente do palco. Um púlpito especial havia sido erguido logo à direita do palco, a fim de acomodar as princesas. Naquele exato momento, um sopro de trombetas — felizmente a alguma distância do ouvido de Maria — anunciou a chegada da comitiva real. A multidão vibrou e acenou com seus chapéus lealmente enquanto as jovens mulheres e seus seguidores ocupavam os lugares, mas a verdadeira razão para elas estarem ali ainda não havia aparecido. Maria se divertia pensando que a Princesa Charlotte desempenhava um papel secundário nessa cerimônia em particular, com o papel principal cabendo a um monstruoso tubo de carne de porco moída e cebolas. De onde estava, ela contava com uma boa visão dos acontecimentos; viu Valeri empurrando a cadeira de rodas de Herr Dürer até um pequeno lugar na frente. Eles cumprimentaram Maria com acenos animados, e ela respondeu com uma inclinação da cabeça, fazendo as penas em seu chapéu tremularem de uma forma que sabia ser muito elegante. Assim que as princesas estavam sentadas, Ferdinand apareceu e veio se sentar ao lado delas. Maria fez o possível para não olhar em sua direção.

Uma saudação se ergueu. Um grito se propagou.

— O salsichão está vindo! Ele está a caminho!

A multidão se empurrou e entortou os pescoços para a primeira espiadela. Dois soldados vigilantes tiraram do caminho uma pequena matilha de cães que salivavam. A banda começou a tocar uma marcha vibrante, enquanto, dobrando a esquina do Grand Hotel, vinham os açougueiros, os voluntários e sua preciosa carga. Maria precisava admitir que eles formavam uma visão impressionante. Todos os homens usavam um uniforme com bombachas em azul-escuro, camisas brancas limpas e longos aventais listrados. Em suas cabeças, havia elegantes chapéus brancos de açougueiros e charcuteiros. Até mesmo João e Lobinho pareciam respeitáveis. Eles estavam posicionados na altura de cerca de metade do salsichão, um em frente ao outro, ambos exibindo sorrisos extremamente largos. A procissão progrediu, aquela besta em forma de salsichão lentamente entrando na praça. Arfadas acompanhavam seu progresso. A coisa fora cozida à perfeição, não permitindo rachaduras ou rupturas, e agora havia esfriado, embora continuasse soltando um aroma delicioso de ervas enquanto abria caminho pela multidão. A banda seguia tocando. Com grande cuidado, o enorme salsichão foi manobrado para subir a escada e entrar no palco. Ele era tão longo que precisou ser delicadamente enrolado novamente para que coubesse por inteiro sobre as mesas desmontáveis.

Os açougueiros e seus acompanhantes se afastaram. A banda ficou em silêncio. Os oficiais se aproximaram, extensões de corda e medidas nas mãos. Um silêncio se espalhou. Havia uma sensação de respiração sendo coletivamente presa. Números foram anotados. Cálculos foram feitos. As anotações foram mostradas ao prefeito, que deu sua aprovação. Finalmente, o oficial do recorde seguiu até a frente do palco.

— Vossas Altezas, meus lordes, senhoras e senhores, o salsichão branco foi medido e essas medidas foram verificadas independentemente. Posso confirmar a vocês que, com 16 metros e 57 centímetros de comprimento e com uma circunferência de exatamente 1,80 metro, o Salsichão de Nuremberg está confirmado como o maior e mais longo de todos os tempos!

A multidão explodiu em gritos animados e aplausos entusiasmados. Chapéus foram jogados para cima. Pequenas crianças foram giradas no ar. Beijos foram compartilhados. Sobre o palco, houve trocas de apertos de mão. O prefeito recebeu a faca cerimonial a ser usada expressamente para essa finalidade e nenhuma outra. Então, aproximou-se e ergueu a mão, pedindo silêncio. Quando a multidão extasiada se calou, ele falou:

— Amigos, é uma grande honra ser a pessoa a cortar o salsichão do festival. Uma honra que tenho o privilégio de desfrutar há três anos. Nessa ocasião, no entanto, eu gostaria de passar essa tarefa especial para outra pessoa. Para uma pessoa que, com sua aplicação e seu trabalho árduo, ao longo dos últimos dias, ofereceu uma inestimável contribuição, preservando, dessa forma, a honra da cidade de Nuremberg.

Maria sentiu uma descarga rosada subindo pelo pescoço, espalhando-se para cima e para os lados sobre suas bochechas. Ela sabia que ter recuperado as gravuras dos sapos a tornara popular e que a cidade estava feliz com a prisão do assassino de Phelps, mas aquilo... aquilo era algo especial. Maria tentou se concentrar no que o prefeito dizia e estava determinada a não se permitir parecer ruborizada. Ela devia ser elegante. Serena, até.

— E então, sem mais delongas... — O prefeito estava gostando de prolongar aquilo. — Tenho o grande prazer de abrir caminho e chamar a pessoa que vai fatiar esse esplêndido salsichão recordista. — Ele se virou e, com um floreio, ofereceu a faca a João. — Eu lhes apresento nosso novo e inestimável chef, João de Gesternstadt!

— João! — O queixo de Maria caiu. O mesmo aconteceu com João. E com Lobinho. Por um momento, seu irmão ficou tão chocado que parecia prestes a desmaiar.

— Vamos lá, Joãozinho. — Maria ouviu Lobinho incentivá-lo. — Você conquistou o direito. Corte o salsichão!

João caminhou na direção do salsichão um pouco cambaleante. Tentou encontrar algumas palavras de agradecimento, mas nenhuma veio. Então viu Maria. A irmã abanou as mãos para ele, ansiosa para que ele realizasse a proeza antes de desmaiar por excesso de prazer e vergonha.

João respirou fundo.

A multidão respirou fundo.

Ele ergueu a faca.

Ele a desceu com um movimento de corte hábil.

Enquanto a lâmina perfurava a salsicha, surgiu um pequeno barulho de efervescência, seguido rapidamente por um enorme estrondo de fazer ranger os dentes e chacoalhar as janelas. Um estouro. Uma explosão que derrubou todos que estavam num raio de vinte metros. Aqueles mais afastados perderam os chapéus, as perucas e a dignidade, enquanto centenas de quilos de carne de salsicha choviam sobre eles. O aroma de sálvia e cebolas tomou o ar.

A realeza era socorrida de forma ineficaz por seus assistentes, que tentavam limpar a maior parte do salsichão. O humor da multidão mudou rapidamente para um de, ao mesmo tempo, desespero e raiva. Crianças gemiam. Punhos eram erguidos e agitados. João e Lobinho, assim que se levantaram, pareciam profundamente chocados. Alguém perto de Maria gritou "Sabotagem!" e outro soltou um berro de "O recorde não vai valer!".

Outros se juntaram com "A cidade será motivo de chacota!" e "Quem é o responsável?". Essa última pergunta fez várias pessoas olharem impetuosamente para a direção de João. Maria contava com alguma experiência em testemunhar a forma como uma grande concentração de pessoas podia se tornar desagradável e não estava gostando de como a multidão se movia na direção do palco. Na direção de João. Ele podia ou não ter sido o responsável pela natureza volátil do salsichão — apenas o tempo e uma investigação diriam. Por enquanto, tudo o que importava era encontrar um bode expiatório e João estava repentinamente se parecendo muito com um bode.

Apanhando o chapéu de onde ele caíra no solo ao seu lado, Maria deu um salto para a frente e subiu no palco. Ela se levantou e ergueu seu chapéu novo, tentando não pensar em como poderia um dia tirar as manchas daquela coisa. Do topo dele, ela extraiu uma generosa porção do recém-explodido salsichão branco. Diante dos espectadores perplexos, Maria mordeu um pedaço.

— Delicioso! — declarou ela. — Um triunfo. Senhoras e senhores, salsichão grátis para todos! Sirvam-se! Salsichão grátis para todos!

A multidão hesitou. Um homem alto próximo ao palco encontrou um pedaço de salsicha em sua lapela e experimentou. Ele balançou a cabeça em sinal de aprovação e passou um pouco para sua esposa. Uma pequena criança gritou:

— Mamãe, eu quero um pouco!

Logo todos estavam experimentando. Agora que viam direito, eles perceberam que havia nacos consideráveis da coisa pendurados em bandeirolas e toldos e instrumentos de sopro e postes de luz e todo tipo de lugar. A luta para garantir o máximo possível desse prêmio delicioso rapidamente se intensificou, tanto que logo todos os homens, mulheres e crianças — com exceção da Baronesa Schleswig-Holstein, naturalmente — enchiam seus chapéus, suas bolsas e seus bolsos com a comida.

Maria se aproximou de João e colocou a mão delicadamente em seu braço.

— Venha comigo, irmão meu. Está na hora de nos despedirmos.

Ao retornar, Maria achou Gesternstadt menor do que ela se lembrava, apesar de não menos meiga e florífera. Quando a diligência a deixou com João na rua de paralelepípedos no centro da pequena cidade, ela resistiu ao chamado da Kaffee Haus e empurrou João para ele não entrar na estalagem a fim de que pudessem chegar em casa o mais rápido possível. Nuremberg havia sido tudo o que ela esperara; glamorosa, sofisticada, elegante, engordativa e cara. Maria tinha achado que se encaixava ali e que havia pessoas lá que compartilhariam e compreenderiam seu amor pelas coisas boas que a vida oferecia. Na cidade, ela poderia ser a pessoa que, lá no fundo, acreditava que devia ter sido. Ela não queria ser lembrada de que vinha de uma pequena cidade provinciana com pequenos gostos provincianos e pequenas ambições provincianas.

A única coisa que Gesternstadt tinha a seu favor, na opinião de Maria, era o fato de sua casa estar lá, onde ela podia fechar a porta da frente e descansar do mundo. E, dentro de sua habitação modesta, estava sua amada espreguiçadeira de tapeçaria, coberta de almofadas e à sua espera. Uma hora depois de chegar em casa, Maria já se encontrava acomodada nela, apoiada confortavelmente por almofadas e coberta com tapetes. Dois dias depois, ainda continuava ali. Ela conseguira convencer João a acender a lareira e mantê-la alimentada com lenha. Ele havia ido embora de Nuremberg entorpecido com o choque da calamidade que ocorrera com seu precioso salsichão branco. João não conseguia explicar a causa da explosão. Maria tinha suas próprias teorias, e a maior parte delas envolvia a participação de João na construção da coisa — principalmente o "ingrediente especial" que ele adicionara à receita —, mas ela estava certa de que ele havia agido apenas por amor à salsicha e achou melhor não permitir que o irmão se preocupasse com quaisquer murmúrios de "culpa", muito menos de "sabotagem". Ele rapidamente recuperara o bom humor natural após se reinstalar na própria cozinha. Durante dois dias, ele se divertiu com a preparação de refeições leves, montando um lanche leve de bolinhos e fondue de queijo, antes de voltar com força total a produzir banquetes completos.

Eles tinham ouvido falar, na forma de uma carta não muito confiável de Lobinho e outra mais confiável de Herr Dürer, sobre as mudanças que haviam ocorrido em Nuremberg desde a partida de ambos.

Bob Bacon fora preso e acusado do assassinato de Bruno Phelps. Tamanho tinha sido seu terror ao ser levado para o interrogatório que ele ofereceu toda a história de forma espontânea, dizendo a quem quisesse ouvir que não pretendia matar o homem, mas que Phelps começara a gritar com ele e a ameaçar chamar a polícia e ele chegara a um ponto em que simplesmente precisava calá-lo. Maria achava que um grande número de pessoas provavelmente também havia chegado àquele ponto com Phelps. Sabia que ela havia.

Lady Crane estava foragida. A maioria das garotas, de acordo com Valeri, como escreveu Herr Dürer, não a tinha acompanhado, mas, juntas, se dirigiram até uma área rural tranquila para que tivessem uma chance melhor de criar uma nova vida para si mesmas.

Herr Dürer timidamente anunciou sua intenção de se casar com Valeri. Ele explicou que deveria ser uma união casta, mas que asseguraria um futuro a ela. Afinal de contas, como disse, nem mesmo ele podia viver para sempre. Aquilo também significava que Valeri cuidaria para que sua coleção de arte fosse distribuída de acordo com seus desejos, para que a maior parte acabasse residindo na Galeria de Arte de Nuremberg a fim de permitir a apreciação de todos. Ele também escreveu que a Sociedade das Mãos Que Rezam decidira oferecer um título honorário a Maria, em reconhecimento por seus esforços para proteger as lendárias obras de Albrecht Dürer, o Jovem. Maria ficou encantada em aceitar.

A notícia que claramente mais animou Herr Dürer — seus garranchos trêmulos e verdes tornando-se maiores e mais ousados enquanto ele escrevia as palavras — foi o fato de que Leopold tinha terminado bem. Parecia que sua breve passagem pela prisão da cidade lhe dera tempo e oportunidade para refletir sobre suas ações. O terror de ser um suspeito de assassinato e de lidar com a possível perspectiva de uma vida inteira de encarceramento o forçara a reavaliar seu estilo de vida. Ele saíra da pequena cela de pedra um homem mudado. Não apenas havia jurado renegar a vida hedonista, como também resolvido se tornar o sobrinho que seu tio merecia.

Herr Dürer cumpriu sua promessa e providenciou que nenhuma acusação fosse feita contra o duende que lhe roubara as gravuras. Em vez disso, ele agiu em favor da criatura rabugenta para lhe assegurar a posição de duende residente e zelador noturno da galeria de arte. Aparentemente a criatura estava transformada. Ele podia agora cuidar de seus preciosos sapos e olhar para eles todas as noites, se assim quisesse. Sem contar que podia se maravilhar também com o rinoceronte de Dürer.

Esse arranjo, obviamente, deixou Lobinho sem seu faxineiro. No entanto, tudo foi satisfatoriamente resolvido, pois o alegre duende do bordel estava à procura de um novo lar. Todos concordaram que aquele arranjo era o mais adequado.

Lobinho também encontrou um novo amigo. Ele e Gottfried descobriram que podiam alegremente passar uma hora ou duas debatendo todo tipo de ideia e possibilidade. Onde Gottfried empregava argumentação filosófica e lógica, Lobinho se permitia se entregar a devaneios de níveis que ele jamais sequer ousara imaginar. Quanto mais seu argumento era enrolado e mentiroso, maior era o desafio e mais Gottfried gostava.

No terceiro dia após seu retorno à cidade natal, Maria e João continuavam empenhados em seu repouso restaurador. João se entregou a suas paixões gêmeas por cozinhar e comer até estar, finalmente, cheio. Maria tinha apreciado auxiliá-lo com a parte de comer o que ele cozinhava e viu isso como sua parte do acordo de ser uma crítica apreciativa e encorajadora de cada prato que saía da cozinha. Entre refeições, enquanto se recostava pacificamente, ela permitia que sua mente revivesse alguns dos momentos mais prazerosos de seus dias em Nuremberg e, também, desfrutar o brilho caloroso de um caso difícil solucionado com sucesso e aclamação geral. Uma sensação quase tão agradável quanto a que ela experimentava toda vez que pensava nos espessos maços de dinheiro enrolados firmemente em sua lata de biscoitos favorita, escondida em segurança na bagunça complexa de seu escritório. Ela e João ficavam sentados num silêncio satisfeito, embalados pelos estalos delicados e pelo chiado do fogo, mais do que felizes em se entregar ao chamado do sono.

No entanto, nessa cena de suave repouso, surgiram batidas urgentes e enérgicas à porta.

— Inferno! — grunhiu Maria. — O que foi agora? Será que uma pessoa não pode passar cinco minutos em sua própria casa sem ninguém perturbá-la? E por que todo mundo que bate à minha porta da frente o faz como se os próprios cães do inferno o perseguissem? Há uma aldrava. Uma pancada firme, porém controlada, certamente seria suficiente. Mas não. Não na minha porta da frente, parece. O portal para o meu santuário deve ser socado e espancado regularmente e da forma mais cacofônica possível. — Ela continuou a murmurar enquanto se arrastava para fora de sua espreguiçadeira, cruzava o aposento e entrava no corredor. — Tudo bem, eu já ouvi. Estou a caminho. — Maria abriu a porta com violência e olhou com uma expressão séria para o jovem à sua frente. — Minha chaminé está pegando fogo? — perguntou-lhe.

— Bem, não, Fräulein.

— O Danúbio mudou de curso, de forma que, enquanto estamos aqui falando, ele está vindo nessa direção, submetendo-nos a um risco de inundação?

— Hmm, não, Fräulein.

— Bem, onde, então, está o urso que o segue? — perguntou ela.

— Hmm, não há nenhum, Fräulein.

— Então o que, em nome de tudo o que é sensato, é tão urgente?!

O jovem estendeu os braços com uma caixa grande e achatada, amarrada com barbante.

— Uma entrega para você, Fräulein — respondeu ele.

— Ah.

Maria tomou a caixa das mãos do jovem.

Ele tirou um documento dobrado de um bolso da jaqueta e um pequeno tinteiro e uma pena de outro.

— Assine aqui, por favor.

— Isso é tudo muito oficial. O que é isso?

— Infelizmente eu não sei, Fräulein. Fui despachado para cavalgar com toda pressa de Nuremberg e entregar essa caixa a Maria de Gesternstadt. — Ele fez uma pausa, então perguntou: — Você é Maria, *aquela* Maria, não é?

— Sou — respondeu ela, assinando com um floreio.

O entregador se virou com um aceno excepcionalmente animado e montou em seu cavalo de aparência cansada que ele amarrara ao poste de luz. Maria observou enquanto o rapaz se afastava. Então olhou para o embrulho e o sacudiu com delicadeza. O conteúdo soava reconfortantemente macio.

De volta ao interior da casa, ela se sentou em sua espreguiçadeira e desamarrou o barbante.

— Um embrulho? — João despertou de seu estado adormecido, pelo menos o bastante para abrir os olhos adequadamente e reacender seu charuto. — Esqueci seu aniversário de novo?

— Ainda não.

Dentro da caixa marrom havia outra, muito mais atraente, amarrada com uma fita de seda larga e gravada com o nome de uma certa loja de vestidos com a qual Maria se familiarizara recentemente. Não havia qualquer mensagem anexada. A fita estava fria enquanto deslizava por seus dedos. Ela levantou a tampa, e seu coração deu um salto.

— O Lobo Sueco Prateado! — arfou ela.

— Lobo, é isso? — João estava espantado. — Um pouco quente para esse tipo de coisa aqui, eu diria. Ou você está planejando uma viagem ao norte? Para algum lugar com neve, talvez? Caramba, Maria, eu gostaria que você me avisasse dessas coisas. Se um sujeito vai viajar, ele precisa de tempo para organizar a vida, você sabe.

Maria, entretanto, não estava escutando as baboseiras de João. Ela tirou a pele fabulosa da caixa e a colocou sobre o corpo. A capa era ainda mais luxuosa, mais sedutora e mais deslumbrante do que ela se lembrava. Era difícil acreditar que tantos tons de prateado existiam. A peça exibia um resplendor, cintilado à luz do fogo.

— De quem é? — perguntou João.

— Não tem bilhete. Felizmente eu conheço a Casa de Moda, que fica em Nuremberg.

— Ah! Já sei! — João mastigava seu charuto com um ar convencido. — O bom e velho Lobinho! Bem que achei que ele tinha gostado de você de cara. Sabia que eu estava certo.

— Oh? E como Lobinho sabia qualquer coisa sobre a existência dessa capa? Não imagino que ele seja dado a visitar costureiras, e não fiz menção alguma sobre ter visto uma pele de qualquer tipo.

— Ah, você pode ter razão.

João pitou silenciosamente.

— Não, há apenas uma pessoa que poderia ter enviado isso. — Maria sorriu, um sorriso largo, orgulhoso e extremamente satisfeito. — Apenas uma pessoa que me viu experimentando. Que disse que eu devia comprá-lo...

Ela, no entanto, não teve tempo para concluir sua dedução. Naquele momento, fez-se um tremendo barulho, e uma nuvem de fumaça e cinzas se ergueu na sala. João grasnou. Maria grasnou. E o grande pássaro que acabara de descer pela chaminé e passar batido pelo fogo, com as penas chamuscadas, também grasnou. A coisa era grande e preta e voava pelo aposento num esforço para se livrar das faíscas e das brasas que se agarravam a ela.

— Pegue essa coisa, João, pela madrugada!

— Por que eu? Pegue você! — gritou João atrás de sua cadeira. — Jogue essa capa em cima dela.

— O quê? Nunca!

Maria enfiou a capa de pele de volta dentro da caixa, empurrando a tampa sobre ela e empurrando-a para debaixo de sua espreguiçadeira. O enorme pássaro continuava a se debater pela sala. Suas ações desesperadas serviam apenas para abanar as chamas dos pequenos incêndios que se formavam entre suas penas. Maria pegou a garrafa seltzer e ensopou a ave. Finalmente ela parou sobre o suporte da cortina. O bicho exibia uma aparência lamentável, coberta de fuligem, penas pingando, os olhos brilhantes movendo-se rapidamente de um lado para o outro com pavor depois daquela agonia.

— Um corvo — falou João, espiando de seu esconderijo. — E um dos grandes.

— Não, não é um corvo. É uma gaivota.

— O quê? Não sou nenhum observador de aves, irmã minha, mas estamos muito longe do mar. Não temos gaivotas em nosso jardim.

— Parece, no entanto — disse Maria, movendo uma cadeira de madeira para mais perto do poleiro improvisado —, que as temos em nossa casa.

Ela subiu na cadeira e lentamente esticou o braço. Depois de apenas um momento de hesitação, a gaivota saltou sobre ele.

— Cruz credo! — falou João. — Cuidado para ela não morder.

— Bicar, João. Aves bicam. Mas não temos nada a temer desta aqui — tranquilizou Maria, descendo —, a não ser a sujeira e a fuligem que ela adquiriu em sua jornada por nossa chaminé e pelas chamas.

— Talvez seja por isso que se chama "chama-iné", hahaha!

— João, por favor, fique quieto. E me passe meus óculos de ópera. Lá estão eles, no consolo da lareira.

João fez o que a irmã pediu, apesar de com um pouco de nervosismo.

— Não posso imaginar por que você quer olhar mais de perto para essa enorme coisa feia. Como tem tanta certeza de que ela não vai fincar aquele bico em você? Ele me parece muito afiado.

— Porque essa é uma gaivota mensageira. Marinheiros as treinam para carregar mensagens dos barcos para o litoral.

— Sério?

— Sim. E esta aqui tem uma mensagem presa à pata.

— Sério?

— Sim. — Ela colocou os óculos prateados e apertou os olhos para entender algo no meio de toda aquela sujeira. — A escrita é incomum, mas legível.

— Sério?

— Pare com isso, João.

— Ah, sinto muito.

— Aqui diz... deixe-me ver... fique parado, passarinho. Se você for bonzinho, tio João lhe dará alguns camarões, agora.

— Camarões? Essa coisa poderia comer uma lagosta.

— A mensagem *diz*... "Tripulação do barco em perigo. Pessoas desaparecidas. Sereia avistada perto da costa de Schleswig-Holstein. Venha imediatamente."

— *Uma sereia!* — murmurou João.

— *Um cruzeiro!* — murmurou Maria. Ela abaixou os óculos de ópera e ajeitou a postura. — Busque os mapas, João. Há trabalho a ser feito.

O FIM, E MESMO ASSIM
TAMBÉM O COMEÇO.

AGRADECIMENTOS

Obrigada, como sempre, à minha família paciente, que suportou muitas conversas sem sentido sobre sapos e rinocerontes, que aguentou meses comigo distraída por completo com uma coleção particularmente bizarra de personagens fictícios e que sofreu sem reclamar com os perturbadores acessos de riso vindos do meu cantinho de escrever debaixo da escada. Espero que eles concordem que meu tempo passado com Maria foi um tempo bem-investido.

Obrigada à minha agente, Kate Hordern, sem a qual Maria poderia ainda padecer na obscuridade. E sou grata a todos na Pegasus, a minha editora americana, por darem o pulo do sapo de fé necessário para lançar Maria para leitores desavisados nos Estados Unidos.

Impresso no Brasil pelo
Sistema Cameron da Divisão Gráfica da
DISTRIBUIDORA RECORD DE SERVIÇOS DE IMPRENSA S.A.
Rua Argentina, 171 – Rio de Janeiro, RJ – 20921-380 – Tel.: (21)2585-2000